Rock im Wald

Für Dirk – natürlich

Andrea Reichart

Rock im Wald

Ein Norbert-Roman

MÖNNIG-VERLAG ISERLOHN

Andrea Reichart ist Buchhändlerin und Literaturwissenschaftlerin (MA). 2008 kam sie ins Sauerland, um das literarische Konzept des Literaturhotel Franzosenhohl umzusetzen, das sie bis heute betreut.
Ihr erster Roman „Nenn mich Norbert" wurde 2012 für den DeLiA Literaturpreis nominiert – als schönster Liebesroman des Vorjahres. Seit 2012 hat sie mehrere Kurzgeschichten und Liebesromane veröffentlicht, unter einem Pseudonym schreibt sie Jugend-Fantasy. Außerdem arbeitet sie als Lektorin und unterrichtet Schreibwillige in sogenannten Blitz-Workshops. Sie ist seit 2013 DeLiA Vorstandsmitglied (Vereinigung deutschsprachiger Liebesromanautoren und -autorinnen).
„Rock im Wald" ist ihr zweiter „Norbert-Roman" – weitere sind geplant.
Mehr Infos unter http://www.andrea-reichart.de und http://www.aubrey-cardigan.de
Andrea Reichart lebt mit Mann und Hund Norbert in Iserlohn.

Alle Handlungen und Personen sind frei erfunden, Ähnlichkeiten mit lebenden oder verstorbenen Personen sind rein zufällig.

© Mönnig-Verlag, Iserlohn, 2015

Alle Rechte an Bild und Text, auch die des auszugsweisen Nachdrucks, der fotografischen Wiedergabe und der Vervielfältigung bleiben dem Verlag vorbehalten.

Umschlaggestaltung: Mönnig-Verlag, Iserlohn
Buchgestaltung, Textbearbeitung und Produktion: Mönnig-Verlag, Iserlohn
Das Foto ‚Saukanzel' auf der Titelseite wurde freundlicherweise durch die Firma Land- und Forstbetrieb Ernst Kugler in Ertingen-Erisdorf zur Verfügung gestellt.

Gedruckte Ausführung unter www.moennig.de
Print: ISBN 978-3-933519-69-6
E-Book: ISBN 978-3-933519-70-2 EPUB
E-Book: ISBN 978-3-933519-71-9 MOBI

Kapitel 1

„Und das hier ist der neue Schützenkönig. Erkennst du ihn?" Catrin klickte auf Vergrößern und Felix erschien in Siegerpose auf dem Bildschirm.

„Meine Güte, hat der noch mehr zugenommen?" Miriam lehnte sich zurück und trank einen Schluck Wein.

„Ich befürchte, ja." Catrin legte den Kopf schief und betrachtete stirnrunzelnd ihren Mann in seiner Schützenuniform, umgeben von den wichtigsten Schützenbrüdern ihres kleinen Dorfvereins.

„Solltest du nicht eigentlich neben ihm da oben auf der Bühne stehen, als seine Königin?", frotzelte Miriam.

„Um Gottes willen, alles, nur das nicht. Ich habe ihm erlaubt", Catrin vollführte mit der rechten Hand eine würdevolle Geste und neigte ihren Kopf in erhabener Großzügigkeit, „stattdessen seine Kollegin Sabrina zu adeln."

„Ganz schön riskant, ihm gleich Körbchengröße D zu gestatten." Miriam starrte auf den Bildschirm. „Was hat er denn da am Kragen? Ist das eine Rose?", fragte sie plötzlich.

„Wo?" Catrin beugte sich vor. „Tatsächlich."

„Schick!"

Catrin gähnte. „Wer weiß, wer ihm die ins Knopfloch gesteckt hat." Lustlos klickte sie sich durch die Onlinegalerie des Schützenvereins.

„Halt! Geh mal zurück – ja, genau. Was ist das?" Miriam tippte ein Bild an und wies auf etwas Schwarzes vor einem der zahlreichen Rosensträucher, die den Park am See zierten.

Catrin runzelte die Stirn. Was hatte sich der Fotograf nur dabei gedacht, Abfall aufzunehmen? „Das ist sicher ein Müllsack", sagte sie und wollte weiterklicken, aber Miriam legte die

Hand auf ihre.

„Gib mir mal die Maus!" Mit wenigen Klicks zoomte sie das Bild heran. Ein elegantes schwarzes Damenjäckchen, zusammengeknüllt und halb unter dem blühenden Rosenbusch verborgen, füllte den Bildschirm. Die benutzten und achtlos fortgeworfenen Papiertaschentücher daneben stachen grell ins Auge.

„Na!", triumphierte Miriam. „Schützenfest-Quickie – da hatte es aber jemand eilig." Sie warf den Kopf zurück und lachte. „Nur blöd, wenn man zu besoffen ist, sich wieder richtig anzuziehen! Oder?" Gut gelaunt klatschte ihre Hand auf Catrins nacktes Knie.

Catrin antwortete nicht, sondern starrte auf die Damenjacke. Das konnte doch nicht wahr sein! Rasch suchte sie das Foto mit Felix und zoomte ihn heran. Dann klickte sie sich zurück zu dem Bild mit der Jacke.

„Sprich mit mir, Catrin. Was ist los?" Miriam stieß ihr mit dem Ellenbogen liebevoll in die Seite.

„Das ist los!", schrie Catrin plötzlich auf und tippte wütend mit dem Zeigefinger auf einen kleinen gelben Punkt am Kragen des eleganten, im Dreck liegenden Boleros.

Miriam zuckte die Schultern. „Ich kann nicht erkennen, was das ist", murmelte sie.

Wortlos stand Catrin auf und kam mit dem Jackett, das sie heute beim Vortrag getragen hatte, zurück. Es ähnelte dem anderen, war aber dunkelblau. Sie hielt ihrer Freundin den Kragen ihrer Jacke unter die Nase.

„Kannst du es jetzt besser erkennen?", fragte sie bitter. Der kleine Pin, das Erkennungszeichen ihres Vereins, leuchtete wie eine winzige Sonne auf dem dunklen Blau des Stoffes.

„Ach du Scheiße", flüsterte Miriam. „Der Quickie-Bolero auf eurem Schützenfest gehört einer von uns?"

„Das kannst du wohl laut sagen. Er gehört mir. Er hing in meinem Schrank, als ich fuhr. Und die Rose an Felix' Revers stammt aus diesem Busch!" Catrin schleuderte ihr Jackett gegen den Bildschirm. „Mein Mann hat was mit seiner Königin!"

Kapitel 2

Wie sie es schaffen sollte, noch drei Tage hierzubleiben, ohne den Verstand zu verlieren, war ihr ein Rätsel.

Wütend rollte sich Catrin auf die Seite und warf einen Blick auf den Wecker. Gerade ein Uhr durch. Miriam war vor einer Stunde gegangen, daheim kroch Felix vermutlich gerade mit Sabrina durchs Gebüsch, auf der Suche nach dem verlorenen Bolero. Und was war mit Diva? Wer kümmerte sich um ihre hochträchtige Hündin? Felix ja ganz offenbar nicht, so, wie es aussah.

Sie hätte sie doch zu Norbert und Claudia geben sollen! Warum hatte sie das eigentlich nicht getan? Immerhin hatte Nobbi Diva gedeckt. Weil sie, Claudia, zu blöd gewesen war, zu erkennen, dass die erste Hitze ihrer Hündin hohe Flammen schlug. Hoch genug, um den lebenslustigen Rüden in Brand zu setzen. Als wenn es nicht schon genug Welpen gäbe.

Verdammt! Wie sie die sanfte Hündin vermisste! Felix hatte so versprochen, gut auf sie achtzugeben. Und jetzt? Jetzt trieb er es hinter ihrem Rücken vermutlich schon seit zwei Tagen mit seiner Kollegin und hatte sicher alles im Kopf, nur nicht Divas Wohl.

Nein, sie musste zurück. Sie war zwar erst heute Morgen angekommen, aber wie man sehen konnte, war sie bereits viel zu lange fort.

Die Tagung würde ohne sie weitergehen müssen. Ganz ausgeschlossen, sich hier mit Autorenkolleginnen zu amüsieren, während Felix ihren Hund vernachlässigte, weil ihm das Hirn im Vollrausch vollends in die Hose gerutscht war.

Entschlossen wischte sie sich die Tränen aus dem Gesicht und stand auf. Eilig riss sie die Schränke auf und nahm ihre Kleidung von den wenigen Bügeln darin. Dann hievte sie den Rollkoffer aufs Bett und begann zu packen.

Wo würde sie nur hingehen? Auf keinen Fall konnte sie mit Felix zusammenbleiben. Nicht nach diesem letzten endgültigen Beweis, dass er ein Schwein war.

Sie griff nach einem Informationsflyer auf dem Schränkchen unter der Garderobe und suchte die Nummer eines Taxiunternehmens. Sie würde sich direkt bis zum Hamburger Hauptbahnhof fahren lassen und einfach hoffen, dass es eine schnelle Verbindung nach NRW gab und sie nicht bis zum Morgen warten musste. Notfalls war aber auch das egal. Hauptsache weg von hier.

Als sie ins Bad ging und ihre wenigen Kosmetikartikel zusammenraffte, hielt sie für einen Moment inne. Die vom Weinen rotunterlaufenen Augen würden sich sicher bald beruhigen, es sei denn, sie brach immer wieder in Tränen aus. Sie würde sich zusammenreißen müssen, denn sie wollte verflucht sein, wenn sie wie das buchstäbliche heulende Elend vor Felix' Tür erschien.

Mit einigen routinierten Handgriffen steckte sie ihre schulterlangen braunen Haare hoch, dann zog sie sich trotz zitternder Hand halbwegs gerade Lidstriche, tuschte die Wimpern und legte sogar noch ein paar Tropfen Parfüm auf. Ja, das reichte, so konnte sie sich sehen lassen. Und so fühlte sie sich auch wieder etwas selbstbewusster. Selbstbewusst genug, der Nachtwelt von Hamburg zu begegnen.

Wenigstens reise ich erster Klasse, dachte sie erleichtert. Die Lounge am Bahnhof war vielleicht nicht das Hilton, aber allemal besser als eine Bahnhofshalle.

Mit einem letzten Blick überprüfte sie ihre Kleidung. Es war draußen noch immer sommerlich warm, tagsüber waren es immerhin fast dreißig Grad gewesen. Sie hatte sich für ein weißes T-Shirt entschieden, für Jeans und ein paar bequeme Sportschuhe, die sie notfalls bis ans Ende der Welt tragen würden. Den flauschigen, blaugemusterten Reise-Pullover, den ihre Großmutter ihr vor so vielen Jahren als *Unterwegs-Talisman* gestrickt hatte, band sie um ihre Hüften.

Als sie endlich im Taxi saß, schrieb sie Miriam eine SMS und erklärte ihren überstürzten Aufbruch so gut es ging. Dann schaltete sie das Handy aus. Es war besser, wenn niemand sie erreichen konnte.

Erschöpft schloss sie die Augen und lehnte den Kopf zurück. Sie spürte, wie der Taxifahrer einen skeptischen Seitenblick riskierte, und war froh, dass er ihre verweinten Augen richtig deutete. Sie wollte nicht unterhalten werden.

Kommentarlos schaltete er das musikalische Nachtprogramm des örtlichen Radiosenders ein und trat aufs Gas.

Kapitel 3

Wie vermutet fuhr um diese Zeit noch kein ICE oder EC Richtung Dortmund und so stellte Catrin ihr Gepäck neben einen der gemütlichen Lounge-Sessel und ging zur Servicestation, um sich einen Espresso zu holen.

Außer ihr nutzten nur wenige Passagiere die Lounge: ein älteres Ehepaar, das sich am Fenster in einen großformatigen Prospekt vertiefte, ein junger Inder, der zu schlafen schien, und ein Typ im Hugo Boss Anzug, der sich gerade erhob und den Raum verließ. Catrin nahm ihren Espresso und begab sich zurück zu ihrem Platz.

Die ältere Dame blickte auf und warf ihr einen freundlichen Blick zu. Catrin lächelte ihr *Ich-bin-erfolgreich*-Lächeln, auch wenn sie sich gerade fühlte wie jemand, der heimatlos geworden war. Ganz verkehrt war das schließlich nicht. Sie durfte nun keinen Fehler machen, was die Planung ihres zukünftigen Lebens betraf. Des Lebens, das sie sich neu aufbauen musste. Für sich, für Diva und für deren Babys, die irgendwann Ende der Woche geboren werden würden.

Diva und sie hatten einander gesucht und gefunden. Beide waren sie so einsam gewesen, als sie einander begegneten. Die junge Hündin, der traurigste Welpe, der ihr je unter die Augen gekommen war, und sie selbst noch unter ihrer Fehlgeburt leidend. Sie hatte es genau gesehen, das irritierte Aufmerken im Blick des jungen Tieres, als ihre Freundin Linda ihr den Welpen in den Arm drückte.

„Die anderen sind alle weg, diese hier wollte niemand haben", sagte Linda und klang entsetzlich erschöpft.

„Warum nicht?", fragte Catrin fassungslos und drückte das braunschwarze Fellknäuel an ihre Brust.

„Keine Ahnung", meinte Linda. „Vielleicht, weil sie so zurückhaltend und still ist? Die Leute sagten, sie wirkt apathisch." Linda schüttelte den Kopf. „So ein Unsinn. Sie ist nur etwas vorsichtiger, wenn du mich fragst."

Catrin verkniff sich ihren Kommentar. Traurig traf es sicher eher. Oder resigniert. Der Mutter entrissen, weit vor der Zeit, weil Linda einfach nicht mehr konnte. Weil das Aufziehen der Welpen mehr Kraft forderte, als ihr anstrengender Vollzeitjob ihr ließ.

Catrin führte den Espresso an ihren Mund und verbrannte sich die Lippen, was sie zurück ins Hier und Jetzt riss. Verdammt! Sie blies so lange in die kleine Tasse, bis das dunkle Gebräu Trinktemperatur erreichte, dann trank sie es in einem Zug aus. Das sollte reichen, sie noch ein wenig wachzuhalten, bis der Zug ging.

Die Tür öffnete sich und der Anzugträger kam zurück.

Männer wie er ließen Catrins Fantasie Kapriolen schlagen. In Sekundenschnelle füllte sich der Raum mit imaginären Romanfiguren, eine verwegener als die andere. Sie konnte ihren Blick kaum von dem großen, kräftig gebauten Fremden mit dem dichten dunklen Haar und dem attraktiven und gut gepflegten Dreitagebart reißen. Playboy, tippte sie. Verwegen. Herzensbrecher. Sicher steinreich.

Langsam schlenderte der mutmaßliche Multimillionär zu einem Platz ihr genau gegenüber und setzte sich.

Ein unauffälliger Rucksack neben seinem Sessel ließ sie die Stirn runzeln. Seit wann reisten Männer wie dieser mit Rucksäcken?

Sie setzte sich ein wenig auf und sah genauer hin, als er eine Zeitung ergriff und sich dahinter verbarg. Seine Hände waren gewaltig und wirkten, wenn sie sich nicht mächtig täuschte, als könnten sie nicht nur Bäume ausreißen, sondern als würden sie das auch gelegentlich tun. Die Nägel waren sauber, aber seine Finger waren rau, als wären sie Anpacken gewohnt.

In dem Moment, als er die Zeitung ein wenig sinken ließ, um umzublättern, schaute Catrin schnell in eine andere Richtung, aber nicht schnell genug. Der Blick aus leuchtend blauen Augen, der sie für einen winzigen Moment traf, fuhr ihr durch Mark und Bein. Himmel! Alleine für seine Augen benötigte dieser Typ einen Waffenschein.

Reiß dich bloß zusammen, du bist schließlich verheiratet, rief sie sich selbst zur Räson, aber schlau war das nicht, weil mit dem Gedanken an Felix ihre Wut zurückkehrte und ihre Galle drohte, überzulaufen. *Na, wenigstens heule ich nicht direkt los*, dachte sie erleichtert.

Genervt erhob sie sich und ging zu einer Tür, die auf eine kleine Terrasse führte. Naja, Terrasse war vielleicht zu viel gesagt, eher ein Balkon oder Teil des Fluchtweges. Egal, ein Weg raus aus diesem Raum.

Sie drückte gegen die Glastür, aber der Ausgang schien verschlossen. Mist. Alleine in den Bahnhof hinauszugehen, das erschien ihr doch ein wenig riskant. Frustriert rappelte sie an dem Türgriff.

„Darf ich?" Die tiefe Stimme hinter ihr fuhr ihr so unter die Haut, dass ihre Hände begannen zu zittern, als sie sie von der eisernen Verriegelung zurückzog.

Mit einem kräftigen Ruck öffnete der Fremde die Tür und hielt sie auf. Wortlos und nur mit einer leichten Kopfbewegung forderte er sie auf, hinauszugehen.

„Komme ich denn nachher auch wieder rein?", fragte Catrin unsicher.

„Natürlich."

Lachte er sie aus oder an?

„Notfalls können uns die beiden dort drüben wieder hereinlassen." Er nickte dem älteren Ehepaar zu, das sie aufmerksam beobachtete, und lächelte die beiden an. Die Frau erwiderte sein Lächeln sofort, über das ganze alte Gesicht strahlend, was Catrin nicht im Geringsten überraschte.

Sie schmunzelte. Wahrscheinlich überlegte der konsterniert dreinblickende Ehemann gerade, wann er diese Wirkung auf seine Frau verloren hatte.

„Na gut, dann will ich Ihnen mal vertrauen", sagte Catrin und ging hinaus. „Danke."

„Gerne. Rauchen Sie?"

Sie sah, wie sein Blick sie aufmerksam streifte, wie er sie blitzschnell von oben bis unten taxierte.

„Nicht mehr." Dass sie während ihrer Schwangerschaft aufgehört und nie wieder mit dem Rauchen begonnen hatte, ging ihn nichts an.

Flackerte etwas wie ein Schatten des Bedauerns über seine Züge? Galt er der Tatsache, dass er nun alleine rauchen musste? Oder, dass sie einen Ehering trug? Schweigend steckte er sich eine Zigarette an.

„Wohin geht die Reise?", fragte er plötzlich und Catrin erschrak, weil sie nicht damit gerechnet hatte, dass das Gespräch weitergehen könnte.

„Ins Sauerland. Und selbst?"

„Auch."

Sie legte normalerweise Wert darauf, zu betonen, dass der Ort, in dem sie lebte, streng genommen nicht im Sauerland lag, sondern eher kurz davor. Wenn die Leute *Sauerland* hörten, dachten die meisten nämlich sofort an Wälder, Wiesen und „Woll?" Manchmal war ihr das peinlich. Manchmal nicht.

Ihr Gesprächspartner blies gedankenverloren filigrane Rauchkringel in die Nacht. „Ich könnte nicht mehr in der Stadt leben."

Ach du je, noch so einer, dachte Catrin und seufzte.

Felix und sie hatten jahrelang im Ruhrgebiet gelebt, er arbeitete dort bei einem großen Energiekonzern. Und dann legte einer ihrer Sauerlandurlaube plötzlich einen Hebel in seinem Kopf um. Fortan redete er nur noch davon, aufs Land zu ziehen. Er entwickelte einen regelrechten Hass auf die Großstadt und trug ihn bei jeder passenden und unpassenden Gelegenheit zur

Schau. Bis er schließlich kündigte und sich einen neuen Job suchte, hinter ihrem Rücken.

„Nichts kann man dir recht machen!", sagte er wütend. „Jede Überraschung machst du einem kaputt." Er packte seine Jacke und wollte hinausgehen, an der Tür drehte er sich dann aber noch einmal zu ihr um. „Du kannst deine blöden Schnulzen überall schreiben", sagte er. „Stell dich also nicht so an!"

Mein Gott, war ich naiv, dachte Catrin bitter.

Hatte sie Felix eigentlich jemals wirklich geliebt? Vermutlich. Nur wann war ihnen die Liebe abhandengekommen? Als sie das Kind verlor und er sie anherrschte, sie solle sich nicht so anstellen?

Catrin fand einen Weg, ihren Schmerz zu überwinden. Sie stürzte sich in die Arbeit, schrieb einen Roman nach dem anderen. Wer glaubte, das Leben halte Liebe pur für einen bereit, der musste sich auf eine Überraschung gefasst machen. Der musste dringend begreifen, dass es die nur in der Fiktion gab. Das richtige Leben war nicht farbenfroh und voller Leidenschaft, es war grau.

Und grausam. Wer eine heile Welt suchte, der musste sie sich erträumen. Dem blieb nichts anderes übrig, als sich die Mühe zu machen, ein Buch aufzuschlagen.

Felix lebte sich im Gegensatz zu ihr schnell in der Dorfgemeinschaft ein. Dort fand er alles, was sein Herz begehrte: seinen heißgeliebten Schützenverein und eine Aufgabe, nämlich die vergammelte feuchte Schützenhalle am See mit seinen *Schützenbrüdern* zu renovieren, in jeder freien Minute. Und unbeobachtet Sabrina zu bespringen, wann immer ihm danach war.

Für sie, Catrin, war es nicht so einfach gewesen. Heimat war eben mehr als eine Ansammlung von Häusern, die idyllisch lagen.

Nun war es zu spät. Wie sollte sie je wieder diesen Menschen vertrauen, unter denen sie und ihr Mann lebten? Die Felix' schäbige Affäre mit Sabrina stillschweigend hinnahmen und vermutlich auch deckten?

Catrin spürte, wie ihr nun doch wieder die Tränen in die Augen schossen.

„Ist Ihnen nicht gut?"

Sie fuhr erschrocken zusammen, als sie angesprochen wurde. Mein Gott, sie war so in Gedanken gewesen!

„Geht schon." Sie wandte sich um, um wieder in die Lounge zu gehen.

„Bis Dortmund fahren wir offenbar zusammen." Der Fremde öffnete ihr die Tür.

„Ja, kann sein", sagte Catrin leise und wollte hineingehen, als er sie unvermutet am Arm berührte.

„Verstehen Sie mich nicht falsch, aber wenn Sie mögen, dann suchen wir uns gleich Plätze, die nebeneinanderliegen. Ich habe das Gefühl, ich sollte ein wenig auf Sie aufpassen."

Erstaunt blickte Catrin ihn an.

Sie standen so nah beieinander, dass sie den Kopf ein wenig in den Nacken legen musste, was ein ungewohntes Gefühl war. Felix war nur wenige Zentimeter größer als sie, also ziemlich genau eins achtzig. Der Unbekannte, der sich ihr gerade als Reisebegleiter anbot, war sicher gut eins neunzig.

„Ich weiß nicht …", stammelte sie.

„Wir Sauerländer müssen zusammenhalten, woll?", sagte er und betonte das *woll?* so übertrieben, dass sie lachen musste.

Er blickte auf seine Armbanduhr. „Wir sollten zum Gleis gehen, der Zug müsste gleich einfahren."

Catrin nickte langsam. *Warum eigentlich nicht*, dachte sie.

Kapitel 4

„Sieht aus, als wäre dir die Fahrt nach Hamburg richtig gut bekommen", sagte Ben und sah seinen Bruder aufmerksam von der Seite an, als sie zum Parkplatz gingen.

„Die Rückfahrt vielleicht, der Rest war genauso ätzend, wie erwartet."

„Na gut, aber jetzt bist du wieder ein freier Mann. Etwas ärmer vielleicht, aber zurück auf dem Junggesellenmarkt. Wir nehmen bereits Wetten an, für wie lange."

Ben musste sich bemühen, Schritt zu halten mit Wolf. Wie immer. Die zehn Zentimeter, die sein jüngerer Bruder größer war als er, lagen eindeutig in dessen Beinen.

„Müssen wir uns so beeilen?" Er war schon richtig außer Puste, aber Wolf ließ sich nicht beirren und hielt die Hand auf.

„Ich fahre."

„Meinetwegen." Ben warf ihm den Schlüssel zu.

Mit einem Piepen sprang der Audi R8 ins Leben und der Motor lief bereits, als sich Ben schwer atmend auf den Beifahrersitz gleiten ließ. Wenige Augenblicke später flogen sie über die Landstraße.

„Nun erzähl schon", forderte er seinen Bruder auf.

„Da gibt es nichts zu erzählen. Karolin behält die Hamburger Wohnung, ich behalte meine Hütte. Die Abfindung dafür, dass sie ohne weitere Ansprüche geht, war wie erwartet. Schmerzhaft. Aber Geld ist eben nicht alles. Ach so, ich bin natürlich aus der Kanzlei ihres Vaters raus. Zwei Partnerschaften an einem Tag beendet, kein schlechter Schnitt, oder?"

„Ganz sicher nicht", murmelte Ben. So, wie er Karolin einschätzte, hatte er eigentlich damit gerechnet, dass sie Wolf trotz gegenteiliger Absprache am Ende doch das nehmen würde, woran ihm am meisten lag: die Blockhütte im Wald. Sie hatte nie gerne einen Fuß hineingesetzt. Hatte immer die Nase gerümpft und gemeint, sie wäre doch keine Höhlenbewohnerin. Aber wenn sie ihn damit treffen konnte?

Ben seufzte. Endlich war Wolf sie los. Sie hatte eh nie in die Familie gepasst, die feine Anwältin mit der scharfen Zunge und dem Modetick. Warum Wolf ausgerechnet sie vor zehn Jahren vor den Traualtar geführt hatte, war ihm immer ein Rätsel geblieben. Vermutlich lag es am Stress während des Jura-Studiums, der machte offenbar blind. Dass es Liebe gewesen war, die sein Bruder für Karolin empfand, hatte Ben immer bezweifelt.

Er lächelte. Am liebsten hätte er Karolins neuem Liebhaber eine Karte geschickt und „Viel Spaß in der Hölle" draufgeschrieben, aber dann wiederum hatte er dem Typ und seiner Nachlässigkeit zu verdanken, dass Wolf aufgewacht war. Ließ einfach seine Uhr auf Karolins Nachttisch liegen. So blöd musste man erst einmal sein.

„Wir haben dir im Haus das alte Büro von Vater freigemacht", sagte er vorsichtig und vermied es, zu Wolf hinüberzusehen.

„Fängst du schon wieder damit an? Ich hab doch gesagt, dass ich mich nicht im Dorf niederlasse."

„Von irgendwas musst auch du leben und ewig werden deine Reserven nicht reichen. Außerdem können wir einen guten Anwalt gebrauchen, das weißt du genau."

Wolf schüttelte den Kopf und konzentrierte sich auf die kurvenreiche Straße. „Vergiss es."

„Ganz sicher nicht."

Sie schwiegen für eine Weile, dann setzte Ben zu einem neuen Versuch an.

„Die Rückfahrt war also toll? Wie heißt sie?" Er konnte sich ein Lächeln nicht verkneifen, als er sah, wie sich Wolfs Miene entspannte und seine Mundwinkel ein wenig nach oben wanderten. Wortlos griff sein Bruder in seine Anzugsjacke, fummelte ein Visitenkärtchen hervor und reichte es ihm.

„Ah, eine Autorin. Na, das ist ja mal eine angenehme Abwechslung."

„Glücklich verheiratet", sagte Wolf, aber das Grinsen verschwand nicht.

„Ehrlich?" Mist. Wenn sein Bruder alles war, aber kein Ehebrecher.

„Catrin Stechler – hab noch nie von der gehört."

„Dreh mal die Karte um."

„Candrine Cook? Moment mal! Schreibt die nicht diese Liebesschnulzen?"

Wolf sah ihn an und sein Grinsen wurde breiter. „Wenn ich mich recht erinnere, dann liest Laura die doch, oder?"

Ben räusperte sich. Allerdings. Nacht für Nacht lag seine Holde neben ihm und schmachtete die muskulösen halbnackten Wilden auf den Covern dieser Schmonzetten an. Und gab ihm damit immer wieder wortlos zu verstehen, dass er ruhig mal ins Fitness-Studio gehen durfte.

„Lade die bloß nicht zu uns ein", sagte Ben und ließ die Visitenkarte zurückgleiten ins Wolfs Jacke.

„Wie ich bereits sagte, glücklich verheiratet. Also beruhige dich." Wolf riss das Lenkrad herum und kam mit quietschenden Reifen in der Einfahrt zum Stehen, direkt neben seinem Landrover, den er hier geparkt hatte, ehe er nach Hamburg fuhr.

Kapitel 5

„Diva?" Catrin zog den Schlüssel aus dem Schloss, schob ihren Koffer in den Flur und drückte die schwere Haustür zu. „Diva?"

Eigenartig. Wenn sie heimkam, reichte normalerweise das leiseste Geräusch und ihre Hündin kam angeschossen, wo auch immer sie gelegen hatte. Vielleicht war Felix gerade mit ihr raus?

Die Luft im Haus roch abgestanden, nach kaltem Rauch und schal gewordenem Bier. Sie hatte es befürchtet.

Divas Leine hing nicht an der Garderobe, ebenso wenig wie Felix' Jacke. Keine Musik aus der Küche, kein Laut. Nichts.

Eine Gänsehaut überfiel sie, als sie die Treppe in die erste Etage hinaufstieg und dann auf ihr Schlafzimmer zuging.

Wenn sie jetzt ein Stöhnen hörte, dann würde sie ausrasten!

Vorsichtig öffnete sie die Tür und sah hinein. Ein zerwühltes Bett. Beide Seiten.

Übelkeit stieg in ihr auf. *Mein Gott, dieses Arschloch.*

Für einen Moment musste sie die Augen schließen und sich zusammenreißen, dann ging sie zum Bett und zerrte zwei große Koffer darunter hervor. Sie öffnete den Kleiderschrank und begann, wahllos Kleidungsstücke herauszuholen und in die Koffer zu werfen. Schließlich ging sie in das kleine Arbeitszimmer nebenan. In der Ecke standen Klappkisten. Sie war oft genug schon für ein paar Tage zu ihrer Mutter in eine Schreibklausur verschwunden, sie wusste genau, was sie einpacken musste, um mit ihrem derzeitigen Manuskript voranzukommen. Wenn Felix heimkam und seinen Rausch ausgeschlafen hatte, würde er sie dort vermuten und sich melden. Ob er bemerken würde, dass sie so gut wie alles mitgenommen hatte, woran ihr Herz hing? Ob er die richtigen Schlüsse ziehen würde? Nämlich, dass sie ihn verlassen hatte?

Verbissen schleppte sie eine Kiste und einen Koffer nach dem anderen nach unten, dann ging sie ein letztes Mal nach oben, um ihre persönlichen Sachen aus dem Bad zu holen.

Sie schlug die Hand vor den Mund, um das Würgen zu unterdrücken, kaum dass sie den Raum betreten hatte. Der Geruch von schwüler Lüsternheit, der noch in der Luft hing, sagte ihr, dass Felix und seine Schlampe noch nicht lange fort sein konnten. Der Stapel nasser Badetücher vor ihren Füßen gab ihr schließlich den Rest. Falsch. Es war der gelbe Spitzentanga oben auf dem Stapel, der das erledigte.

Als sich Catrin endgültig ausgekotzt hatte, fing sie über dem Waschbecken mit ihren Händen kaltes Wasser auf und trank gierig. Sie versuchte, durch den Mund zu atmen, als sie sich umdrehte und zufrieden feststellte, dass von dem zarten Slip nicht mehr viel zu sehen war. Ihr Erbrochenes hatte sich wirklich hübsch darüber verteilt.

Mit einem Ruck zog sie die Tür zum Bad hinter sich zu und atmete tief durch. Jetzt noch schnell Divas Sachen zusammenraffen, dann würde sie Felix einen Besuch abstatten.

So, wie sie ihn kannte, hatte der Idiot die trächtige Hündin mit in die Schützenhalle geschleppt, um seinen besoffenen Freunden vorzuführen, was für ein Naturbursche er war. Immerhin hatte er irgendwann mal einen Jagdschein gemacht und bildete sich weiß Gott was darauf ein, wehrloses Wild zu erschießen. Als er mit seiner ersten Beute nach Hause gekommen war und einen Platz im Flur mit Hammer und Nagel bearbeitete, um seine schändliche Trophäe aufzuhängen, war es zum Eklat gekommen. Bis heute prangte der nackte Nagel in der Wand, mahnende Erinnerung an den Riss, der seitdem durch ihre Ehe führte. Wie tief dieser Riss tatsächlich war, wusste sie ja nun.

Catrin kramte aus einer Schublade in der Küche zwei geräumige Plastiktüten hervor und begann, das Hundespielzeug einzusammeln, das überall in der Wohnung verstreut lag. Dabei begegneten ihr ständig Spuren, die davon zeugten, wie fest Felix davon ausgegangen war, dass sie erst in zwei Tagen zurückkommen würde. Tja, Pech gehabt.

Sie zückte ihr Handy, um noch schnell ein paar Beweisfotos zu schießen: Rotweingläser mit Lippenstift, ungespülte Teller mit Spaghettiresten, Damenschuhe unterm Küchentisch, eine Decke und ein Kissen mitten auf dem Wohnzimmerteppich.

Sollte sie noch mal nach oben gehen?

Lieber nicht, beschloss sie. Die Fotos, die sie gemacht hatte, würden reichen, wenn Felix Zirkus machte. Denn das würde er, spätestens, wenn die Scheidungspapiere bei ihm eintrafen. Ein Felix Stechler wurde nicht verlassen.

Catrin öffnete die Tür zum Vorratsraum.

„Nanu?" Verdutzt starrte sie auf das leere Regal. Wo war denn der Sack mit dem Trockenfutter? Sie drehte sich um, suchte mit ihrem Blick die Küche ab. Und wo waren die Futternäpfe? Erst jetzt fiel Catrin auf, was alles fehlte.

Sie spürte, wie die Farbe aus ihrem Gesicht wich, als sie Divas Hundekorb vergeblich suchte. Das konnte nur eines bedeuten: Felix hatte die Hündin nicht mitgenommen, sondern abgeschoben. Weiß Gott wohin.

So schnell, wie sie nur konnte, räumte Catrin alles, was sie zusammengetragen hatte, in ihren Wagen. Sie hätte auch zum Schützenfest laufen können, aber es war besser, wenn sie fuhr. Sie würde allerdings so parken müssen, dass niemand das bis unter die Decke vollgepackte Auto sah.

Es war gerade mal halb elf, als sie die Heckklappe zuschlug, ins Auto sprang und den Motor startete.

Sie ließ den Wagen gesittet auf die kleine Seitenstraße rollen, in der ihr Haus lag, und warf nicht einen Blick zurück, als sie den Gang einlegte und aufs Gaspedal trat.

Kapitel 6

Das Pfeifen und Trommeln des Piepenchors war nicht zu überhören, als Catrin schließlich in einer unscheinbaren Seitenstraße aus dem Wagen sprang. Es dauerte nur wenige Minuten, da wurde sie mit großem „Hallo!" an der Schützenhalle begrüßt.

„Na, junge Frau? Stolz auf Felix? Ach, was frage ich? Natürlich bist du das!"

Karl befestigte ein buntes Plastikband an ihrem Handgelenk und winkte sie weiter. Das Schützenvolk klatschte begeistert zur Musik, während sich Catrin durch die Menge schlängelte. Überall nickte man ihr zu, klopfte ihr wohlwollend auf den Rücken und hob prostend das Glas. Sie konnte sich kaum ein Lächeln abringen, während sie sich der Bühne näherte, auf der Felix und Sabrina saßen, strahlend umringt von ihrem Hofstaat.

Es dauerte einen Augenblick, bis Felix mitbekam, dass sie dort unten stand und ihn anstarrte, dann einen weiteren, bis er zu begreifen schien, dass er aus dieser Nummer nicht mehr verheiratet herauskommen würde.

Schwerfällig erhob er sich und in diesem Moment wurde sie auch von Sabrina wahrgenommen, die unter ihrer dicken Schminke sichtlich erbleichte. Catrin riss die rechte Hand hoch und hielt ihr kurz einen aussagekräftigen Mittelfinger hin, dann wandte sie sich zur Treppe und ging ihrem Noch-Ehemann entgegen, der sich abstützen musste, um nicht zu stolpern.

Voll wie eine Haubitze, schoss es Catrin durch den Kopf, aber sie riss sich zusammen. Wenn sie herausfinden wollte, wohin

Felix ihre Hündin geschafft hatte, musste sie sich im Griff haben. Ein falsches Wort von ihr und er würde es ihr vermutlich nicht sagen. Aus Trotz.

Als er auf sie zutorkelte und schließlich vor ihr stehen blieb, beugte sie sich vor und gab ihm einen flüchtigen Kuss auf die Wange. Gott, wie er stank! Aber wenn sie ihren Hund zurückhaben wollte, dann durfte sie nun keinen Fehler machen. Sie wusste schließlich sehr genau, wie jähzornig er sein konnte, wenn er genug Promille intus hatte.

„Herzlichen Glückwunsch, Felix! Ich habe deinen Triumph online mitverfolgt und bin direkt heimgekommen, um dir zu sagen, wie stolz ich auf dich bin!"

Sie musste regelrecht gegen den Lärm der Feiernden anbrüllen, aber es gelang ihr, trotzdem zu lächeln.

Felix, der endlich eines seiner armseligen Lebensziele erreicht hatte, konnte seine Überraschung kaum verbergen, aber er schaltete überraschend schnell.

„Warst du schon zu Hause?", fragte er laut, aber lauernd, und legte ihr dabei einen Arm um die Schultern, damit es für alle anderen so aussähe, als sei er völlig entspannt. Er war so ein schlechter Schauspieler. Und wie er roch! Sabrina musste ein echtes Problem mit ihrem Geruchssinn haben, wenn sie diese Mischung aus Schweiß und Alkoholfahne attraktiv fand.

„Nein, ich habe mir am Bahnhof ein Taxi besorgt und bin direkt zu dir geeilt! Quasi non-stop von der Nordsee an deine Seite!", brüllte sie gegen den Lärm an. „Und jetzt fahre ich heim und geh mit Diva raus! Die lange Fahrt, du weißt schon! Gibst du mir mal den Haustürschlüssel?! Ich glaube, ich habe meinen zu Hause vergessen, als ich gefahren bin!"

Sie sah förmlich, wie es hinter der Stirn ihres Mannes arbeitete. Hoffentlich kam er nicht auf die Idee, sie zu begleiten.

„Komm, lass uns mal eben vor die Tür gehen, hier drin ist es zu laut!", rief Felix und zog sie bereits fort von der Bühne, auf der Sabrina noch immer stand und ihnen nun nachstarrte.

Auf dem langen Weg hinaus aus der Halle musste Catrin ungezählte bierselige Glückwünsche über sich ergehen lassen und mehr als einmal lehnte sie ein angereichtes Glas Bier mit den Worten ab: „Danke, später vielleicht!"

Endlich hatten sie es geschafft und standen draußen in der prallen Sonne. Catrins Blick glitt zum angrenzenden Parkgelände und zu dem Rosenbusch, der wirklich prachtvoll blühte. Der ruhige See dahinter glitzerte in der Sonne.

Ihr habt es ja nicht weit geschafft, ehe ihr übereinander hergefallen seid, dachte sie wütend und bemühte sich, ihre Gefühle unter Kontrolle zu halten.

„Der Schlüssel?", fragte sie scheinheilig.

„Ja, natürlich", stammelte ihr Mann und wühlte in seiner Hosentasche.

Als der körperwarme Schlüsselbund in ihre Hand glitt, ballten sich Catrins Finger um ihn zur Faust.

„Danke! Ich laufe nur eben heim, versorge Diva, dann ziehe ich mich um und komme zurück", säuselte sie und wandte sich zum Gehen.

„Du kannst doch auch gleich hierbleiben", sagte Felix schnell und hielt sie zurück.

„Aber was ist mit dem Hund?"

„Weißt du, ich habe Diva für ein paar Tage zu jemandem gegeben, der sich gut um sie kümmert", beichtete Felix. „Sabrinas Bruder hat sie abgeholt und wollte sie eigentlich morgen zurückbringen."

Catrin spürte, wie sich ein Kloß in ihrem Hals bildete. Felix hatte das sensible Tier einfach einem Wildfremden überlassen, der sie weiß Gott wohin verschleppt hatte? Eine Wut stieg in ihr auf, die sie in dieser Heftigkeit noch nie gespürt hatte.

Laut sagte sie: „Das war aber gut mitgedacht!" Das falsche Lächeln, das sie Felix schenkte, brannte, als sie es auf ihre Lippen zwang.

Wieder konnte ihr Mann seine Überraschung kaum verbergen. „Mensch, Catrin, und ich dachte schon, du machst Theater deswegen." Er wischte sich mit einem Taschentuch über das verschwitzte Gesicht. „Wie war die Tagung?", heuchelte er Interesse, während sein Blick bereits wieder erhaben über die Menge glitt, die ihn und seine Regentschaft feierte.

„Bestens", sagte sie und wusste, dass ihn die Antwort überhaupt nicht interessierte. Alles, was sich um ihren Beruf als Autorin drehte, war ihm vollkommen egal. Er hielt es trotz des Geldes, das sie verdiente, eher für das Hobby einer gelangweilten Ehefrau, und er gönnte es ihr mit der ihm eigenen schleimigen Überheblichkeit.

„Du, Felix", sie sah ihm mit einem gespielt traurigen Augenaufschlag in die alkoholgeröteten Augen. „Ruf Sabrinas Bruder an und sag ihm, er soll Diva vorbeibringen."

„Jetzt?"

„Jetzt!"

„Hat das nicht Zeit bis morgen?"

„Ach, Felix", sie tätschelte sein feuchtes Gesicht, „wie oft muss ich dir noch sagen, dass man mit Frauen nicht diskutiert?"

„Das kann aber dauern, er wohnt irgendwo im Hochsauerland, wenn ich das richtig verstanden habe."

„Du weißt gar nicht, wo Diva ist?", fragte sie eine Spur zu schnell.

„Natürlich weiß ich, wo sie ist." Felix sah sie misstrauisch an und runzelte die Stirn.

Schnell lächelte Catrin und sah, wie er sich gleich wieder entspannte. *Arschloch!*, dachte sie.

„Die ist bei Sabrinas Bruder", lallte Felix. „Der ist Jäger, kennt sich super mit Hunden aus. Sabrina hat das organisiert."

Sabrina. Natürlich. „Ruf ihn an."

„Und dann?", fragte Felix lauernd. „Willst du zu Hause auf ihn warten?" Wieder diese kaum unterdrückte Nervosität in seiner Stimme.

„Wenn du ihn jetzt anrufst, jetzt sofort, und er auch gleich losfährt, dann soll er hierherkommen. Ich warte dann hier. Bei dir."

Er warf ihr einen letzten skeptischen Blick zu, dann tippte er bereits auf dem Display seines Handys herum.

„Simon? Hier ist Felix! ... Ja, danke! ... Ja, deiner Schwester gehts auch gut, bestens sogar. Ja ..." Felix wandte ihr den Rücken zu, sie hörte, wie er tief und schallend lachte.

Wie lange ging das eigentlich schon mit ihrem Mann und seiner Kollegin? Die Vertraulichkeit, mit der Felix mit diesem Typ sprach, erinnerte sie an die Herzlichkeit unter Schwägern.

„... kannst du Diva zurückbringen? Meine Frau steht vor mir ... ja, genau, sie ist etwas früher zurückgekommen von ihrer Schreiberling-Tagung", er warf ihr über die Schulter ein leicht ertappt wirkendes Lächeln zu, „... und sie möchte den Hund sehen ... Ja. Pack sie in den Wagen und fahr los. ... Was? ... Nein, lieber sofort. ... Nein, wirklich. Es muss sofort sein. ... Noch nicht. Du, lass uns darüber später reden, ja? ... Komm einfach mit dem Hund zur Halle, du weißt ja, wo wir sind. Danke!" Mit diesen Worten beendete Felix sein Telefonat und atmete tief durch. „Zwei Stunden, dann ist er hier."

„Ach, Felix, du bist ein Schatz", säuselte Catrin und spürte, wie sie sich beruhigte. Sobald sie Diva zurückhatte, würde sie sich in den Wagen setzen und verschwinden. Mit Felix' Schlüsselbund. Sollte er doch zusehen, wie er ins Haus kam, das ja immerhin zur Hälfte auch ihr gehörte.

„Komm", sagte sie und straffte die Schultern. „Lass uns wieder reingehen und feiern."

Dankbar griff sie nach dem ersten Glas Bier, das man ihr anbot, und reichte es sofort an ihren Mann weiter. „Ex und hopp! Das hast du dir verdient!"

Es war wichtig, dass er in zwei Stunden so abgefüllt war, wie nie zuvor in seinem Leben.

Kapitel 7

„Bist du sicher, dass du nicht einfach hier übernachten willst?" Laura machte eine ausladende Handbewegung, als wolle sie Wolf das Haus zu Füßen legen. „Dies ist immerhin seit heute dein offizieller Erstwohnsitz. Es ist doch noch früh. Bring in die Hütte, was du unbedingt dort haben willst, dann komm zurück."

„Ich weiß, du meinst das lieb, Laura! Aber danke, nein." Wolf beugte sich vor und gab seiner Schwägerin einen Kuss auf die Wange. „Es zieht mich heim."

„Was du so als *Heim* bezeichnest." Laura schüttelte den Kopf, ihre blonden Locken hüpften. Dann winkte sie, ging zurück ins Haus und schloss die Tür.

Ein Klopfen an einem der Fenster ließ Wolf aufschauen. Ben stand im hell erleuchteten und leergeräumten Büro ihres Vaters und winkte einladend.

Kopfschüttelnd und lachend ging Wolf zu seinem Landrover und stieg ein. Ben würde nicht aufgeben, das wusste er. Es war allerdings schön zu spüren, wie gerne sein Bruder ihn um sich hatte. Es gab nicht viele Menschen, von denen er Ähnliches behaupten konnte, die meisten gingen ihm geflissentlich aus dem Weg. Wer wollte schon mit einem Eigenbrötler wie ihm befreundet sein?

Na gut, so ziemlich jede Frau, die ihm über den Weg lief, aber das war inzwischen nicht nur langweilig, sondern nervtötend geworden. Vielleicht war das auch der Grund, warum er die Stunden mit dieser Catrin so genossen hatte. Wenn sie eins nicht in ihm gesehen hatte, dann einen potentiellen Versorger. Was für eine Wohltat.

Er durfte gar nicht daran denken, was los sein würde, wenn sich herumsprach, dass Dr. Wolf Ränger wieder zu haben war. Dann würde es aus Hamburg, wo er kein unbeschriebenes Blatt war, Einladungen hageln zu Partys, Ausstellungen, Benefizveranstaltungen und zahllosen banalen sozialen Events, die ihn schon immer abgestoßen hatten.

Die Fahrt zur Hütte dauerte nur wenige Minuten. Ihr Großvater hatte das Blockhaus gebaut und als Jagdhütte für sein systematisch durch Ankauf von Wald wachsendes Revier genutzt. Und Wolfs Vater war schon als sehr junger Mann klug genug gewesen, das kleine Gebäude in seiner Nutzung als Wochenenddomizil amtlich genehmigen zu lassen. Undenkbar, dass so etwas heute noch gelingen konnte.

Von außen nicht zu erkennen, war das Innere des etwa dreißig Quadratmeter großen Kleinods ein wahres Wunder an Raumnutzung. Und das Grundstück war riesig. Er würde seinen Großeltern und Eltern ewig dankbar sein, dass sie stets nur Wald dazugekauft und nie etwas von diesem wunderbaren Gebiet wieder verkauft hatten.

Wann immer er Zeit hatte – und davon würde er nun mehr als genug haben –, dann wanderte er die Grenzen seines Reiches ab und kontrollierte die von ihm an allen Zugangswegen angebrachten Hinweise auf Privatbesitz und darauf, dass die Jagd auf seinem Grund und Boden nicht gestattet war. Ob das den Grünberockten gefiel oder nicht.

Na gut, er konnte nicht verhindern, dass er als Besitzer von so viel Wald automatisch Mitglied einer Jagdgenossenschaft geworden war, aber Dank EU konnte er nun durchaus seine ethischen Überzeugungen durchsetzen. Mussten seine *Genossen* halt warten, bis ein Tier, das sie erlegen wollten, diesen Teil des Waldes freiwillig wieder verließ. In besonders schwerwiegenden Fällen konnten sie ihn ja jetzt anrufen. Er wusste schließlich, wie man einen Gnadenschuss setzte. Er kannte aber auch den Weg zur nahegelegenen Tierklinik, wo sein Freund Moritz alles für die verletzten Wildtiere tat, die er ihm brachte.

Die Zufahrt zur Hütte war kaum zu erkennen, und wer nicht genau wusste, wo er in den Wald einbiegen musste, der würde sie nie finden.

Nach wenigen Metern war die helle, sonnenbeschienene Weide hinter ihm bereits nicht mehr zu sehen und das gedämpfte grüne Licht des Mischwaldes ließ ihn tief ausatmen. Mein Gott, war das hier schön!

Er zog die Handbremse an und den Schlüssel aus dem Zündschloss. Augenblicklich umgab ihn absolute Stille. Sie würde so lange anhalten, bis die unsichtbaren Beobachter, die in Baumkronen, hinter Büschen und Stämmen nun den Atem anhielten, sich an seine Anwesenheit gewöhnt hatten.

Das leise Plätschern der Quelle, die sich in einen kleinen aber erstaunlich tiefen Teich hinter der Hütte ergoss, ließ das Wasser in Wolfs Mund zusammenlaufen. Es ging nichts über quellengekühltes Bier.

Wolf schloss die Tür zum Blockhaus auf und entriegelte sofort die beiden Fenster, die zur Vorderseite hinausgingen. Mückennetzgefiltertes Waldlicht flutete die winzige Küchenecke und den Wohnraum.

Nachdem er die Leiter zur Empore hochgeklettert war, wo sich sein Bett befand, und dort ebenfalls das Fenster geöffnet hatte, das den Blick nach hinten freigab, stieg er wieder hinunter und ging erst einmal in das kleine fensterlose Bad.

Strom konnte er mit einem Generator erzeugen, aber den warf Wolf nur an, wenn es gar nicht anders ging. Gekocht und geheizt wurde mit Holz und die Wasserversorgung über grüne Plastiktonnen, die den Regen auffingen, war ausgesprochen ausgetüftelt. Ein Rohrsystem leitete die Abwässer in eine Sickergrube, die bereits sein Vater vergrößert hatte. Jedes Mal, wenn Wolf die Klospülung betätigte, war er ihm dafür dankbar.

Essen würde er heute wohl nichts mehr, Laura hatte ihn mit ihrem üppigen Mittagsmahl tatsächlich sattbekommen. Vielleicht noch ein Butterbrot heute Abend, das wars dann auch. Es sprach aber nichts dagegen, sich mit einem kalten Bier nach draußen in den Schatten zu setzen und ein wenig die Seele baumeln zu lassen. Er konnte weiß Gott Ruhe gebrauchen.

Auch wenn er eigentlich wusste, dass es eine blöde Idee war, online zu gehen, so juckte es ihn dennoch in den Fingern, mal eben nachzusehen, welche Neuigkeiten es in seinem anderen, virtuellen Revier gab. Nur ganz kurz.

Noch während er mit zwei tropfnassen kalten Flaschen in der einen Hand zur Hütte zurücklief, wählte sich Wolf mit der anderen über sein iPhone in Facebook ein. Er hatte sich in den letzten Tagen dort bewusst rargemacht und längst nicht mehr auf jeden Post reagiert. Die Abwicklung der Scheidung und der Ausstieg aus der Kanzlei hatten ihm alles abverlangt.

Wie immer in solchen Augenblicken, wenn er mental erschöpft war, fiel die tiefe Trauer um seinen Hund wieder über ihn her.

Nach so vielen Jahren musste das doch eigentlich irgendwann aufhören, oder? Altersschwäche hin oder her – eine Seele zu verlieren, mit der man über so viele Jahre intensiv verbunden gewesen war, konnte Schmerzen bereiten, die er seinen ärgsten Feinden nicht gönnte – und davon hatte er mehr als genug. Er hätte nie geglaubt, wie lange die Trauer um Blue ihn im Griff haben würde.

Die erste Flasche Bier leerte Wolf nahezu in einem Zug, dann öffnete er die Zweite.

Die Verbindung übers Handy ins Internet war langsam und instabil. Sie funktionierte überhaupt nur, weil der kleine Ort, der östlich von seinem Wald lag, über einen eigenen Handymast verfügte – schön weit weg von den letzten Behausungen und ziemlich nah an seiner Grenze – ein Segen für ihn.

Oder doch nicht?

Wolf spürte, wie sich etwas in ihm verkrampfte, während er darauf wartete, bis das Netzwerk alle Nachrichten in seinem Account aktualisierte. Über fünfhundert. Verflucht, hörte das denn nie auf? Er hatte gerade die Flasche an den Mund geführt, da sprang auch schon ein Chat-Fenster auf.

Endlich, Rock! Ich dachte, du würdest überhaupt nicht mehr online gehen, Mensch! Wir brauchen deine Hilfe bei einer Petition!

Wolf kannte die Absenderin nicht, aber wie hätte er auch mehr als 5.000 Abonnenten seiner Seite und weiß Gott wie viele aus all den Gruppen, in denen er war, auseinanderhalten sollen? Vermutlich wollte sie ihn bitten, mal eben dafür zu sorgen, dass der Walfang weltweit unterbunden wurde. Oder, dass die Menschheit aufhörte, Fleisch zu essen. Oder, dass er das

Verspeisen von Hunden in irgendeinem asiatischen Land unterbinden half. Oder, oder, oder …

Wolf klickte die Nachricht weg und ging sofort wieder offline. Schweiß hatte sich auf seiner Stirn gebildet. Verdammt! Was war nur mit ihm los?

Kapitel 8

Inzwischen waren bereits drei Stunden vergangen. Es war schon nach zwei und Sabrinas ominöser Bruder war noch immer nicht mit Diva am Schützenplatz aufgetaucht. Zwischenzeitlich hatte sich die Festhalle mal geleert, nun strömten wieder Gäste hinein.

Catrin warf einen unruhigen Blick auf ihre Uhr. Wo blieb der Typ bloß? Wenn sie noch lange hier sitzen musste, zwischen Felix und einem seiner Obersten, dann würde sie durchdrehen.

„Ruf ihn noch mal an", bat sie Felix zum wiederholten Mal, aber sie hatte ihn so abgefüllt, dass er nun beinahe schon schielte, als er sie verständnislos ansah. Wie er noch den Schützenball am Abend schaffen wollte, war ihr ein Rätsel.

Sabrina allerdings schien dagegen geradezu nüchtern. Sie schwankte zwar ein wenig, als sie einen großen Becher tiefschwarzen Kaffee vor Felix abstellte, aber außer Catrin bemerkte das vermutlich niemand.

„Trink den!", befahl Sabrina grinsend und Felix gehorchte, ohne mit der Wimper zu zucken.

„Wenn dein Bruder nicht bald hier auftaucht, dann gehe ich nach Hause und ziehe mich um!" Catrin musste gegen die wieder einsetzende Musik anschreien.

Kaum hatte sie ihre Drohung ausgesprochen, kramte Sabrina bereits in ihrem Handtäschchen. Sie wählte die Nummer ihres

Bruders und wartete. Dann runzelte sie die Stirn.

„Wer ist da?!", rief sie.

Catrin, die aufgestanden war, um sich ein wenig die Beine zu vertreten, blieb stehen und sah Sabrina an. Irgendwie klang sie alarmiert.

„Ist was passiert?", fragte sie und spürte plötzlich einen Kloß im Hals.

„Was?!", schrie Sabrina ins Telefon, ohne Catrin zu beachten. „Wo?!"

Catrins Hand schoss vor, ihre Finger krallten sich in Sabrinas Arm. „Gib mal her!", rief sie.

Sabrina reichte ihr, willenlos wie jemand, der die Kontrolle über seine Körperfunktionen verloren hatte, das Handy.

„Hier spricht Catrin Stechler, die ...", sie kam gar nicht dazu, weiterzureden, die Stimme am anderen Ende der Leitung hatte ihren Redefluss gar nicht unterbrochen. Sie war wirklich kaum zu verstehen in dem Lärm, der nun wieder in der Halle herrschte.

„... in der Nähe der Sorpe, dort wo sie in die Lenne fließt. Der Fahrer war sofort tot. Wenn Sie eine Angehörige sind, müssen wir Sie bitten, herzukommen."

„Was ist mit dem Hund?", fragte Catrin laut und setzte sich. Sie hatte das Gefühl, als hätte ihr jemand die Beine weggezogen.

„Welcher Hund?"

„Der ... Simon hatte einen Hund im Wagen, eine trächtige Hündin namens Diva. Was ist mit ihr?"

Offensichtlich hielt der Mann am anderen Ende der Leitung den Hörer zur Seite, sie hörte, wie er jemandem etwas zurief: *„Hat einer von euch was von einem Hund gesehen?"*

Eine Stimme, die sehr dünn und weit entfernt klang, antwortete. *„Da war ein Hund an Bord? Ah, das erklärt den Hunde-*

korb. Nee, kein Hund weit und breit. Ist offensichtlich abgehauen."

Catrin versuchte, sich zusammenzureißen. Nicht nur konnte sie den Mann kaum verstehen. Sie hatte auch keine Ahnung, was sie tun sollte. Hilfesuchend sah sie auf. Sabrina stand immer noch völlig apathisch neben ihr und starrte ins Leere. Felix hatte bisher von alledem nichts mitbekommen. Catrin sah, wie er mit jemandem sprach und dann laut lachte, so, als wäre die Welt noch völlig in Ordnung. Dabei war gerade ein weiteres Teil davon in tausend Stücke zersprungen. Diva hatte einen Unfall miterlebt und war unauffindbar. O mein Gott!

„Können Sie mir die GPS-Daten senden?!", rief Catrin in das Handy. „Aber nicht an diese Nummer, der Akku ist leer und wir haben keine Möglichkeit, ihn aufzuladen. Schicken Sie die Daten bitte an eine andere Nummer. Haben Sie was zu schreiben?" Catrin sprach so laut sie konnte und wunderte sich, dass sie überhaupt noch in der Lage war, klar zu denken.

„Schießen Sie los!"

Sie nannte ihre eigene Handynummer. Dann hatte sie eine Idee. „Ist Blut im Wagen?"

Ihr Gesprächspartner schwieg für einen Moment, dann sagte er langsam, als wäre sie begriffsstutzig: *„Junge Frau, haben Sie nicht hingehört? Der Fahrer ist tot. Er hat den Wagen um einen Baum gewickelt, es gibt kaum eine Stelle im Auto ohne Blut."* Der Fremde stutzte. *„Wer genau waren Sie noch mal?"*

„Die Schwägerin", log Catrin. Dann nahm sie allen Mut zusammen. Ob Diva verletzt war, ließ sich ja offenbar nicht klären, aber es gab eine Menge Dinge, die jetzt getan werden konnten, um die Hündin so schnell wie möglich zu finden. Simon war ja eh nicht mehr zu helfen.

„Sobald Sie mir die GPS-Daten des Unfallortes zugeschickt

haben, sende ich Ihnen ein Foto der Hündin!", brüllte sie. Sie zögerte. "Wir haben Simon bei diesem tragischen Unfall verloren, ich bin sicher, dass seine Schwester den Verlust des Hundes nicht auch noch verkraften kann. Bitte senden Sie das Foto an Ihre Kollegen und bitten Sie sie, nach dem Tier Ausschau zu halten. Wir fahren jetzt los!"

"In Ordnung. Die SMS an Sie ist raus. Bis gleich. Wir sind sicher noch eine Weile hier. Wie lange brauchen Sie?"

"Keine Ahnung. Ich hoffe, mein Navi findet das." Catrin brachte kaum noch genug Kraft auf, um gegen die widerlich gute Laune im Saal anzubrüllen und dem Mann zu antworten. In diesem Moment spürte sie das Vibrieren ihres eigenen Handys in ihrer Hosentasche. Gut, nun hatte sie alles, was sie brauchte. Mit einem raschen "Bis gleich!" legte sie auf, dann reichte sie Sabrina das Telefon zurück.

"Komm, wir fahren sofort los", sagte sie.

"Wohin?", fragte Sabrina und sah sie an, als wäre sie nicht ganz bei Trost.

"Zu dem Ort, an dem gerade dein Bruder gestorben ist. Und wo mein Hund abgehauen ist."

"Was geht mich dein Hund an?" Sabrinas Blick war irgendwie seltsam, aber vielleicht war sie auch einfach nur zu betrunken, um schnell genug zu denken.

"Sabrina, nun mach hin! Simon hatte einen Unfall, wir müssen los!"

"Ich kann hier nicht weg", sagte Sabrina und sah auf die im Takt zur Musik hin und her wogende Menge im Saal. "Ich kann doch Felix nicht im Stich lassen!"

Catrin folgte ihrem Blick und sah, wie Felix ihnen beiden jovial zuwinkte.

"Wirklich, Catrin, ich kann jetzt nicht."

„Dann fahr zur Hölle", sagte Catrin, drehte sich um und rannte los.

Noch auf dem Weg aus der Festhalle rief sie auf ihrem iPhone Facebook auf. Das langsame ländliche Netz ließ sie frustriert aufstöhnen. Erst, als sie ihren Wagen erreicht hatte, konnte sie auf ihren Account zugreifen.

Als Autorin Candrine Cook hatte sie ein sehr großes Netzwerk, darin auch jede Menge Tierschützer. Die würden genau wissen, wie sie mit dem, was sie jetzt posten würde, umzugehen hatten. Bessere und effektivere Hilfe würde sie nirgends finden als in ihrem sozialen Netzwerk.

Schnell lud sie ein Foto von Diva hoch.

„Achtung Sauerland! Meine Hündin Diva ist nach einem schweren Unfall entlaufen, an der Suppe. Achtung, Diva ist trächtig und könnte verletzt sein, bitte bei Sichtung sofort PN an mich. Sie ist gechippt und registriert. Die Tierfreunde in meiner Liste wissen, was zu tun ist – Teilt, Leute, teilt!!! Danke! Eure Candrine"

Sie las die Nachricht noch einmal.

Scheiß Autokorrektur, ehrlich, dachte sie. Sie korrigierte *Suppe* in *Sorpe* und stellte den Hilferuf ins Netz.

Es gab in ihrem Netzwerk ungezählte Tierschützer, seit sie mal eine Kurzgeschichte über die Rettung eines Schweins geschrieben hatte, das aus einem Schlachthof entlief und sein Leben fortan in einer Bauernhof-Idylle bei guten Menschen weiterführen durfte.

In diesem Moment war es ihr egal, ob sich nicht nur die gemäßigten, sondern auch die militanten Tierschützer in die Suche einklinkten. Davon gab es dort draußen mehr als genug, jedenfalls machte es den Eindruck. Und jede Gruppe hatte ihren eigenen Halbgott, den sie verehrte. Meist ein Kerl, der kein Blatt vor den Mund nahm. Wie hieß dieser eine Typ, den Tausende wie einen Star verehrten? Irgendwas mit Rock. Rock Hudson? Naja, so ähnlich jedenfalls.

Dass ich einmal Leute wie den um Hilfe bitte, dachte Catrin resigniert. Aber ihretwegen durften sich nun auch Batman und Robin in die Suche einschalten, wenn es Diva half. Sie betete, dass es einen dieser nebulösen Tierschutzhelden wirklich gab, von denen sie so viel hörte, denn ganz sicher war sie sich nicht. Im Internet konnte sich schließlich jeder Hans-Wurst mit einer künstlichen Identität so aufblähen, dass man ihm die Rettung der Welt zutraute. Na gut, sie als Autorin bediente sich auch gerne eines starken Protagonisten, der die Frauenherzen höher schlagen ließ, aber genau deshalb war sie ja so skeptisch, denn eines hatte sie das Leben gelehrt: Helden gab es nur auf dem Papier.

Catrin war inzwischen so verzweifelt, dass sie sich fast wünschte, dieser *Rock Hudson* und seine Groupies würden Diva so schnell wie möglich zu ihrer eigenen Sache machen. Es ging schließlich um das Leben ihrer Hündin und deren Babys, da musste sie ihre eigenen Befindlichkeiten einfach mal zurückstecken. Selbst wenn sie eine Gänsehaut bekam, sobald sie nur an das Großmaul dachte, dessen Postings irgendeiner ihrer Fans immer wieder teilte und damit auch über ihre eigene Timeline trieb.

„Arrrgghh!" Sie schüttelte sich. Dann tippte sie schnell eine zweite SMS und drückte auf Senden.

Kapitel 9

Es war ein Tag wie jeder andere, fand Norbert. Ein wenig stickiger vielleicht, weil es so schwül war, aber ansonsten wie immer. Die Welt war in Ordnung, alle Menschen, an denen sein Herz hing, saßen draußen auf seiner Terrasse und ließen die Seele baumeln. Alle, außer seiner Nachbarin Ulrike, die noch mit ihren Hunden und Nobbi unterwegs war. Seiner Ansicht nach war es wirklich nicht nötig gewesen, dass sie eine volle Runde drehte, die Hunde waren nämlich genauso träge wie er und die anderen, und wenn einer hätte pinkeln wollen, dann war der Garten dafür ja wohl groß genug. Aber was regte er sich auf? Wenn sich Ulrike mit ihrer unerschöpflichen Energie entschied, eine Runde durch die Felder zu gehen, dann war das eben so. Ihre neue Hündin brauchte auch noch etwas Training. Karla gehorchte zwar inzwischen ganz gut, aber es kam doch immer wieder vor, dass sie plötzlich am Zaun stand und nach ihrem besten Kumpel bellte, während Ulrike noch mit dem kurzbeinigen Dackel Friedrich unterwegs war.

    Norbert schloss die Augen. Was ging es ihm gut! Claudia hatte sich bestens erholt, wenngleich sie noch immer nicht zu ihrer alten Form zurückgefunden hatte. Nun, das würde sich vielleicht auch nicht mehr ändern. Die Verletzungen, die sie sich in Thailand zugezogen hatte, waren ja auch nicht gerade harmlos gewesen. Und sie war ja keine zwanzig mehr. Im Gegenteil. Er und Claudia gingen, wie Jürgen nicht müde wurde hervorzuheben, auf die Sechzig zu. Und Jürgen auf die Siebzig, wie Gaby ihrem Mann gerne unter die Nase rieb, wenn er mit dem Thema anfing.

    Wenn Jürgen wenigstens ein anständiges Hobby hätte, dachte Norbert. Dann würde ihm der Ruhestand nicht so zu schaffen machen. Wie Papa ante Portas ging er ihnen allen auf die Nerven, es sei denn, er konnte sich mit seinen Kumpels treffen und auf unschuldige Tiere schießen. Nach wie vor gab es nichts in Jürgens Leben, was ihn in bessere Stimmung versetzte als ein schönes Jagdwochenende. Norbert hatte längst aufgehört, mit seinem besten Freund darüber zu streiten, wie pervers das war.

Das Quietschen des Gartentörchens, das Jürgens großes Grundstück von Norberts trennte, ließ Norbert seufzen. Jetzt war es mit der Ruhe vorbei.

Er öffnete die Augen und schirmte sie mit der Hand gegen die Mittagssonne ab, die gerade mal wieder zwischen zwei Wolken hervorlugte und ihn blendete, während er Jürgen entgegensah.

Oh oh, sein Freund war gar nicht gut gelaunt. Der energische Schritt, mit dem er die Rasenfläche überquerte, versprach nichts Gutes. Und dass Jürgen sich nicht einmal umgezogen hatte, sondern immer noch dieselben Sachen trug, in denen er heute Nacht auf Jagd gewesen war, auch nicht.

„Mein Gott, jetzt mach doch nicht so ein Gesicht!" Gaby, Jürgens hübsche Frau, schüttelte den Kopf und sah ihren Mann strafend an, als dieser sich mit einem unterdrückten Fluch auf den freien Gartenstuhl fallen ließ.

„Was denn?", schoss Jürgen frustriert zurück. „Wir mussten abbrechen. Der angefahrene Eber ist in dem Wald dieses Spinners untergetaucht."

„Gott sei Dank", sagte Claudia leise, aber Norbert warf ihr einen warnenden Blick zu. Wenn Jürgen eins nicht vertragen konnte, dann Diskussionen über den Sinn und Unsinn seiner einzigen Leidenschaft.

„Komm, beruhige dich", sagte er und drückte Jürgen ein kaltes Bier in die Hand. „Prost!"

„Prost!", knurrte Jürgen, dann leerte er die Flasche in einem Zug.

„Norbert? War das dein Handy?", fragte Ulrike, die gerade mit den Hunden reinkam. „Im Flur hat irgendwas gepiepst."

„Wirklich?" Norbert stand auf. Er machte sofort einen Schritt zur Seite, als der Dackel und Karla bellend an ihm vorbei und in den weitläufigen Garten stürmten. Wo war denn sein Hund?

Was für eine Frage, dachte er und ging in den Flur. Er schnappte sich das Handy von der Kommode. Es leuchtete von dem Empfang der SMS noch einmal kurz auf, dann verabschiedete es sich in den Ruhezustand.

Kopfschüttelnd betrat Norbert die Küche.

Wenn Nobbi eines nicht leiden konnte, dann Ritualbrüche, dachte er, als er seinen und Claudias Pointer-Mix vor dem Küchenschrank liegen sah. Die schweigsame Beharrlichkeit, mit der der kluge Hund kommunizierte, konnte ihm das Herz brechen. Die anderen Hunde tobten längst durch den Garten, Nobbi jedoch lag vor dem Schrank und wartete. Nein, Norbert würde nicht riskieren, den stummen Appell seines Vierbeiners zu ignorieren. Nobbi wusste schließlich genau, was er wollte, und er teilte ihm dies gerade auf sehr hohem Niveau mit. Norbert war inzwischen fest davon überzeugt, dass er der Blöde war und nicht sein Hund. Wenn es irgendwelche Verständigungsprobleme zwischen ihm und Nobbi gab, dann ganz sicher nicht, weil der Hund sich unklar ausdrückte. Nein, er, Norbert, war derjenige, der hier Defizite aufwies. Wie die meisten Zweibeiner.

„Okay, okay, ich habs ja kapiert!", sagte er und öffnete die Schranktür, während Nobbi zufrieden wedelte.

„Widerlich!", sagte Norbert und atmete durch die Nase, als er mit spitzen Fingern ein paar Ochsenziemer aus einer Tüte fummelte und einen an seinen Hund weiterreichte. Daran würde er sich nie gewöhnen. Wirklich nie.

„Zufrieden?", fragte er angewidert.

Kommentarlos aber mit einem Blick, der Bände sprach, zog sich Nobbi mit seiner Beute in einen stillen Winkel des Hauses zurück.

Norbert lauschte. Nein, das Klackern von Pfoten ging nicht die Treppe hinauf, sondern ins Wohnzimmer. Gut so. Dass Ochsenziemer und dergleichen Obszönitäten nicht unter Kopfkissen vergraben wurden, hatte Nobbi also scheinbar nun endgültig begriffen.

Norbert drückte Ulrike, die ihm in die Küche gefolgt war, die übrigen Ochsenziemer in die Hand, und während sie damit nach draußen verschwand, widmete er sich der Nachricht, die er erhalten hatte.

Nanu? Catrin? Das war ungewöhnlich. Hatte sie Fragen zum nächsten Vertrag? Nein, das konnte eigentlich nicht sein. Sie hatten erst letzte Woche telefoniert und da war alles in Ordnung gewesen. Von all den Autorinnen und Autoren, die Norbert als Literaturagent vertrat, war Catrin nicht nur eine der Erfolgreichsten, sondern sicher auch eine der Genügsamsten. Und Sympathischsten. Sonst würde sie ja inzwischen nicht quasi zur Familie gehören.

Aufmerksam las er ihre kurze Mitteilung, dann tippte er eilig seine Antwort. Nachdem er sie abgeschickt hatte, atmete er tief durch und ging ins Wohnzimmer.

„Friss schneller, Nobbi, wir müssen noch mal raus", sagte er und wunderte sich nicht, als sein Hund für einen Moment mit dem Kauen innehielt und ihn aufmerksam ansah. Die Art, wie eine seiner Augenbrauen dabei in die Höhe wanderte, ließ Norbert grinsen. „Richtig", sagte er. „Ernstfall. Und wie."

„Jürgen?" Norbert betrat nur kurz die Terrasse.

„Was ist?", knurrte dieser.

„Stell das Bier weg, ich brauche deine Hilfe!" Eilig ging er zurück in den Flur und schnappte sich den Autoschlüssel.

„Was ist denn los?", rief Claudia erschrocken von draußen.

„Catrins Hund wurde in einen Unfall verwickelt und ist abgehauen. Irgendwo an der Sorpe", rief er zurück.

„O mein Gott!" Claudia stand plötzlich hinter ihm und schlug sich erschrocken die Hand vor den Mund. „Ist sie verletzt?"

„Der Fahrer ist tot, Diva ist verschwunden."

„Scheiße!", knurrte Jürgen draußen und hievte sich schwerfällig aus dem Gartenstuhl. „Ich geh nur eben rüber und hol mein Gewehr", sagte er und wollte sich auf den Weg zu seinem Haus machen, da sprang Gaby auf.

„Das kommt nicht infrage, Jürgen!", herrschte sie ihn an. „Du hast schon getrunken, du rührst das Ding heute nicht mehr an."

„Was?", fragte er verblüfft.

„Du hast mich genau verstanden", beharrte Gaby. „Das Gewehr bleibt hier."

„Willst du Diva erschießen, wenn ihr sie findet?", mischte sich Ulrike ein.

„Nein, aber ..."

„Kein *Aber*, Herr Schulte!" Gaby funkelte ihren Mann wütend an. „Berührst du in deinem Zustand heute noch eine Waffe, dann lernst du mich kennen!"

„Ruuuuhe!", knurrte Ulrikes Mann Herbert gedehnt, der in aller Seelenruhe am Grill stand und wartete, dass die Holzkohle ihre Temperatur erreichte.

Norbert war Claudia wieder nach draußen gefolgt. Er musste trotz des Schrecks über Divas Entlaufen grinsen. Herbert mischte sich immer nur dann ein, wenn etwas aus dem Ruder zu laufen drohte. Kaum jemand aus ihrer kleinen Gruppe konnte allerdings Jürgen so gut ausbremsen wie er.

„Ehrlich, Weiber!", brummte Jürgen und gab sich geschlagen.

„Seht lieber zu, dass ihr Diva findet, ehe der Sturm losgeht", sagte Gaby und setzte sich wieder.

„Was denn für ein Sturm?" Norbert sah irritiert zum Himmel. Na gut, es war drückend schwül und es braute sich offensichtlich ein Gewitter zusammen, aber das musste ja nicht gleich Sturm bedeuten.

„Eine meckernde Alte und ein Großstädter, der immer noch nicht weiß, wann es kracht und wann nicht", moserte Jürgen und stopfte sich das durchgeschwitzte Hemd in die Hose. „Mir bleibt auch nichts erspart!"

„Vorsicht, mein Lieber!" Gaby hob warnend einen Finger.

Norbert bückte sich und gab Claudia, die sich wieder hingesetzt hatte, einen Kuss. „Tut mir leid", sagte er leise.

„Quatsch! Geh und hilf Catrin. Aber halte mich auf dem Laufenden." Sie warf einen besorgten Blick zum Himmel. „Und pass auf Nobbi auf. Du weißt, dass er sich bei Gewitter am liebsten irgendwo verkriecht. Lass ihn nicht von der Leine, sonst sucht ihr nachher zwei Hunde."

„Keine Sorge", sagte Norbert und warf einen Blick zur Terrassentür, in der nun auch sein Hund erschienen war. Wedelnd und den Ochsenziemer fest zwischen den Zähnen, schien er geradezu darauf zu warten, dass es losging.

Wenn hier jemand auf den anderen aufpasst, dann wohl eher du auf mich als umgekehrt, dachte Norbert trocken.

Kapitel 10

Laura saß auf dem Liegestuhl neben ihm und las. Mal wieder.

Ein beinahe seliges Lächeln lag auf ihren Zügen. Sie war in eine Geschichte eingetaucht, in der Heckeschneiden und Rasenmähen kein Thema waren. Und er sowieso nicht.

Ben sah auf die Uhr. Gleich halb vier. Die Mittagsruhe war vorbei, wer jetzt noch im Bett lag und versuchte, zu schlafen, der hatte es nicht anders verdient. Laura und er hatten sich diese Woche freigenommen, aber trotzdem war das heute für die meisten Menschen ein ganz normaler Montag. Sah man mal von ein paar der kleineren Dörfer ringsum ab, die gerade in den letzten Zuckungen ihrer Schützenfeste lagen.

Hier bei ihnen hatten sie es seit zwei Wochen hinter sich. Gott sei Dank. Ihr unmittelbarer Nachbar war Schützenkönig geworden, was für ein Spektakel! Beinahe zwei Tage hatte Ben gebraucht, um sich von dem Kater zu erholen. Und er war ans Haus gefesselt gewesen. Im Gegensatz zu anderen setzte er sich nämlich nicht mit Restalkohol hinters Steuer.

Laura nannte das seine *spießigen Buchhaltergene*, obwohl er doch Architekt war. Aber sie konnte es nennen, wie sie wollte, er würde in dieser Hinsicht ganz bestimmt nicht von seinen Prinzipien abrücken. Nachher fuhr er noch gegen einen Baum, wie dieser arme Teufel, den sie ein paar Kilometer weiter gerade aus seinem völlig zerstörten Wagen kratzten. Stückchenweise, wie ihm sein Nachbar eben noch betroffen erzählt hatte. Nein, so wollte er nicht enden. Dann lieber *spießig* bleiben, den Wagen auch mal stehen lassen und gesund alt werden.

Laura räkelte sich wohlig auf ihrem Stuhl und blätterte eine Seite um.

Wie sie das hinbekam, ihn völlig auszublenden, sobald sie

in einem ihrer Bücher versank, würde ihm ein Rätsel bleiben. Es war ja nicht so, als läse er nicht. Natürlich las er, im Urlaub sogar manchmal einen Krimi oder so, aber er war dabei allzeit ansprechbar und das war auch gut so. Laura hätte ihm den Kopf gewaschen, wenn er erst – wie sie – auf die dritte oder vierte Ansprache reagiert hätte.

Er griff nach seinem Kaffee. Auf dem Tischchen zwischen Lauras Liegestuhl und seinem lagen zwei Bücher, die seine Frau bereits ausgelesen hatte. Auch so Nackenbeißer.

Einmal, da hatte er sich abends etwas mutiger gefühlt als sonst und auch ziemlich gut gelaunt, weil er einen neuen Kunden gewonnen hatte. Laura stand im Bad, ein Tuch um die Hüften geschlungen. Sie sah so begehrenswert aus! Er zog sich das Hemd über den Kopf und näherte sich ihr mit nacktem Oberkörper von hinten. Als sie ihn im Spiegel erblickte, lächelte er und stülpte sich dann so über ihre Schulter, wie die muskelbepackten Wilden auf den Umschlägen ihrer Lektüre.

„Was ist denn mit dir los?", lachte sie, als er begann, ihren Hals abzuknutschen.

„Das ist die heiße Leidenschaft, die mich gerade von der Klippe stürzen lässt!"

Sie lachte, als sie sich zu ihm umdrehte und ihn küsste.

Es war dann wirklich auch eine tolle Nacht geworden. Sie liebten sich zweimal. Wunderbar, aber auch ein wenig beängstigend. Laura war im Vergleich zu sonst nämlich richtig zügellos gewesen und er wurde den Verdacht nicht los, dass sie in die Rolle einer ihrer Romanheldinnen geschlüpft war. Die Frage war nur: War er so toll gewesen wie der Held? Fragen konnte er sie schlecht, aber er lag die halbe Nacht grübelnd wach.

Im Grunde konnte es ihm doch wurscht sein. Hauptsache, es lief zwischen ihnen noch. Sie waren beide Ende dreißig, da hörte man schließlich die schlimmsten Sachen.

„Und? Worum gehts in dem Buch?", fragte er unvermittelt und wusste selbst nicht so genau, welcher Teufel ihn ritt. Wenn Laura eins hasste, dann beim Lesen unterbrochen zu werden.

Erwartungsgemäß reagierte sie nicht. Als wäre sie taub. Sie koppelte beim Lesen alle Sinne von der Außenwelt ab, vor allem ihren Hörsinn.

„Ich werde dich heute Abend noch verlassen und nach Indien auswandern."

Nichts.

„Als ich das letzte Mal beim Finanzamt war, hat mich die Sachbearbeiterin am Hintern berührt."

Nichts.

„Wolf ist mit Candrine Cook von Hamburg aus im Zug zurückgefahren und findet sie süß."

„Was?!"

„Ach, das hast du mitbekommen?"

„Wirklich? Mit Candrine Cook?" Laura zeigte aufgeregt auf ihr Buch.

Er stand auf, als habe er ihre Frage nicht gehört, und reckte sich nonchalant, dann ging er langsam und gelassen vor sich hin pfeifend Richtung Geräteschuppen.

Hinter ihm raschelte es, als seine Frau hastig aufstand und ihre Lektüre achtlos ablegte.

„Moment! Warte doch mal!"

Du bist nicht die Einzige mit einem Schalter im Kopf, dachte er und ignorierte sie. In aller Ruhe öffnete er die Tür des kleinen Schuppens und holte die schwere Heckenschere hervor. Dann ging er an ihr vorbei, zurück Richtung Haus, und steckte den Stecker in die Außensteckdose. Probeweise ließ er die Maschine anlaufen.

„Hey! Ich rede mit dir!" Laura riss das Kabel mit einem Ruck aus der Wand.

Jetzt konnte er sich ein Grinsen nicht mehr verkneifen. In aller Ruhe legte er die Schere auf den Boden und stemmte die Hände mit gespielter Empörung in die Hüfte. „Was fällt dir ein, Weib?"

„Du lernst dein Weib gleich kennen!", maulte sie und zog ihn zurück zu den Stühlen, dann setzte sie sich gemütlich hin und forderte ihn mit einer eindeutigen Geste auf, ebenfalls Platz zu nehmen.

„Er findet sie süß?"

Ben nickte, während er sich setzte. „Ja, da bin ich ziemlich sicher. Er hat die ganze Zeit gelächelt, als wir über sie sprachen."

„O Gott, wie ist sie denn so?"

„Glücklich verheiratet."

„Nein!"

„Doch."

„Mist."

„Ich schätze, das denkt Wolf auch."

„Sag ihm, er soll sie mal einladen."

„Hm", Ben tat so, als müsse er erst darüber nachdenken, ob das wirklich eine so gute Idee war.

„Wo wohnt sie denn?"

„Keine Ahnung." Er versuchte, sich an die Adresse auf der Visitenkarte zu erinnern. „Doch, Moment, irgendwo hier in der Nähe, glaube ich."

„Was? Candrine Cook wohnt im Sauerland und ich weiß das nicht?!" Laura war fassungslos. „Ist das eigentlich ihr richtiger Name?", fragte sie neugierig,

„Nein, das ist ihr Künstlername. Er stand auf der Rückseite der Karte."

„Du hast Candrine Cooks Visitenkarte in der Hand gehalten?"
„Yep!" Wie sie ihn ansah! Als handelte es sich bei dem Fetzen bedruckten Karton um eine Reliquie! Es war, als würde ein wenig von dem Glanz dieser Schriftstellerin, an die er Nacht für Nacht seine Frau verlor, plötzlich auf ihn abfärben.
„Wow!"
„Yep!" Laura musste ja nicht wissen, dass er eigentlich stinksauer auf die Frau war. Für die Bücher, die sie schrieb. Obwohl er noch nie eins davon gelesen hatte.
„Und?"
„Was *und*?"
„Wie heißt sie?"
„Catrin irgendwas."
„Catrin *irgendwas*?"
„Ich kann mich nicht mehr genau erinnern."
„Kannst du nicht oder willst du nicht?"
„Himmel, Laura! Sie hieß Catrin irgendwas."
„Wo ein Catrin ist, da ist sicher noch mehr. Bitte!"
„Kannst du sie nicht einfach googeln?"
Laura sprang wortlos auf und eilte ins Haus.
Oh nein, nicht das auch noch! Wenn seine Frau am Rechner saß, dann wurde es meist teuer, weil sie irgendwann auch etwas online bestellte. Er sprang auf und eilte hinter ihr her. Sie hatte sich gerade hingesetzt und wollte den PC hochfahren, da ergriff er ihre Hände.
„Catrin Stechler." Das sollte ja wohl reichen.
Laura schüttelte ihn ab. „Super, so finde ich sie leichter."
„Willst du mir allen Ernstes sagen, dass du seit Jahren die Bücher von ihr liest und dich noch nie dafür interessiert hast, wer dahinter steckt?"
„Naja", sagte Laura aufgeregt, während das Windows-Klee-

blatt über den Monitor flackerte und die Erkennungsmelodie erklang. „Ich hätte nie gedacht, dass sie eine Deutsche sein könnte. Normalerweise kommen doch die ganzen tollen Romane aus Amerika. Was soll ich auf einer englischen Webseite?"

„Jetzt tu nicht so, als könntest du kein Englisch."

„Was regst du dich denn so auf, Ben? Ich hab mich nie drum gekümmert, aber jetzt kümmere ich mich. Wolf fand sie süß, das ist doch wohl Grund genug, oder? Stell dir vor, wir laden sie mal hierher ein und überraschen Wolf dann damit!"

Ben stöhnte auf. Das war sicher genau das, was sich sein Bruder wünschte: einen Abend mit seiner verheirateten Reisebegleitung ... und deren Mann.

Laura klickte sich bereits durchs Internet. „Wow, sie ist bei Facebook, schau mal!"

Er riss die Arme hoch und rief laut: „Ein Skandal! Ruf die Kirchenältesten zusammen! Eine Autorin, die bei Facebook ist!"

„Blödmann!" Laura vertiefte sich bereits in die Meldungen, die auf der Autorenseite von Candrine Cook erschienen.

Er dagegen starrte auf ihr Foto. Kein Wunder, dass sein Bruder gelächelt hatte. Die Frau war ja bezaubernd!

„Ach du Scheiße!", murmelte Laura.

„Was ist?"

„Ich glaube, du solltest deinen Bruder anrufen. Sofort!"

Kapitel 11

Wenn der Anlass nicht so entsetzlich gewesen wäre, sie hätte die Fahrt beinahe genießen können. Die Landschaft war wirklich wunderschön, die Nachmittagssonne, die zwischen dichten Wolken immer wieder hervorblitzte, ließ die grünen, dicht bewaldeten Hügel wie gemalt erscheinen.

Mit einem Seufzer zwang sich Catrin, all ihre Aufmerksamkeit dem Verkehr zu widmen. Ihr Navi führte sie über kurvenreiche Straßen durch Ortschaften, die noch viel kleiner waren als die, in der sie lebte. Meine Güte, wer zog denn hier freiwillig hin? Sicher nur radikale Aussteiger, die von selbstgeerntetem Gemüse träumten.

Inzwischen fuhr sie längst nicht mehr so schnell, wie es vielleicht erlaubt gewesen wäre, sondern versuchte, links und rechts der Fahrbahn Ausschau zu halten nach einem schwarz-braunen Hund mit weißer Blässe auf der Brust. Konnte es sein, dass Diva hier in der Nähe umherirrte?

Die Straße, auf der Catrin nun schon seit einigen Kilometern fuhr, führte relativ steil bergauf. Sobald sie oben auf der Kuppe angekommen war, suchte sie einen Platz, an dem sie anhalten konnte. Ihr Navi sagte ihr, dass sie bald am Unfallort sein musste. Wenn Diva lebend aus dem Wrack entkommen und nicht zu schwer verletzt war, dann war nicht auszuschließen, dass sie sie von hier oben aus vielleicht sehen konnte.

Ihr Handy ignorierte sie. Sie hatte es so eingestellt, dass jede Nachricht, die über Facebook kam, nun mit einem Signal angekündigt wurde, aber das war keine gute Idee gewesen. Als sie von der Autobahn fuhr, hatte sie zum ersten Mal angehalten und die Nachrichten gelesen. Es konnte ja sein, dass jemand Diva bereits entdeckt hatte. Dann begriff sie jedoch, dass sie sich mit ihrem Hilfeschrei keinen Gefallen getan hatte. Ihre Fans waren vollkommen außer sich, ihre Seite wurde mit gut gemeinten aber belanglosen Postings überflutet.

„Wir lieben dich und sind bei dir!"
„Hier, ein Schutzengel für die liebe Fellnase!"

„Wir drücken dir so die Daumen!"
„Wie kann ich helfen?"
„Oh, du Arme! Ich sende dir alle Kraft, die ich habe!"

So ging es weiter und weiter. Hundertfach. Tausendfach. Unmöglich, aus all den Nachrichten vielleicht die eine herauszufiltern, die helfen konnte! Verdammt! Und wie oft ihr Aufruf geteilt worden war! Mehr als vierzig Mal!

Inzwischen ignorierte sie das ständige Klingeln.

Langsam drehte sich Catrin um die eigene Achse und ließ den Blick schweifen. Wälder, Wälder und noch mal Wälder, die bergauf und bergab nahtlos ineinander überzugehen schienen. Buchstäblich. Soweit das Auge reichte.

Eine bodenlose Verzweiflung wallte in ihr auf. Angesichts der endlosen Weite, in der ihre schwangere Hündin verlorengegangen war, überfiel sie tiefste Mutlosigkeit. Wie in Gottes Namen sollte sie, sollte überhaupt irgendjemand in diesem Meer aus endlosen Verstecken Diva finden?

Catrin lehnte sich an ihren Wagen und verbarg ihr Gesicht in den Händen. Wenn Diva verletzt war und sich irgendwo in ein dichtes Gestrüpp zurückgezogen hatte, um sich die Wunden zu lecken, dann würden hundert, nein, tausend Menschen sie hier nicht aufspüren. Niemals! Und was, wenn der Schock des Unfalls die Wehen ausgelöst hatte?

Diese endlosen Felder! Erst jetzt fiel ihr auf, dass auf den Äckern dort unten im Tal die Hölle los war. Es wurde gemäht oder geerntet oder weiß der Geier was gemacht – und zwar mit riesigen Maschinen. Oh nein! Sie hatte schon so viel darüber gelesen, wie viele Kitze Jahr für Jahr starben, weil sie von den Mähdreschern gehäckselt wurden! Junge Rehe, oft erst wenige Tage alt, die ihre Mütter in dem Glauben, im hohen Gras seien sie in Sicherheit, dort ablegten, während sie Futter suchten.

Diva war zwar kein Rehkitz, aber sie war sicher völlig verwirrt und verängstigt. Unter Garantie spazierte sie nicht an einer Landstraße entlang, wenn sie überhaupt noch laufen konnte, sondern hatte sich versteckt. In einem der Wälder oder in einem der Felder. Beides wäre ihr Todesurteil.

Was sollte sie bloß tun?

Catrin stieg wieder in ihren Wagen, obwohl ihr das völlig verrückt vorkam. Wenn sie jetzt zur Unfallstelle fuhr, dann war sie an dem Ort, zu dem Diva niemals zurückkehren würde. Nicht nach dem Schock. Wie sollte sie bloß ihre Spur finden? In welche Richtung war sie gelaufen? Die Rettungskräfte hatten nicht einmal einen Hund am Unfallort gesehen und die waren sicher nur wenige Minuten nach dem Crash dort erschienen. Da war Diva wahrscheinlich schon weiß Gott wo!

Vielleicht hatte sich über Facebook längst jemand gemeldet, der hier in der Nähe wohnte und vielleicht sogar einen Hund hatte, der auf das Suchen anderer Hunde spezialisiert war? Catrin wusste, dass es solche Leute gab, und dass Suchhunde tolle Dinge hinbekamen, jedenfalls mit Menschen. Aber sie wusste auch, dass es viele Schwätzer gab, die sich zwar damit brüsteten, einen Suchhund an der Leine zu führen, vor Ort aber dann mehr Schaden anrichteten, als dass sie halfen. Erst letztens hatte sie irgendwo gelesen, wie so eine angebliche Suchhundestaffel einen entlaufenen Rüden verfolgte, bis dieser in seiner Not auf eine Autobahn rannte, wo er nach wenigen Sekunden überfahren wurde.

Und sie hatte den Leuten auch noch genau gesagt, wo sie hin sollten! Ihr wurde siedend heiß bei dem Gedanken, was alles schon an sicher gut gemeinten Aktionen angelaufen war und was sie jetzt nicht mehr bremsen konnte, weil sie einfach keine Zeit hatte, sich einzuloggen und das zu steuern. Nein, sie musste zum Unfallort, so schnell wie möglich. Vor allem aber musste sie vor irgendwelchen Helfern dort eintreffen. Ach, hätte sie doch eben nur mal kurz überlegt und nicht schon wieder so impulsiv gehandelt! Würde sie das denn nie lernen?

Sie startete den Wagen und nahm die Fahrt wieder auf, überließ es dem Navi, Entscheidungen für sie zu treffen, und zermarterte sich das Hirn. Verdammt, wen kannte sie hier? Außer Norbert niemanden und den hatte sie ja bereits informiert. Es musste doch noch jemanden geben, sie hatte doch erst letztens noch …

Die Vollbremsung, die sie machte, ließ ihren Wagen ausbrechen, nur mit Mühe konnte Catrin ihn abfangen.

Sie kannte jemanden, der hier lebte. Jemanden, der ihr seinen Vorrat an Papiertaschentüchern überlassen hatte, als ihr die Tränen kamen. Jemanden, der ihr mit leiser Stimme einen Kaffee gebracht und dann kilometerweit mit ihr geschwiegen hatte. Jemanden, dem sie zum ersten Mal seit langer Zeit mal wieder eine Visitenkarte in die Hand gedrückt hatte, weil etwas in ihr hoffte, ihn wiederzusehen. Irgendwann.

Und der ihr seine gegeben hatte, ehe er aus ihrem Leben verschwand.

Kapitel 12

„Ränger!"

Catrin erschrak. Die Frau klang aber streng.

„Guten Tag, hier spricht Catrin Stechler. Ich bin auf der Suche nach Herrn Wolf Ränger, aber ich habe nur seine Hamburger Nummer, vielleicht können Sie mir weiterhelfen? Es handelt sich um einen Notfall."

„Wer spricht denn da?"

„Catrin Stechler", wiederholte sie.

„Woher kennen Sie denn meinen Exmann? Sind Sie eine Mandantin?"

Ups. „Ja, wir haben beruflich miteinander zu tun", log Catrin.

„Und da gibt er Ihnen diese Privatnummer?" Die Frau lachte hämisch auf. „Na, der ist ja drollig!"

„Er hat mir seine Karte gegeben, da steht leider nur diese eine Nummer drauf", sagte Catrin. „Ich brauche seine Handynummer."

„Seine Handynummer?" Wieder hörte sie die Frau lachen, aber es klang wirklich alles andere als freundlich, sondern eher so, als habe sie noch ein Hühnchen mit ihrem Mann zu rupfen. Vielleicht war es besser, wenn sie einfach wieder auflegte. Mit so einem Mist verschwendete sie nur kostbare Zeit.

„Herzchen! Er hat dort, wohin er gefahren ist, meistens keinen Empfang. Nicht mal Strom, um genau zu sein. Nichts eigentlich, außer Mücken und anderes Ungeziefer."

„Haben Sie dann vielleicht eine Adresse für mich?" Eine Chance würde sie der Schnepfe noch geben. Catrin wühlte im Handschuhfach nach einem Kugelschreiber.

„Eine Adresse? Vergeben die dort inzwischen Adressen?" Wieder dieses böse Lachen.

Kein Wunder, dass Wolf Ränger im Zug so unglücklich gewirkt hatte. Seine Ehe musste die Hölle gewesen sein.

„Also, haben Sie eine oder nicht?", fragte Catrin ungeduldig.

„Nun werden Sie mal nicht frech, Fräulein!"

Wenn Catrin eins nicht leiden konnte, dann waren es Menschen, die sie *Fräulein* nannten.

„Frau Ränger", sie gab ihrer Stimme, die vorher unsicher geklungen hatte, etwas von der schneidenden Schärfe, die gelegentlich Türen öffnete, welche vorher verschlossen gewesen waren. „Es geht hier um Leben und Tod, und wenn Sie nicht möchten, dass ich Sie wegen unterlassener Hilfeleistung belange, dann bitte ich jetzt in aller Höflichkeit ein letztes Mal um Ihre Kooperation. Wir müssen Herrn Ränger sprechen, so schnell wie möglich."

Das *Wir* suggerierte starke männliche Partner, das wusste sie, und es verfehlte auch jetzt seine Wirkung nicht.

„Schon gut. Ich gebe Ihnen die Nummer. Haben Sie etwas zu schreiben?"

„Ja, habe ich. Ich höre?"

Sie schrieb mit. „Vielen Dank, Frau Ränger. Und nun eine Adresse, wenn ich bitten darf." Sie sah durch das Seitenfenster ihres Autos. „Wenn wir Ihren Mann telefonisch nicht erreichen, dann muss einer von unseren Leuten zu ihm fahren."

Es konnte nicht schaden, wenn Frau Ränger das Gefühl hatte, als stünde hinter ihr und ihrem Anliegen eine Armee an einflussreichen Helfern.

„Versuchen Sie es mal bei seinem Bruder. Eine andere Adresse haben wir nicht."

Aha, Frau Ränger war nun auch im Plural unterwegs. Zeit, das Gespräch zu beenden, ehe es zu voll in der Leitung wurde. Schnell notierte sich Catrin die Adresse.

„Herzlichen Dank, Frau Ränger."

„Darf ich fragen, worum es geht?"

„Das werden Sie aus der Presse erfahren. Auf Wiederhören."

Catrin legte auf und musste trotz ihrer Anspannung lächeln. Schön, dann würde die Hexe in den nächsten Tagen wenigstens etwas zu tun haben, wenn sie die Zeitungen durchwühlte, auf der Suche nach einem Skandal, in den ihr Exmann verwickelt war.

Sie legte den Gang ein und gab Gas. Gleichzeitig wählte sie.

„Komm schon, geh ans Telefon", murmelte sie und hatte Mühe, die engen Kurven einhändig zu nehmen.

The person you have called is temporarily not available.

"Mist!", fluchte Catrin.

Sie haben Ihr Ziel erreicht, nuschelte ihr Navi plötzlich.

„Das sehe ich", murmelte Catrin und fuhr rechts ran. „O mein Gott, das sehe ich!"

Kapitel 13

Es ließ ihr einfach keine Ruhe. Was hatte die Frau am Telefon gesagt? Sie würde aus der Presse erfahren, in was für eine Klemme sich Wolf wieder hineingeritten hatte?

Meine Güte, sie war so froh, ihn los zu sein! Er war ja kein Schlechter, aber ...

In den ersten Jahren ihrer Ehe hatte Karolin geglaubt, einen Sechser im Lotto gezogen zu haben. Wirklich. Wie Wolf vor Gericht brillierte! Mit welcher Hingabe er sich in seine Fälle verbiss! Atemberaubend! Sie hatte es genossen, mehr als sie sich zugestehen wollte. Selbst ihr Vater war hingerissen gewesen und hatte Wolf sofort die Partnerschaft angeboten.

Karolin lief unruhig in ihrer Küche auf und ab. Das Küchenfenster hatte sie sperrangelweit geöffnet, damit wenigstens etwas Luft hereinkam und der Qualm ihrer Zigarette besser abziehen konnte.

Gestern, als ihre Scheidung für rechtskräftig erklärt worden war, da hatte er seine allerletzten Sachen abgeholt und wortkarg noch einen Kaffee mit ihr getrunken. Er sah erschöpft aus und ein wenig tat er ihr sogar leid, aber er hatte einen Weg gewählt, den sie nicht bereit war, weiter mit ihm zu gehen.

Das ganze Elend hatte vor drei Jahren begonnen, als er diesen Fall von der Tierschützerin übernahm. Wie hieß sie noch gleich? Svenja Müller? Und nannte sich *River*? Wie albern!

Karolin wusste noch genau, worum es gegangen war. Das Mädchen, das Wolfs Tochter hätte sein können, hatte die Scheibe eines Wagens eingeschlagen und einen hechelnden Köter aus einem überhitzten Auto befreit. Na gut, das war ja ehrenhaft, aber musste sie denn gleich an beiden Seiten der Edellimousine die Fenster zertrümmern? Und dann auch noch den Besitzer des Wagens anspringen wie ein tollwütiger Hund?

Im Flur ging die Tür. Tobias. Ach herrje, der hatte ihr gerade noch gefehlt. Schön wie ein griechischer Gott, vor allem, wenn er nackt war, aber ein klein wenig... Naja, man konnte offensichtlich nicht alles haben.

„Ich bin zurück!"

„Das höre ich."

Er kam in die Küche und legte mit einem Stöhnen, als hätte er zwei Sack Zement geschleppt, die Zeitungen auf den Tisch. „Was willst du mit dem ganzen Altpapier?", fragte er und nahm sie in den Arm.

„Nichts Besonderes", sagte sie so beiläufig wie möglich. „Nur mal schauen, was so los ist in der Welt."

Es war unwahrscheinlich, dass sie jetzt schon etwas über Wolf in der Presse fand, aber man konnte ja nie wissen. *Nicht Wolf*, korrigierte sie sich. Über *Rock Wood* natürlich. Wenn Frauen am Telefon nach ihrem Mann fragten, dann waren es ausnahmslos verknallte Internetjunkies, die ihn anbettelten, sie doch *bitte-bitte* mitzunehmen, wenn er das nächste Mal aufbrach, um irgendwelchen Viechern zu helfen.

Es schüttelte sie. Den Gestank von schlecht gelüfteten Ställen würde sie bis an ihr Lebensende nicht mehr aus dem Kopf bekommen. Und die Bilder vom Schlachthof erst recht nicht. Wie hatte sich Wolf damals nur erdreisten können, sie mit dorthin zu schleppen? An dem Abend hatten sie den ersten Streit in einer langen Reihe von wütenden Auseinandersetzungen. Sie drohte, ihn zu verlassen, und was tat er? Sie mit seinem Hundeblick anschauen, gleichzeitig Blue streicheln und dann den einen Satz sagen, der ihr zeigte, dass er allmählich den Verstand verlor: „Du hast gewusst, wen du heiratest."

So ein Unfug! Sie war mit einem völlig normalen Mann vor den Altar getreten, einem, der Hugo Boss Anzüge wie eine zweite Haut trug, der schnelle Wagen liebte und tanzte wie ein Champion. Ein Mann, um den sie ihre Freundinnen so sehr beneideten, dass sie grün anliefen, wenn Wolf und sie gemeinsam irgendwo auftauchten.

„Verdammt, ist das warm draußen", jammerte Tobias und zog sein Oberteil aus. Sein Sixpack glänzte vor Schweiß, die nur knapp auf den Hüften sitzende Jeans gab den Blick auf seine Boxer Shorts frei.

„Ist dir nicht auch warm?", fragte er mit einem lüsternen Unterton und nestelte an ihrem Top.

„Nein", sagte sie barsch. „Geh doch ein wenig Fernsehen gucken, ich komme gleich."

„Na gut, aber lass mich nicht zu lange warten!" Noch während er die Küche verließ, begann er, seine Jeans aufzuknöpfen.

Nein, niemand konnte ihr einen Vorwurf machen, dass sie sich von Wolf getrennt hatte. Sie war erst Anfang dreißig, sie brauchte einen Partner, der zu schätzen wusste, dass ihr die Karriere wichtiger war, als sich die Figur zu ruinieren und schreiende Bälger in die Welt zu setzen, ein Tick, der Wolf überfiel, als Blue starb. An wohlverdienter Altersschwäche.

Statt sich einfach einen neuen Hund zuzulegen, begann Wolf

plötzlich, sie mit seinem völlig irrationalen Kinderwunsch zu belästigen. Wenn die Welt wirklich so scheiße war, wie er meinte, warum war er plötzlich so versessen darauf, sie mit eigenem Nachwuchs zu bevölkern? Dann schon lieber diese verdammten Hundehaare, die sich überall festsetzten, ehrlich.

Sie hätte gewusst, wen sie heiratete? Ha! Was für ein Witz! Nach Blues Tod war Wolf über Nacht von einem coolen Karrieretyp zu einer Art körnerfressendem Hunde-Batman mutiert, der mit ihr plötzlich lauter kleine Robins zeugen wollte.

Egal, dachte sie müde. Jetzt war das Drama ja vorbei. Sollte er doch in seiner Hütte bei Kerzenlicht mit dieser militanten River, seinem langweiligen Bruder Ben und dessen noch langweiligeren Frau Laura glücklich werden.

Das war ein angenehmer Nebeneffekt einer Scheidung. Man wurde damit auch gleich die ganze buckelige angeheiratete Verwandtschaft wieder los, mit der man eh nie warmgeworden war. Wie auch? Hockten ihr Leben lang in einem erbärmlich öden Nest östlich von Nirgendwo und taten so, als wären sie glücklich. Ihretwegen konnten Wolf und seine Bagage dort nun in aller Stille verrotten.

Diese neugierige Frau jedoch, die war ein ganz anderes Thema. Das Problem war nämlich, dass jeder Dreck, den diese Katharina oder wie sie hieß, über Wolf ausbuddelte, auch auf die Kanzlei zurückfallen würde.

Karolin war sicher, dass eine Journalistin hinter Wolf her war.

Sie würde mal mit ihrem Vater sprechen, ob es nicht sinnvoll war, selbst ein wenig zu recherchieren und ans Licht zu zerren, worin Wolf in seiner Rolle als *Rock* verwickelt war. Angriff war manchmal die beste Verteidigung.

Leicht würde das allerdings nicht werden. Immerhin hatten sie und ihr Vater in den letzten Jahren mehr als eine Klage gegen

Rock abgeschmettert. Das musste man ihm nämlich lassen, er war zwar kompromisslos bis hin zur Militanz, aber so was von ehrlich, dass es fast nicht auszuhalten war.

Dass er dauernd so unter Beschuss stand, half ihr sogar, als sie die Scheidung einreichte. Niemand konnte von ihr verlangen, mit einem Mann zusammenzubleiben, der immer wieder und mit offensichtlichem Vergnügen die halbe durchgeknallte Tierschützerwelt gegen sich aufbrachte. Bis hin zu Drohbriefen war das eskaliert, die man ihnen unfrankiert in den Briefkasten am Haus warf. Von wegen, sein Pseudonym würde ihn schützen! Blödsinn! Es gab immer irgendwelche Irren, die ein Profil hacken konnten und herausfanden, wer dahintersteckte.

Diese Journalistin war irgendeiner Sache auf der Spur und sie wollte verdammt sein, wenn sie nicht herausbekam, worum es ging!

Karolin setzte sich an den Küchentisch und begann, die Zeitungen durchzublättern.

Aus dem Wohnzimmer hörte sie Tobias lachen, während das Gequäke irgendeines albernen Comics, den er so liebte, durch die Wohnung hallte.

Als sie die letzte Zeitung ergebnislos zusammenfaltete, war sie ratlos. Nichts. Aber irgendetwas musste los sein, dafür hatte sie ein Gespür.

Sie stand auf und holte ihr Handy. Irgendwann hatte sie die Nummer dieser River eingespeichert, damals, als sie noch von ihrer Kanzlei vertreten wurde. Ob die Göre noch darunter zu erreichen war, das wusste sie nicht. Diese Spinner waren ja meistens arm wie Kirchenmäuse. Es würde sie nicht wundern, wenn man River den Handy-Vertrag längst gekündigt hatte. Wolf und die Kanzlei hatten ja auch nie einen Pfennig Honorar gesehen, jedenfalls nicht aus der Tasche dieser River. Im

Gegenteil. Wenn sie es genau nahm, dann hatte nicht nur Wolf das Mädchen gesponsert, sondern auch sie. Das hieß, dass River ihr einen Gefallen schuldete, noch immer. Und den würde sie nun einfordern. Sie hatte auch schon eine Idee wie.

Kapitel 14

„Wer spricht da?"

„Karolin Ränger, Sie erinnern sich, Frau Müller? Die Frau Ihres Anwalts? Unsere Kanzlei hat Sie damals vertreten."

Die Ränger? Was wollte die denn plötzlich von ihr? War was mit Rock?

River schälte sich aus dem Sofa und ging hinüber zum Radio, stellte es leiser.

„Frau Ränger. Ich … mit Ihrem Anruf habe ich weiß Gott nicht gerechnet."

River hob die Augenbrauen und zuckte die Schultern, als ihre Freundin Julia ihr einen fragenden Blick zuwarf.

Sie hatte nicht den blassesten Schimmer, warum diese aufgetakelte Anwältin anrief. War die nicht gerade erst von Rock geschieden worden? Was konnte sie bloß wollen? Doch nicht etwa das Honorar für den Fall von damals, oder? Rock hatte ihr versichert, dass da nichts mehr nachkäme.

„Sind Sie noch dran, Frau Müller?"

Noch so etwas, was sie an dieser Frau hasste. Dass sie sich hartnäckig weigerte, sie mit dem Namen anzusprechen, unter dem sie jeder kannte.

„Ja, ich bin noch dran", seufzte sie. „Was kann ich für Sie tun?" Lieber höflich bleiben und erst mal hören, was sie von ihr wollte.

„Frau Müller, ich will gar nicht lange um den heißen Brei reden. Es geht um Wolf ... ähm, ich meine Rock."

River konnte sich lebhaft vorstellen, wie die Ränger die Augen verdrehte. Sie mit *River* anzusprechen, brachte sie nicht übers Herz, aber ihren Ex *Rock* zu nennen schon. Meine Güte, die musste wirklich sehr an Informationen interessiert sein.

„Ist was mit Rock passiert?" River spürte, wie ihr eine Gänsehaut über die Arme lief, als sie sich vorstellte, dass Rock in der Klemme war. Wenn die Ränger sie extra seinetwegen anrief, dann musste es ernst sein.

„Das weiß ich nicht", fuhr ihre Gesprächspartnerin fort. „Heute hat eine Journalistin angerufen und wollte ihn dringend sprechen. Angeblich geht es um Leben und Tod. Wissen Sie vielleicht, was sie meinte?"

River runzelte die Stirn und sah Julia an, die sie konzentriert beobachtete. Damit ihre Freundin dem Gespräch etwas besser folgen konnte, schaltete River in den Papageien-Modus.

„Eine Journalistin hat angerufen? Und komische Fragen über Rock gestellt?"

„Nein, nicht direkt Fragen gestellt, aber es klang sehr dringlich, dass sie ihn sprechen müsse. Was läuft da, Frau Müller?"

„Woher soll ich das wissen, Frau Ränger? Hat er denn nichts erzählt, als Sie ihn das letzte Mal sahen?"

„Wenn er was gesagt hätte, dann würde ich Sie kaum damit belästigen", schnippte die Ränger zurück. „Also, was ist los?"

„Ich weiß es nicht", sagte River und meinte das auch so. „Meines Wissens ist alles in Ordnung." Naja, soweit eine Welt in Ordnung sein konnte, die durch den letzten Internet Shitstorm vor ein paar Tagen noch einmal so richtig schön durchgewirbelt worden war. Der übliche Sturm im Wasserglas, weil Rock mal wieder jemandem auf die Füße getreten war.

„Na gut." Die Ränger schien zu überlegen. „Wenn Sie etwas hören, rufen Sie mich bitte an? Sie sind mir noch einen Gefallen schuldig. Wolf mag Ihnen zwar damals versprochen haben, er würde das mit dem Honorar, das Sie uns schulden, regeln, aber vergessen Sie eins nicht, Frau Müller: Sie kostenlos vertreten zu haben, ging zu Lasten unseres Privatkontos. Nicht nur seines. Unseres. Verstehen Sie?"

„Ja, ich verstehe", antwortete River. „Die paar hundert Euro, die Rock mir damals erlassen hat, haben Sie an den Bettelstab gebracht. Alles klar."

„Nicht so patzig, junge Dame!" Die Stimme der Ränger klang mit einem Mal rasiermesserscharf. „Wenn Wolf in der Scheiße steckt, dann habe ich ein Recht darauf, es zu erfahren. Versuchen Sie bitte, ihn zu erreichen, und sagen Sie ihm, er soll mit mir in Kontakt treten."

„Ignoriert er Ihre Anrufe?", konnte sich River einfach nicht verkneifen zu fragen.

„Nein, das tut er nicht. Ich habe nur erst mit Ihnen Kontakt aufgenommen, weil ich wissen wollte, wie ernst es ist. Sie mögen es mir vielleicht nicht abnehmen, aber ich würde ... ich wäre bereit, ihm zu helfen, ehe die Presse über ihn und unsere Familie herfällt."

„Aha", sagte River und war sicher, dass ihre Gesprächspartnerin die Skepsis in ihrer Stimme genau registrierte.

„Glauben Sie es oder lassen Sie es sein. Wenn Sie so loyal sind, wie er immer behauptet hat, dann werden Sie versuchen, herauszufinden, was da los ist. Und wenn Sie mir Bescheid geben, dann kann ich vielleicht etwas für ihn tun."

Eigenartig, wie diese Frau es immer wieder schaffte, sie zu verunsichern, dachte River. Sie wurde einfach nicht schlau aus Karolin Ränger. Entweder gab es doch irgendwo in ihrer schmalen Brust ein Herz, oder sie war die begnadetste Schauspielerin, der River je begegnet war.

„Ich höre mich mal um, Frau Ränger, aber versprechen kann ich nichts. Und nur, damit das ein für alle Mal klar ist: Meine Loyalität gilt Rock, nicht Ihnen, und es interessiert mich nicht, ob Sie damals fünfzig Euro zu meinem Fall dazugetan haben oder fünfzigtausend, okay?"

„Sie dürfen Ihre kostbare sogenannte Loyalität ausschütten über wen Sie wollen, Kindchen", schnappte Karolin Ränger. „Aber ich erwarte, dass Sie Wolf erreichen. Und richten Sie ihm Folgendes aus: Bringt er mich oder meine Familie noch einmal durch eine seiner fanatischen Spinnereien ins Gerede, dann lernt er unsere Kanzlei von einer ganz anderen Seite kennen. Und Sie auch. Habe ich mich klar genug ausgedrückt?"

„Sie drohen mir?" River konnte es nicht fassen und straffte unwillkürlich die Schultern. Jetzt hörte der Spaß aber allmählich auf. „Ich dachte, Sie wollten ihm helfen?"

„Das eine hat mit dem anderen nichts zu tun. Ich warte auf Ihren Rückruf." Dann legte sie auf.

„Ist das denn zu fassen?" Ratlos sah sie Julia an, die nun aufstand und das Radio wieder lauter stellte.

„Rock steckt also in Schwierigkeiten?", fragte Julia und ging zum Rechner.

„Nicht, dass ich wüsste. Oder besser gesagt: Nicht mehr als sonst." River schüttelte den Kopf, dann strich sie sich mit der Hand durch die kurzgeschnittenen schwarzgefärbten Haare.

Julia ließ inzwischen ihren Computer hochfahren, dann loggte sie sich schnell bei Facebook ein.

River griff nach ihrem Laptop. Zu blöd, dass sie vergessen hatte, die Ränger nach dem Namen der Journalistin zu fragen. „Ich google mal ein wenig, vielleicht finde ich was", murmelte sie.

„Und ich schau mal, was in unseren Gruppen so los ist", sagte Julia.

River nickte, griff nach ihrem Handy und schickte Rock eine SMS.

Was ist los? Deine Ex macht hier Telefonterror, eine Journalistin würde deinetwegen nerven, angeblich gehts um Leben und Tod. Melde dich.

„Er hat seit drei Tagen nichts mehr gepostet", murmelte Julia. „Naja, dass er off bleiben würde, hat er ja schon angedeutet." Sie las sich durch die Meldungen, die irgendwelche Leute auf Rocks Seite gepostet hatten.

„Und? Haben sich alle wieder beruhigt?", fragte River, während sie sich auf die Google Abfrage konzentrierte.

„Keine Ahnung. Wir beide kommen ja in die Gruppen, in denen sie ihn zerfleischen, nicht mehr rein." Julia grinste. „Wir sind gebrandmarkt. Als *Rock Wood Groupies*, schon vergessen?"

River schüttelte den Kopf. Vielleicht war Rock ihnen allen einfach nur einen Schritt voraus. War endlich und endgültig offline gegangen, um Tierschutz künftig dort zu praktizieren, wo er stattfinden musste: in der realen Welt, als unmittelbaren Dienst am Tier. Das, was hier im Internet und vor allem bei Facebook als Tierschutz verkauft wurde, war in den meisten Fällen nichts anderes mehr als eine gigantische Schlammschlacht. Als wenn es wirklich DEN EINEN richtigen Weg gäbe, um zu helfen. Zum Kotzen, wie die sich gegenseitig an die Gurgel gingen. Von einigen sehr seltenen Ausnahmen abgesehen.

So ganz unschuldig war Rock natürlich nicht daran, dass ihn so viele Leute hassten. Diplomatie war alles, nur nicht eine seiner Stärken. Manchmal provozierte er so aggressiv, dass sie sich selbst schon gefragt hatte, ob er noch alle Tassen im Schrank hatte. Rock hielt einfach nie mit seiner Meinung hinterm Berg. Er nannte das *authentisch*. Sie nannte das riskant. Aber wer war sie, Rock Wood zu kritisieren?

„Und?", fragte sie Julia nach einer Weile, in der sie beide nur fieberhaft nach irgendwelchen Infos gesucht hatten, die in irgendeiner Form mit Rock zu tun haben konnten.

„Tja, eigentlich war am Wochenende alles ruhig. Lag vielleicht am Fußball. Eine Menge Leute haben eine entlaufene Hündin geteilt, die muss irgendwo in der Nähe von dort abgehauen sein, wo Rock wohnt. Aber sonst …?"

„Wer hat das reingestellt?"

„Irgend so eine Autorin. Der Hund war in einen Unfall verwickelt, in der Nähe der Sorpe. Sind wir nicht mit Rock sogar schon mal da gewesen?"

River horchte auf. „Wie heißt die Autorin?"

„Warte, ich geh mal drauf … ja, hier ist es. Candrine Cook. Was ist das denn für ein blöder Name?"

„Candrine Cook", murmelte River und gab den Namen bei Google ein. Sie klickte sich zur Webseite der Schriftstellerin durch. Der Name war wirklich komisch. Bestimmt ein Pseudonym. Im Impressum der Seite wurde sie schließlich fündig. „Catrin Stechler", murmelte sie.

„Was?"

„Die Frau heißt in Wirklichkeit Catrin Stechler", sagte sie. „Und die Ränger sagte, die Journalistin habe Katharina geheißen oder so ähnlich. Das kann ein Zufall sein …"

„Seit wann glaubst du an Zufälle?"

„Tue ich nicht", murmelte River und überlegte. Die Frau wohnte in der Nähe von Iserlohn – ihr Hund war an der Sorpe entlaufen. Wenn sie Rock kannte, dann war es naheliegend, dass sie versuchte, ihn zu erreichen. Aber wieso rief sie dann bei seiner Exfrau an? Wie war sie an die Nummer gekommen? Wieso hatte sie nicht versucht, Rock über Facebook zu erreichen? Wusste sie womöglich gar nicht, wer er im Internet war? Kannte sie vielleicht nur den echten Wolf Ränger?

Typisch!, dachte River und schüttelte den Kopf. Und Rocks Frau vermutete gleich wieder einen Skandal dahinter.

River konnte sich nicht vorstellen, dass diese Catrin sich als Journalistin ausgegeben hatte, als sie sagte, es ginge um Leben und Tod. Das hatte sich Karolin selbst zusammengereimt. In ihrer egozentrischen kleinen Welt gab es eh nur die, die sie vergötterten oder die ihr schaden wollten.

„Lass uns mal überprüfen, wer das alles geteilt hat und was da los ist", bat River und öffnete nun ebenfalls ihr Facebook Konto. „Vielleicht sind wir danach schlauer."

* * *

Nach einer Stunde waren sie schlauer. Rock hatte sich bisher in die Suche nach der in seiner Nähe entlaufenen Hündin nicht eingeschaltet. Und River hatte ein ausgesprochen unangenehmes Telefonat mit einem Betrunkenen namens Felix geführt, vermutlich Catrin Stechlers Mann.

Ganz dicht konnte der nicht sein. Er lallte wie verrückt, nannte sich selbst dauernd König und drohte damit, seiner Frau das Leben zur Hölle zu machen, wenn sie nicht bald mit den Schlüsseln wieder auftauchte. Im Hintergrund hatte eine hysterische Frauenstimme wegen ihres toten Bruders geheult.

Als sie es kaum noch ertragen konnte, legte River einfach auf. Meine Güte, was war denn da los? Und was hatte das alles mit Rock zu tun?

„Julia?", rief sie und eilte bereits ins Bad.

„Ja?"

„Zieh dich an, wir fahren Rock suchen. Irgendetwas stimmt da nicht."

Kapitel 15

Als sie am Unfallort ankam, schloss sich gerade die Tür des Bestattungswagens und er fuhr davon. Gott sei Dank. Die Rettungssanitäter packten auch wieder ein, nur die Leute von der Feuerwehr standen noch herum. Himmel, wenn die mehr als zwei Stunden nach dem Unfall noch hier waren, dann sagte das doch alles.

In einem der beiden Streifenwagen, die am Straßenrand parkten, saß hinten im Heck ein riesiger Schäferhund und hechelte.

Es dauerte keine fünf Minuten, nachdem sie sich vorgestellt hatte, da war Catrin enttarnt.

„Wenn Sie mit dem Opfer nicht verwandt sind", sagte ein Beamter streng, „dann müssen wir Sie bitten, weiterzufahren."

„Ich werde einen Teufel tun." Catrin dachte gar nicht daran, abzuhauen. Nicht ohne einen Hinweis darauf, wo sich Diva befand.

„Mit wem habe ich eben am Telefon gesprochen? Waren Sie das?" Sie sprach auf Geratewohl einen der anderen Beamten an. Er kam sofort auf sie zu.

„Sind Sie die Hundebesitzerin?"

„Worauf Sie sich verlassen können."

„Wo ist denn Ihre Schwägerin?"

„Sie meinen die Schwester von Simon?", fragte sie bitter. „Tja. Gute Frage. Klebt an meinem Mann und interessiert sich nicht die Bohne für das, was hier passiert ist. Wenn Sie jemanden brauchen, der die Leiche identifiziert, ich kanns nicht. Ich kannte den Typ gar nicht. Ich will nur meinen Hund wiederhaben."

„Sie haben mich belogen?"

„Hören Sie", jetzt ging Catrin wirklich langsam die Geduld aus. „Die Schwester des Toten ist die Schützenkönigin meines Mannes geworden. Mein betrunkener bald Exgatte hat unseren Hund an deren Bruder abgeschoben und auf dem Rückweg zu mir ist er … sind die beiden …", ihre Stimme brach.

„Nun beruhigen Sie sich wieder", mischte sich einer der beiden anderen Beamten mitfühlend ein, während er auf sie zukam. „Wir schauen jetzt mal, ob wir eine Spur aufnehmen können."

Dann sprang er mit seinem Hund, der die Nase an den Boden drückte und eilig vorwärts zog, geschickt die steile Böschung hinunter.

Am liebsten wäre sie ihm direkt hinterhergeklettert, aber ihr Blick blieb plötzlich an dem Wagen hängen, den die Feuerwehr mit schwerem Gerät bereits aus seiner tödlichen Umarmung mit dem Baum gelöst hatte. Hinten aus der verzogenen Heckklappe ragte ein Teil von Divas Hundekorb.

Wie war die Hündin aus dem Wagen entkommen? Durch den kleinen Spalt? Vermutlich war sie beim Aufprall durch das Auto geflogen. Eine Transport-Box entdeckte Catrin nämlich nicht, auch nicht, als sie wie jetzt ganz nah an das Wrack heranging. Wäre auch ein Wunder gewesen, wenn Felix mitgedacht hätte. Hauptsache weg mit dem Hund, damit er freie Bahn hatte für seine perversen Gelüste.

Wenn Diva also wie ein Spielzeug nach vorne oder zur Seite geschleudert worden war, schreiend vermutlich, wo war sie aufgeprallt? Himmel, alle Scheiben waren zersprungen, in tausend Sicherheitsteilchen. Und überall klebte Blut!

„Sie können hier nicht stehenbleiben!" Der ruppige Polizeibeamte stand plötzlich hinter ihr und berührte sie am Arm.

Sie schüttelte ihn ab. „Ist das Menschenblut oder von einem Hund?" Selbst in ihren eigenen Ohren klang die Frage völlig verrückt.

„Was spielt das für eine Rolle?", fragte der andere, der mit ihr telefoniert hatte. Ihr fiel auf, dass er netter mit ihr umging, als sein Kollege.

Ohne zu antworten ging Catrin um das entsetzlich zerstörte Auto herum und suchte den Boden ab.

Einer der Polizisten folgte ihr.

„Hier, schauen Sie", sagte Catrin und wies auf einen blutigen Fleck. „Ist der Fahrer aus dem Wagen geschleudert worden?"

„Nein", antwortete der Beamte.

„Dann ist das Divas Blut", flüsterte Catrin und schlug sich entsetzt die Hand vor den Mund.

„Kann sein", hörte sie den Hundeführer, der sich gerade die Böschung hinaufziehen ließ. „Rex hat eine Spur aufgenommen. Ihr Hund ist verletzt."

Catrin schluchzte auf. Sie sah sich um, suchte verzweifelt die Gegend mit ihren Augen ab, versuchte, Bewegungen zu erkennen, irgendwo dort draußen auf den weitläufigen Feldern, auf denen hohes Gras oder weiß Gott was für eine Getreideart leicht in dem schwülwarmen Wind hin und her wogte. Die Ackerflächen erstreckten sich rechts und links der Straße bis hin zu den endlosen bewaldeten Hügeln, die sich ihrerseits bis zum Horizont fortsetzten. In der Ferne erkannte sie einen Kirchturm und die Dächer eines Dorfes.

„Wo ist sie bloß?", stöhnte sie, dann rief sie laut: „Diva! Diva!"

„Das nützt nichts. Selbst, wenn sie hier direkt in der Nähe

in einem Busch liegen würde, sie würde sich nicht bemerkbar machen."

„Diva! Gib Laut! Gib Laut, Mädchen! Divaaaa!"

„Hören Sie", sagte der Hundeführer und zeigte die Straße entlang. „Dort hinten, hinter der Kuppe, geht ein Feldweg rein. Rex zog in die Richtung."

„Sie meinen, sie hat sich in dem Feld dort versteckt?" Catrin musste sich zusammenreißen, um nicht sofort loszulaufen.

„Wenn Sie Glück haben, dann ist sie schon aus dem Feld wieder raus. Sie hat sich nach dem Unfall hingelegt, Rex hat eine Stelle mit deutlichen Blutspuren gefunden. Vielleicht hat er sie hochgescheucht, ich weiß es nicht. Ich habe nichts gesehen, aber Hunde auf der Flucht sind clever. Und egal, was Sie nun machen: Denken Sie bitte daran, dass Ihr Hund selbst Sie nicht mehr als sicher empfindet. Sie flieht. Tunnelblick, total instinktgesteuert. Sie wird so lange weiterlaufen, bis sie wirklich nicht mehr kann. Und dann wird sie sich so gut verstecken, dass Sie zehn Zentimeter neben ihr vorbeilaufen könnten, ohne sie zu bemerken."

Entsetzt starrte Catrin den Beamten an. „Und wenn Sie und Ihr Hund mit mir die Strecke abgehen? Oder Sie laufen in dieselbe Richtung wie eben und ich fahre voraus und schaue, ob sie mir entgegenkommt?"

„Gute Idee, das können wir machen."

„Hey, was ist denn da los?" Einer der Beamten ging zügig auf zwei Wagen zu, die hintereinander angehalten hatten. Die Fahrer sprangen bereits heraus, Türen öffneten sich, Hunde wurden hinausgelassen. Mehrstimmiges Bellen erfüllte die Luft.

„O Gott", murmelte Catrin. „Da sind sie, die ersten Internethelfer. Halten Sie mir die vom Leib? Bitte! Ich brauche den Vorsprung."

„Haben Sie die hierherbestellt?"

„Ja, leider!"

Sie konnte plötzlich die Vorstellung nicht ertragen, wildfremde Menschen würden ihren Hund erschrecken und womöglich ganz vertreiben. Ohne auf die Antwort des Beamten zu warten, sprintete sie los, sprang in ihren Wagen und fuhr in die Richtung, die man ihr gezeigt hatte.

Inzwischen war es kurz nach halb fünf. Der Himmel begann sich zuzuziehen, die Luft war drückend schwül. Heute würde es garantiert noch ein Gewitter geben, sie meinte sich zu erinnern, so etwas eben auch im Radio gehört zu haben.

Der Unfall war nun bereits mehr als drei Stunden her. Wenn Diva verletzt war, wie weit war sie wohl in dieser Zeit gekommen?

Catrin lenkte den Wagen nach einigen hundert Metern vorsichtig links in den unbefestigten Feldweg und hoffte, dass ihr kleines Stadtauto den Schlaglöchern standhalten würde.

Irgendwas war falsch, aber sie konnte nicht den Finger darauflegen, was nicht stimmte.

Nachdem sie erst einige Meter geschafft hatte, hielt sie an und stellte den Motor ab. So hatte das keinen Zweck.

Sie stieg aus, ließ die Tür aufstehen. Jetzt musste sie gut aufpassen. Wenn sie hier herumschrie wie eine Wilde, dann würde sie nicht nur ihre Hündin verjagen, sondern womöglich die Neuankömmlinge mit ihren Hunden auf ihre Fährte locken. So gerührt sie auch war von der spontanen Hilfsbereitschaft, sie hatte trotzdem Angst, die Fremden könnten Diva drängen, sie womöglich vor sich her treiben.

Langsam ging sie weiter und rief leise: „Diva? Diva Maus? Wo bist du? Gib Laut! Oh bitte, bell wenigstens einmal."

Wie auf Kommando drang plötzlich mit dem Wind Gebell

zu ihr herüber. Die Hundestaffeln. Wenn die Polizisten hielten, was sie versprochen hatten, dann würde sich der Lärm von ihr entfernen und schließlich ganz verstummen.

Was hatte der Beamte gesagt? Diva könnte, wenn Catrin Glück hatte, das Feld durchquert und versucht haben, in den Wald zu kommen? Wirklich? Versprach das dichte hochstehende Getreide nicht mehr Sicherheit? Oder war das so ein Irrtum, dem nur Menschen erliegen konnten? Im Wald gab es Wasser und Schatten. Wussten verletzte Hunde, dass ihnen dies das Leben retten konnte? Was aber, wenn wirklich ein Gewitter ausbrach? War es nicht lebensgefährlich, dann in der Nähe von Bäumen zu sein?

Catrin ging den Acker ab, suchte sorgfältig am Rand des bepflanzten Feldes nach Getreidehalmen, die irgendwie in Unordnung schienen, geknickt oder plattgetreten, weil vielleicht ein verletzter Hund an einer Stelle durchgebrochen war, wie von Sinnen durch seine Schmerzen.

Immer wieder musste sie sich den Schweiß von der Stirn wischen. Wenn sie nicht ihren Hund hier draußen wüsste, sondern mit Diva zu Hause in der Sicherheit der eigenen vier Wände gewesen wäre, dann hätte sie sich ein erfrischendes Gewitter jetzt geradezu herbeigesehnt. Aber nun war dies das Letzte, was sie sich wünschte. Regen würde alle Spuren so verwischen, dass sie danach vermutlich überhaupt keine Anhaltspunkte mehr finden könnte. Wenn sie nicht sowieso der Blitz traf.

Plötzlich hielt sie inne. Was war das? Entweder war das Getreide an dieser Stelle nicht so gleichmäßig gewachsen wie überall sonst, oder dies war das Zeichen, das sie gesucht hatte.

Catrin beugte sich hinunter und untersuchte die Halme auf Blutspuren. Als sie fündig wurde, wusste sie nicht, ob sie sich freuen sollte oder aufheulen vor Mitleid mit ihrem Hund. Diva war hier vorbeigekommen!

Von dem, was hinter der Kuppe an der Unfallstelle los war, bekam sie nichts mehr mit. Das Bellen war verstummt. Gott sei Dank. Gut, dass niemand sie gesehen oder – falls doch gesehen –, dann wenigstens nicht erkannt hatte. Und selbst wenn: Was sollte ihr schon passieren, außer dass später jemand meckerte, weil die berühmte Candrine Cook erst um Hilfe gefleht hatte und dann grußlos ihren Rettern davongeeilt war? Scheiß drauf.

Kapitel 16

„Halt an!", rief Jürgen plötzlich und Norbert trat erschrocken auf die Bremse. „Siehst du das? Was wollen die alle da?"

Jürgen wies auf eine Gruppe von Leuten, die aufgeregt kläffende Hunde an den Leinen hielten. Polizeibeamte zeigten nach Osten und wiesen sie an, dort zu suchen, das war unschwer zu erkennen.

„Schau mal, sie schicken die Leute da runter!" Norbert wies auf das Tal, in das sich eine kleine Ortschaft duckte.

„Was soll denn der Quatsch?", fragte Jürgen irritiert. „Sieht fast so aus, als wollten sie die Suchhunde loswerden. Ein panischer Hund würde doch nicht in einen Ort rennen, sondern eher in einen Wald, oder nicht?"

Norbert fuhr langsam auf die Unfallstelle zu.

„Ah, Glück gehabt! Alex und Nils haben Dienst. Die anderen kenne ich nicht", sagte Jürgen und kurbelte bereits die Scheibe runter. „Hey, Alex!"

„Was macht ihr denn hier?", fragte Alex, der seinen Kollegen Nils um beinahe einen Kopf überragte.

„Wir wollten eigentlich suchen helfen. Die entlaufene Hündin gehört einer Freundin von uns." Jürgen stieg aus und reichte seinem Freund die Hand.

Norbert stieg ebenfalls aus und sah in die Richtung, in die die Leute mit den Hunden verschwunden waren. Dann öffnete er die Heckklappe und ließ Nobbi heraus. Dieser begann sofort, aufgeregt den Boden abzuschnüffeln.

Einfach zu viele Gerüche für souveränes Desinteresse, dachte Norbert schmunzelnd. „Ist die Hündin da lang gelaufen?", fragte er und zeigte in die Richtung, in die die laute Gruppe gerade verschwand.

„Vermutlich nicht. Aber die Frau, der der Hund gehört, hat uns gebeten, ihr die Leute vom Hals zu halten. Deswegen dürfen die jetzt erst einmal in Ruhe das Dorf absuchen." Alex lächelte hämisch.

„Hey! Jürgen, alter Jäger! Was macht ihr denn hier? Hallo Norbert!" Nils reichte ihnen strahlend die Hand und hatte Mühe, seinen Hund zurückzuhalten, der direkt auf Nobbi zuschoss.

Norbert und Nils begannen, mit ausgetreckten Armen und gespannten Leinen so umeinander herumzutänzeln, dass sich nichts verknotete und keiner der Hunde in Bedrängnis geriet.

„Catrin ist eine Klientin von mir. Gehört sozusagen zur Familie", erklärte Norbert und hielt die Leine hoch, damit Nils darunter herkriechen konnte. „Außerdem hat Nobbi die entlaufene Hündin geschwängert. Wir suchen also sozusagen die Mutter seiner zukünftigen Kinder."

„Die Hündin war trächtig?", fragte Nils erschrocken und ließ nun Norbert unter der Leine des Schäferhundes durch, der sich ausführlich mit der Stelle an dem Unfallbaum befasste, die Nobbi zuvor mehrfach markiert hatte.

„Ja", meinte Norbert ernst.

„Hm." Nils kratzte sich nachdenklich am Kopf. „Das könnte sich nach dem Crash hier erledigt haben. Sieht ganz so aus, als hätte sie übel was abbekommen. Rex ist der Blutspur gefolgt, soweit ich mitgehen konnte, und jetzt versucht eure Freundin, ihr weiter zu folgen. Es kann gut sein, dass die Hündin gerade in einem Gebüsch liegt und ihre Welpen zur Welt bringt." Er zögerte. „Oder an der Geburt stirbt."

„Okay", sagte Jürgen, der Nils und Norbert die ganze Zeit beobachtet hatte. „Wenn ihr Mädchen jetzt mit eurem Leinenballett fertig seid, dann sollten wir nicht länger hier herumstehen und schwatzen. In welche Richtung sollen wir gehen?"

„Wenn die Hündin nicht längst tot im Feld liegt", Alex wies auf den weitläufigen Acker, der sich bis zum fernen Waldrand zog, „dann hat sie es vielleicht dort hinten in den Wald geschafft."

„Scheiße", fluchte Jürgen.

„Was denn?", fragte Norbert.

„Das ist der Privatbesitz von dem Ökowaldschrat, von dem ich dir erzählt habe. Der Jägern den Zutritt verbietet."

Norbert wusste nicht so genau, wovon Jürgen sprach.

„Mensch! Der Idiot, der schuld daran ist, dass uns heute Nacht der Eber durch die Lappen gegangen ist!"

Norbert schüttelte den Kopf. Es klingelte nichts.

„Hey, Schulte, verflixt noch mal! Wer von uns beiden hat denn heute schon was getrunken?" Jürgen fuhr sich mit einer verzweifelten Geste durch das schüttere Haar.

„Du hast was getrunken?", fragte Alex und sah Norbert überrascht an.

„Nein, hab ich nicht", winkte dieser ab.

„Hat er auch nicht", sagte Jürgen ungeduldig, „aber ich." Er tippte Norbert mit dem Zeigefinger auf die Brust, als würde das seinem Gedächtnis auf die Sprünge helfen. „Du hast mir doch eben noch selbst ein Bier in die Hand gedrückt und ..."

Der Groschen fiel endlich. „Richtig, alles klar, okay. Zutritt-verboten-Schilder und all so was. EU-Richtlinien. Arschlöcher. Verstehe. Ich erinnere mich."

Nils, der nur schweigend zugehört hatte, mischte sich ein. „Ganz egal, wem der Wald gehört, da ist die Hündin vielleicht drin. Und diese Catrin auch. Wir haben sie jedenfalls dort hinten hingeschickt. Vielleicht geht ihr andersrum rein? Ihr entgegen?"

Norbert nickte. „Klingt vernünftig. Habt ihr hier irgendwas, woran ich Nobbi mal schnüffeln lassen kann?"

„Klar!" Nils ging zum Wrack und zog eine Decke aus dem Hundekorb. Er hielt sie Nobbi unter die Nase, der sofort zu erkennen schien, wessen Geruch das war.

„Ah!", sagte Jürgen zufrieden. „Ein echter Kerl vergisst nie den Geruch einer Dame, die ihm Vergnügen bereitet hat, hab ich recht, mein Freund?"

„Du sprichst doch jetzt hoffentlich nicht mit mir, oder?", fragte Norbert und rümpfte die Nase, während sein Hund noch einmal ordentlich an der Decke schnüffelte und dann sofort zu ziehen begann.

„Weißt du was?", sagte Nils schnell. „Lass Nobbi zeigen, wo es langgeht. Der scheint zu wissen, was er tut. Nur beeilt euch, das Wetter schlägt gleich um."

„Jetzt fängst du auch noch damit an", knurrte Norbert, während er sich von Nobbi bereits durch das hochstehende reife Getreide ziehen ließ.

„Wenn der Bauer das sieht, gibts Ärger!", rief Alex.

„Dann haltet ihn uns vom Hals!", rief Jürgen zurück.

Kapitel 17

Hoch konzentriert lief Catrin den Weg auf- und wieder ab, auf der Suche nach weiteren Blutspuren, aber es gab keine.

Seufzend sah sie sich um. Was war denn da mitten auf dem Feld los? Kämpften sich da zwei Leute durch das Getreide? Mist! Sicher gehörten sie zu den Facebook Aktivisten! Sie waren zu weit entfernt, als dass Catrin hätte erkennen können, wer das war. Es machte auch keinen Sinn, ihnen etwas zuzubrüllen.

Sie blieb einen Moment stehen und beobachtete die Männer, die sich in ihre Richtung vorarbeiteten. Doch taten sie das wirklich? Nein, genaugenommen nicht, stellte sie überrascht fest. Der vordere mit dem Hund, den man so gut wie gar nicht erkennen konnte, schwenkte plötzlich um und hielt auf den Wald zu.

Entschlossen ging sie zurück zu ihrem Auto. Sie würde einmal um den Berg fahren und dann ihrer Hündin entgegenlaufen. Was hatte sie schon zu verlieren? Klar, ein Sturm zog auf, aber solange sie noch sprechen und laufen konnte, war nichts verloren. Diva würde ihre Stimme hören, darauf wollte sie ihre rechte Hand verwetten. Egal, wo sie sich verkochen hatte. Und das würde sie vielleicht retten.

Sie stieg ein und kramte in ihrer Tasche nach ihrem Autoschlüssel. Dabei ertastete sie ihr Handy und gab den vierstelligen Sicherheitscode ein. Na klasse, nun war auch noch der Akku so gut wie leer. Super. Ein letztes Mal würde sie noch versuchen, Wolf Ränger zu erreichen.

Lieber Wolf, ich hoffe so sehr, dass Sie das hier lesen und Zeit haben, mir zu helfen. Meine Hündin Diva streift verletzt nach einem Unfall durch einen Wald im Sauerland, in der Nähe der Sorpe. Wohnen Sie vielleicht dort? GPS anbei. Der Akku ist fast leer. Ihre Catrin Stechler – die aus dem Zug.

Sie drückte auf Senden, dann hatte sie eine Idee. Sie konnte die Facebook-Leute auch wieder zurückpfeifen! Natürlich! Warum war sie nicht früher auf die Idee gekommen?

Schnell rief sie ihr soziales Netzwerk auf und murmelte: „Halt durch, Akku, halt durch!" Dann tippte sie:

Diva ist wieder da! Danke an euch alle, ihr seid die Besten!!!
Eure Candrine

Wieder drückte sie auf Senden, dann verband sie das Gerät mit seinem Ladekabel, steckte den Stecker in den Zigarettenanzünder und startete den Wagen. Viel nützen würde das sicher nicht, sie würde ja nicht weit fahren. Aber etwas Saft war besser als gar kein Saft, oder?

Mensch, wie hatte sie bloß so leichtsinnig sein können, ihre Not öffentlich zu machen? Hoffentlich hatte sie Glück und all die Tierschützer, die nun ihren Fall verfolgten, zogen sich zufrieden wieder zurück.

Catrin legte den Rückwärtsgang ein, dann begann sie vorsichtig, Zentimeter für Zentimeter den schmalen und unebenen Weg zurückzusetzen.

Kapitel 18

„Willst du uns eigentlich umbringen?!"

Lauras Stimme klang schrill, als sie ihn anherrschte.

„Unsinn", sagte Ben und ging ein wenig vom Gas. „Du bist doch diejenige, die gesagt hat, wir müssten uns beeilen!"

„Ja klar, weil du so rumtrödeln musstest. Hast du mal auf die Uhr gesehen? Es ist gleich fünf! Wenn du uns jetzt noch in den

Graben fährst, dann können wir Candrine überhaupt nicht mehr helfen."

„Als wenn wir die jetzt da treffen, ehrlich!"

Wie eine kostbare Urkunde hielt Laura ein ausgedrucktes Foto von Candrine Cook in den Händen und sah es immer wieder an.

Ben war es total unangenehm, wie ein sensationsgeiler Spanner zu einem Unfallort zu eilen, wo vor Stunden jemand gestorben war, den er nicht kannte. Nur auf den Verdacht hin, dass man dort eine bekannte Autorin treffen könnte.

„Jetzt hör mal zu, Ben." Sie klang plötzlich wütend. „Wir fahren nicht dahin, um Candrine Cook zu treffen, sondern um Catrin Stechler dabei zu helfen, ihre Hündin zu suchen. Wenn noch jemand am Unfallort sein sollte, dann kann ich das Foto zeigen. Vielleicht kann man uns sagen, ob sie schon da war." Sie schüttelte den Kopf und sah aus dem Seitenfenster. Leise fügte sie hinzu: „Wir machen das übrigens auch für deinen Bruder."

„Für Wolf?"

„Schon vergessen? Er fand sie nett."

„Wolf findet jede Frau nett, der ihn nicht gleich stalkt."

„Du weißt genau, wie sehr ihm Tiere am Herzen liegen. Glaubst du allen Ernstes, er würde nicht mithelfen zu suchen, wenn er wüsste, dass diese Hündin da draußen ganz in seiner Nähe verletzt herumirrt? Meinst du, er hätte Verständnis dafür, dass wir uns nicht kümmern, nur weil er sich ausgeklinkt hat?"

„Da drüben ist es", sagte Ben und fuhr rechts heran.

Ein Polizeifahrzeug parkte mit vier weit geöffneten Türen im Schatten.

Ben stieg aus und ging auf den Wagen zu. Einer der beiden Polizisten stand mit dem Rücken zu ihm und telefonierte. Der andere saß auf dem Fahrersitz und sortierte etwas.

Ben wartete, bis sich der Beamte umdrehte. „Alex?", fragte

er überrascht.

„Ben?" Alex lächelte und kam auf ihn zu. „Was machst du denn hier?"

„Na, schau mal, wen wir da haben! Hallo Laura, hallo Ben!"

„Nils! Mensch, gut, dass ihr noch hier seid! Wir sind auf der Suche nach unserer Freundin." Laura hielt den beiden die Folie mit Catrins Autorenbild unter die Nase. „Wir wissen, dass ihr Hund in diesem Wagen war, und wollen helfen, ihn zu suchen."

„Das ist eure Freundin?", fragte Alex skeptisch. „Wie viele *Freunde* kommen denn noch?"

„Wieso", fragte Ben verdutzt.

„Weil es hier heute von echten und angeblichen *Freunden* nur so gewimmelt hat. Die Frau da", er zeigte auf das Foto, „ist vor denen regelrecht geflohen. Aber das ist schon ein Weilchen her. Norbert und Jürgen sind auch unterwegs und helfen suchen."

Ben sah überrascht auf. „Ehrlich? Norbert ist hier? Und Jürgen auch?"

„Haben sie Nobbi dabei?", fragte Laura aufgeregt.

„Yep", sagte Alex. „Und ich glaube, der hat auch eine Spur. Ich vermute aber nicht, dass die Jungs das lange durchhalten. Sie haben keine gute Kondition."

„Da magst du recht haben. Ab fünfzig ist der Lack ab, oder?" Ben lachte und klopfte Nils auf die Schulter. „Wir dagegen …"

Er fing Lauras Blick auf und räusperte sich. Jetzt war vielleicht wirklich nicht der richtige Augenblick für blöde Scherze. „Wenn hier schon so viele helfen", sagte Ben und bemühte sich, ernst zu klingen und nicht erleichtert, „dann können Laura und ich ja wieder fahren."

„Bist du verrückt?", herrschte sie ihn an.

„Fahrt ruhig wieder", gab Alex ihm recht. „Seht zu, dass ihr nach Hause kommt. Wir sind jetzt auch gleich hier weg."

„Wo ist Catrin denn hin?", fragte Laura unbeirrt.

„Richtung Wald. Du kannst ihr übrigens was ausrichten, wenn du sie siehst. Sag ihr, sie lügt zum Gotterbarmen schlecht. Tat so, als wäre sie eine Verwandte des Opfers, und dann kannte sie nicht mal seinen Nachnamen." Alex lächelte süffisant. „Was habt ihr denn alle für komische Freunde?"

„Das ist eine lange Geschichte, erzähl ich euch später mal", mischte sich Ben ein. „Ist auch eher Laura, die was mit ihr zu tun hat."

„Spar dir den blöden Unterton, Ben", meckerte Laura. „Ich bin sicher, dass sowohl die Frau von Alex als auch die von Nils wissen, wer Catrin ist. Und Claudia, Ulrike und Gaby sicher auch. Eigentlich weiß das jeder, der mal ein bisschen über den eigenen Tellerrand schaut und nicht nur die Bild-Zeitung liest."

„Was?" Alex nahm ihr die Klarsichthülle aus der Hand und runzelte die Stirn. „Hab ich nie gesehen, ich glaube nicht, dass Vanessa die kennt."

Nils trat neben ihn. „Jo auch nicht."

„Ach nee? Lesen die beiden nicht gerade vielleicht jede ein Buch von Candrine Cook?", fragte Laura. „Bücher, die sie sich von mir vor ein paar Tagen erst geliehen haben?"

„Du meinst diese *Reiß-mich-vom-Pferd-Herr-Graf*-Schnulzen?" Nils grinste.

„Die heißen *Nackenbeißer*", kommentierte Ben trocken.

„Dann eben *Nackenbeißer*, meinetwegen." Nils nickte. „Meine liest so was. Da hat Laura recht."

„Meine nicht", beharrte Alex.

„Wenn du dich da mal nicht vertust." Ben grinste süffisant. „Die stehen alle da drauf, das halbe Dorf."

„Das hier", Laura tippte energisch auf das Foto, „ist Candrine Cook."

„Hör auf!" Alex riss die Augen auf.

„Echt?", fragte Nils erschrocken.

„Echt. Wolf ist mit ihr im Zug von Hamburg zurückgekommen und fand sie süß."

„Ach du Scheiße", sagten beide wie aus einem Mund.

„Wieso?", fragte Laura.

„Naja, wenn das Wolfs Freundin ist ...", setzte Nils an.

„Das ist nicht seine Freundin", seufzte Ben genervt.

„Noch nicht", beharrte Laura.

„Ich hätte ihr doch mit Rex folgen sollen!" Nils schüttelte frustriert den Kopf.

„Du hast ihr Norbert und Jürgen hinterhergeschickt. Und Nobbi. Vergiss nicht, der Hund kennt die Hündin und er ist herausragend gut mit der Nase", sagte Alex und versuchte, seinen geknickten Freund aufzurichten. „Er hat mehr drauf als dein Rex."

„Was?" Nils wirkte empört.

„Jetzt streitet nicht!", versuchte Ben, seine Freunde zu beruhigen. „Wolf wird hier niemandem Stress machen, wenn es das ist, wovor ihr Angst habt."

„Wisst ihr was?", sagte Laura plötzlich. „Ich hab da eine Idee."

„Was denn?", fragte Ben. „Denk dran, wir haben Lebensmittel im Wagen, das wird alles warm. Und das Bier auch."

„Ich will nur eben mal bei Facebook was schauen. Vielleicht hat sie was gepostet."

Sie tippte konzentriert auf ihrem iPhone herum, dann rief sie: „Ha! Sie hat sie gefunden! Hier steht es! Sie hat Diva gefunden! Ist das nicht super?"

Lachend vertiefte sich Laura in eine Antwort auf die gute Nachricht, die sie mit flinken Fingern schrieb und mit einem zufriedenen „So!" postete.

Ben ging ein wenig zur Seite, dabei winkte er Nils und Alex unauffällig, sie sollten ihm folgen.

„Habt ihr heute Abend schon was vor?", fragte er leise. „Sonst kommt doch vorbei. Hunde-Bier."

„Aber nicht lauwarm aus deinem Kofferraum, Alter, oder?"

„Natürlich nicht." Ben schüttelte entrüstet den Kopf. „Ich hab noch genug im Kühlschrank."

„Jungs, ihr müsst euch das hier ansehen! Da ist die Hölle los auf der Seite von Candrine! Was für eine Party!"

„Super!", rief Ben und heuchelte Interesse. Dann wandte er sich wieder seinen Freunden zu. „Bringt bloß eure Frauen mit! Die hätten heute Abend ein Thema und wir unsere Ruhe."

Nils klopfte ihm auf die Schulter. „Gute Idee!"

Alex hielt einen Daumen hoch. „Astrein, würde ich sagen. Wir kommen so gegen acht. Schmeiß schon mal den Grill an, wir bringen Fleisch mit." Alex sah zum Himmel. Dann schlug er Ben auf die Schulter. „Bis nachher!"

„Bis nachher." Ben nickte. Der Grill stand geschützt, ein bisschen Regen würde sie nicht stören, ein kleines Gewitter auch nicht. Es wurde wirklich Zeit, dass es sich abkühlte.

Kapitel 19

Die Landstraße um den Berg zog sich.

Als Catrin sogar an einem Einkaufszentrum vorbeifuhr, sprang ihr eine Plakatwand mit einer überdimensionalen Currywurst-Werbung ins Auge. Mit einem Schlag spürte sie, wie groß ihr Hunger war, und bei der Erkenntnis versagte prompt ihr Kreislauf. Sie hatte seit ihrer Ankunft aus Hamburg heute in aller Herrgottsfrühe überhaupt noch nichts gegessen!

Selbst auf dem Schützenfest nicht, geschweige denn, dass sie genug Wasser getrunken hätte.

Mit zitternden Händen lenkte sie den Wagen auf den weitläufigen Parkplatz und stieg aus. Sie konnte nicht wissen, ob sie nicht die ganze Nacht nach ihrer Hündin suchen würde, da war es besser, sie besorgte sich etwas zu essen und zu trinken. Und eine Taschenlampe.

Als sie das Einkaufszentrum schließlich eilig wieder verließ, schleppte sie eine schwere Tüte zu ihrem Wagen und biss mit der freien Hand gierig in das erste von mehreren belegten Brötchen, die sie wahllos ausgesucht hatte. Auch hatte sie sicherheitshalber noch einen Futternapf, etwas Trockenfutter und ein paar Leckerli für Diva besorgt, schließlich war alles, was dem Hund gehörte, mit dem blutigen Wrack abgeschleppt worden.

Im Kofferraum suchte sie ihren Rucksack, dann verstaute sie alles so gut es ging darin, wühlte eine Jacke aus ihrem Koffer und schwang sich wieder hinters Lenkrad. Ein Blick auf die Uhr sagte ihr, dass es höchste Zeit war, endlich einen Weg in diesen verfluchten Wald hinein zu finden.

Bei all den Bergen, die sie umgaben, war es gar nicht so einfach, genau den Wald nicht aus den Augen zu verlieren, um den sie kreisen musste. Und noch schwieriger war es, an einer Kreuzung zu entscheiden, ob eine Straße auch wirklich an ihr Ziel führte.

Kaum entdeckte sie den Feldweg, in den sie zuvor eingebogen war, schon passierte sie die Unfallstelle, und alles schien mit einem Mal nicht mehr so hoffnungslos. Sie folgte der Straße bis zur nächsten Möglichkeit, rechts abzubiegen, dann fuhr sie noch ein Weilchen und hielt schließlich an. Der Plan war ja der, Diva entgegenzulaufen, nicht hinter ihr her. Sie wollte sie abfangen. Ja, genau. So schwer konnte das schließlich nicht sein.

Schnell zog sie die Jacke über, auch wenn es inzwischen so schwül war, dass sie befürchtete, einen Hitzeschlag zu bekommen. Die Wolkenberge, die sich inzwischen am Himmel auftürmten, wurden immer dunkler. Sie war verrückt, gerade jetzt in den Wald zu gehen!

„Verrückt wäre es, das nicht zu tun", murmelte sie. Dann nahm sie ihren Rucksack und stapfte entschlossen durch das hohe Gras, das die Fahrbahn und den Wald voneinander trennte. Im letzten Moment hatte sie ihr Handy in ihre Jackentasche gestopft. Der Akku hatte kaum genug Kraft geschöpft, um den Betrieb ihres mobilen Telefons aufrechtzuerhalten, aber für einen letzten Notruf würde es vielleicht später noch reichen.

Sie sah sich um. Hier würde sie nun irgendwo reingehen, egal, ob das erlaubt war oder nicht. Der Spinner, der alle paar Meter *Privatbesitz-* und *Betreten-verboten*-Schilder an die Bäume gehängt hatte, konnte sie ja nachher gerne anzeigen. Und die Polizei durfte ihren bis unters Dach vollbepackten Wagen abschleppen, wenn sie unbedingt wollte. Ihr war das egal.

Verbissen arbeitete sie sich durch das nahezu undurchdringliche Dickicht. Schilder dort aufzuhängen, wo eh niemand in den Wald gelangen konnte, der keine Machete besaß? Meine Güte, wie bescheuert war das denn? Verdammt, warum hatte sie in dem Laden nicht eine anständige Gartenschere gekauft? Die Brombeerranken, die den Weg versperrten, verhakten sich in ihrer Jacke und in ihrer Hose, ganz zu schweigen von ihren Haaren. Nach wenigen Metern waren ihre Hände und ihr Gesicht bereits mit Kratzern übersät.

Der schmale Wanderweg, über den sie dann plötzlich stolperte, war so überwuchert, dass sie ihn beinahe übersehen hätte. Er musste ja irgendwo hinführen, also biss sie die Zähne zusammen und bog rechts auf ihn ein, Hauptsache weg von der Straße.

Je tiefer sie in den Wald eindrang, desto dunkler wurde es, und desto mehr lichtete sich der Wildwuchs. Sie war noch nicht lange gelaufen, da begann es, spürbar bergauf zu gehen.

Catrin versuchte, sich zu orientieren, und drehte sich einmal um die eigene Achse. Irgendwie machte das doch alles keinen Sinn! War sie denn völlig übergeschnappt? Wie sollte sie es bloß über diesen gigantischen Berg schaffen, der vor ihr steil in die Höhe ragte? Diva hier zu entdecken war doch ebenso unmöglich, wie die berühmte Nadel im Heuhaufen zu finden!

Was hatte sie sich nur dabei gedacht? Der Hündin *entgegenlaufen* – so ein Schwachsinn! Alleine, in einem Wald von den Ausmaßen einer Wildnis am Amazonas? Hatte sie den Verstand verloren? Mit einer Gruppe von Leuten machte das ja vielleicht Sinn, aber alleine? Und wie hoch war die Wahrscheinlichkeit, dass ihre Hündin – verletzt, wie sie war –, den Weg über die Kuppe eingeschlagen hatte? Ziemlich gering, oder?

Wahrscheinlich gab es ein weitläufiges, kilometerlanges Netzwerk an Wanderwegen, die durch den Wald führten. Das Problem war nur, dass Diva gerade weiß der Himmel wo entlanglaufen konnte. Mit etwas Pech in dieselbe Richtung wie Catrin. Dann würden sie einander nie begegnen!

Wie hatte sie nur so leichtsinnig sein können, bei Facebook die Lüge zu posten, sie hätte Diva gefunden?

Panik stieg in ihr auf. Sie hatte alles falsch gemacht. Jede Entscheidung war genau die Verkehrte gewesen, ausnahmslos! Sie hätte der Blutspur folgen und nach Diva rufen sollen, so, wie sie es eigentlich von Anfang an vorhatte. Sie hätte die Hundestaffeln ihre Arbeit machen lassen sollen, statt völlig unbegründet alles abzublasen. Und selbst wenn Tausende von Internetfreunden durch diesen grenzenlosen Wald gestreift wären, darunter ihretwegen auch Rock Hudson, Fred Astaire und Groucho

Marx, wenn es sein musste, dann wäre das immer noch besser gewesen, als hier alleine herumzustehen!

Sie sah sich um und wusste jetzt schon nicht mehr genau, wo sie eigentlich hergekommen war. Bäume, soweit das Auge reichte. Kein Wunder, dass man so viele entlaufene Hunde nie wiederfand. Hier hätten sich ganze Rudel verstecken können, ohne dass sie jemand je gefunden hätte!

Es gab nur zwei Möglichkeiten: Entweder sie ging sofort zurück zum Wagen und fuhr wieder dorthin, wo sie die Suche abgebrochen hatte, oder sie sah zu, dass sie so schnell wie möglich die Kuppe dieses verfluchten Mount Sauerland erreichte. Wenn sie erst einmal auf der anderen Seite war, dann bestand wenigstens die Möglichkeit, dass Diva sie hörte, wenn sie nach ihr rief.

Entschlossen verließ Catrin den Wanderweg und begann, den steilen Hang hinaufzuklettern. Den Rucksack schulterte sie so, wie es sich gehörte, und hangelte sich – wann immer möglich –, von einem Baum zum nächsten. Bloß nicht zurückschauen. Sie durfte unter keinen Umständen ins Rutschen geraten oder womöglich abstürzen.

Inzwischen war es regelrecht finster geworden und die schwüle Luft knisterte. Spätestens, wenn das Unwetter losging, würde es hier endgültig stockfinster sein, da durfte sie unter keinen Umständen noch in diesem Hang festhängen.

Plötzlich war sie erleichtert, dass der skurrile Waldbesitzer so einen Zirkus machte, niemanden seinen blöden Wald betreten zu lassen. Zumindest würden ihr keine unheimlichen Gestalten begegnen. Höchstens ein paar Rehe. Oder Wildschweine.

Wildschweine?

Scheiße!, dachte sie mit einem Anflug von Panik. Dann griff sie nach einem stabil aussehenden Ast, testete, ob er ihr Gewicht aushalten würde, und kletterte weiter.

Kapitel 20

„Bist du sicher, dass wir hier richtig sind?", fragte Jürgen und holte keuchend zu Norbert auf.

Seit einer geraumen Weile folgten sie Nobbi nun bereits durch diesen Wald. Hinter jedem Baum konnte der Verrückte lauern, der die Verbots-Schilder aufgehängt hatte. Wie sollten sie ihm erklären, was sie hier suchten? Jürgen trug noch volle Jägermontur und sie ließen sich von einem Jagdhund-Mischling durch seinen Wald zerren. Das schien nicht viel Spielraum zu lassen für Missverständnisse. Der Typ würde ihnen doch nicht für einen Moment glauben, dass sie lediglich eine verletzte Hündin suchten, oder? Naja, wenigstens hatte er sich von Gaby bequatschen lassen und sein Gewehr zu Hause gelassen.

„Keine Ahnung, wo Nobbi hin will, aber ich schwöre dir, er hat eine Spur!", sagte Norbert atemlos und ließ sich von seinem Hund weiterzerren.

„Woher willst du wissen, ob er der richtigen Spur folgt?", rief Jürgen keuchend, während er versuchte, mit dem zehn Jahre jüngeren Freund Schritt zu halten. „Vielleicht hat er ein Reh in der Nase. Oder den verletzten Eber, den wir verloren haben."

Kaum hatte er den Gedanken zu Ende gedacht, brach Nobbi plötzlich nach rechts aus und zerrte sie durch immer dichter werdendes Unterholz. Er wurde auffallend langsam, schien sich wirklich zu konzentrieren. War es möglich, dass er immer noch nach Diva suchte? Himmel, der Köter hatte vor einer Stunde oder wie lange das her war, das erste und letzte Mal an dieser Decke geschnüffelt. Norbert übte ja viel mit ihm, bildete ihn aber ganz sicher nicht zum Spürhund aus. Wenn diese bescheuerte Hetze durch das Gestrüpp wirklich am Ende zu der verletzten Hündin führte, dann würde Jürgen einen Besen fressen.

„Da vorne!", rief Norbert plötzlich aufgeregt. „Jürgen, schau mal!"

Der Wind hatte inzwischen ordentlich zugelegt, jeden Moment würde es beginnen zu regnen, da war Jürgen sicher. Gott sei Dank, es war inzwischen nämlich so schwül, dass er sich am liebsten die völlig durchgeschwitzten Sachen vom Leib gerissen hätte. Schwer atmend blieb er stehen, beugte sich vor und stützte sich mit den Händen auf den Knien ab. Er war wieder ein wenig hinter Norbert zurückgefallen, aber der rannte nun nicht mehr, sondern schlich geradezu. Es sah wirklich so aus, als hätte Nobbi etwas entdeckt. Wenn ihn nicht alles täuschte, dann waren das doch …

„Bleib stehen!", rief er und überraschenderweise bremste Norbert prompt ab und hielt seinen zerrenden Hund zurück. Nur wenige Meter vor ihnen lag er, der Eber. Verendet. Elendig verreckt, weil sie ihn letzte Nacht nicht hatten erlösen dürfen.

„Dieses verdammte Arschloch!", knurrte Jürgen.

„Meinst du das Schwein?", fragte Norbert verunsichert.

„Ach, vergiss es!", sagte Jürgen. Jetzt eine Diskussion, das hätte ihm gerade noch gefehlt. Er wies auf den Kadaver. „Vielleicht war es das, was Nobbi die ganze Zeit in der Nase hatte?"

„Kann sein", gab Norbert zu und fummelte in seiner Hosentasche. Er zog ein Stück Stoff heraus. „Hier, Nobbi, riech noch mal. Ist vielleicht nicht mehr viel dran zu erkennen, aber das gehörte Diva. Diiivaaa!", sagte er und wedelte aufmunternd mit dem Stofffetzen vor der Nase seines Hundes herum.

„Wo hast du das denn her?", fragte Jürgen überrascht.

„Abgerissen, eben, an der Unfallstelle."

„Aha."

Sie beobachteten, wie Nobbi wieder zu schnüffeln begann. Selbst Jürgen, der nie von sich behauptet hätte, ein Hundeflüsterer zu sein, konnte erkennen, wie der Hund vor ihm mit sich rang. Liebend gerne wäre er hiergeblieben und hätte die Stelle, an der das tote Wildschwein lag, ausgiebig erschnüffelt. Aber er schien auch zu spüren, dass der Duft von Diva wichtig war. Ob der Rüde vielleicht schon begriffen hatte, dass es seiner Freundin nicht gut ging? Es mussten doch an der Unfallstelle jede Menge Informationen buchstäblich in seine empfindsame Nase geschossen sein. Informationen, die ihn noch immer beschäftigten. Was wusste der kluge Pointer-Mix über das, was Diva widerfahren war? Alles? Oder nichts?

„Los, Nobbi", versuchte Jürgen, den Hund seines Freundes anzufeuern und sich selbst die aufkeimenden Zweifel auszureden. „Hau rein, die Zeit läuft."

Es wurde wirklich immer dunkler. Man konnte durch das dichte Laubdach zwar ohnehin kaum den Himmel erkennen, aber dass sich fette dunkle Wolken inzwischen flächendeckend vor die Sonne geschoben hatten, daran bestand für Jürgen nicht mehr der geringste Zweifel. Ihm wurde mulmig. Er gehörte nicht zu denen, die sich damit brüsteten, wie toll ein Gewitter im Wald war.

„Es geht weiter!", rief Norbert, als Nobbi plötzlich losrannte.

Jürgen schüttelte den Kopf. Vielleicht tat er dem Hund unrecht. Vielleicht war Nobbi wirklich gar nicht so blöd. Er sollte dem Köter endlich mal vertrauen. Norbert tat es schließlich auch.

Jürgen hatte den Gedanken noch nicht zu Ende gedacht, als er das Donnergrollen hörte. Es war nicht das erste, im Gegenteil, aber die anderen waren noch so weit weg gewesen, dass das Gewitter ebenso gut noch in Frankreich hätte sein können. Nun, jetzt war es nicht mehr in Frankreich, sondern direkt über ihnen.

„Verdammt!", fluchte Jürgen, als er feststellte, dass er Norbert aus den Augen verloren hatte.

Kapitel 21

Die Art, wie sich Nobbi ins Geschirr stemmte und dabei in den höchsten Tönen fiepte, konnte zweierlei bedeuten. Entweder hieß es „Nix wie weg hier!" und bezog sich auf das Gewitter. Oder es bedeutete, dass sie jemandem auf der Spur waren, und zwar gewaltig. Nur selten legte sich Nobbi so ins Zeug. Meistens deshalb, weil er Freunde einholen wollte.

Sollten sie wirklich so viel Glück haben?

Norbert hätte seinen Hund am liebsten losgemacht und es ihm ermöglicht, Vollgas zu geben, aber er wusste genau, was dann geschehen würde. Der arme Kerl würde die ungewohnte Freiheit ausnutzen und schnell mal eine kleine Runde drehen, wobei Nobbis Definition von *klein* gewöhnungsbedürftig war. Das konnten auch mal ein paar Kilometer sein, die er dann rasend schnell hinter sich brachte. Wenn er sich weder mit seinem Geschirr im Geäst verfing noch seine empfindlichen Pfoten verletzte, könnte er Diva sogar finden, auszuschließen war das nicht. Aber wie würden er und Jürgen das je erfahren? Der Hund war zwar schlau, aber war er wirklich schlau genug, zurückzukommen um sie zu holen? Wie Lassie?

Und was wäre, wenn Claudia recht hatte und sich Nobbi doch noch vor einem Donnerschlag erschreckte und sich irgendwo verkroch? Na gut, der Hund war pfiffig, er würde es einfach aussitzen. Aber was wäre mit ihm, Norbert? Er würde hier im Wald warten und dann vielleicht wirklich ohne Hund nach Hause fahren müssen und dann würde Claudia ihn umbringen. Und wenn die das nicht erledigte, dann Ulrike. Oder Gaby.

Nein, es gab leider keine Alternative, er konnte Nobbi nicht losmachen und rannte also einfach weiter.

„Norbert!"

Jürgens Stimme klang so weit entfernt, als wären sie gar nicht mehr im selben Wald.

„Hooooooo!", rief Norbert und stemmte sich mit aller Kraft gegen Nobbis ungeheuren Leinenzug. Sie mussten Jürgen eine Chance geben, aufzuholen!

Die Leine riss in demselben Augenblick, als Norbert über eine Wurzel stolperte und stürzte.

„Nobs! Hier!", rief er erschrocken, während er sich aufrappelte, aber genauso gut hätte er auch ein Flugzeug, das auf dem Weg in den Süden war, anflehen können umzukehren. Scheiße! Jetzt hatte er den Salat!

Schwer atmend stützte sich Norbert an einem der Bäume ab. So ein verfluchter Mist!

Nervös sah er sich um.

„Jürgen?!", brüllte er gegen den plötzlich wie aus dem Nichts aufbrausenden Wind. Sein Ruf verhallte ungehört in einem Donnerschlag. Das Bellen seines davonjagenden Hundes war verstummt, als das Donnergrollen endlich nachließ.

O Gott! Wenn Claudia das erfuhr, dann würde die Hölle losbrechen, soviel stand fest. Es gab für sie nichts Traumatischeres als die Vorstellung, ihr Hund könnte in Not geraten. Nicht umsonst hatte sie zu Silke und Kai jeden Kontakt abgebrochen. In dem Moment, als ihre ehemaligen besten Freunde Nobbi damals ins Tierheim abschoben – egal, wie schwer ihnen das gefallen war –, verspielten sie Claudias Freundschaft, auch wenn keiner von ihnen das damals ahnte. Nun, er wusste aber, wie Claudia dachte, und er benötigte nicht viel Fantasie, um sich vorzustellen, welche Hölle über ihn hereinbrechen würde, wenn er ohne Nobbi nach Hause kam.

Der Wald bebte um ihn herum förmlich unter einem erneuten Donnerschlag, dem ein heftiger Blitz folgte, gleich darauf von einem weiteren ohrenbetäubenden Krachen gefolgt. Wenn das kein Einschlag war, dann wollte er einen Besen fressen!

„Nobs!!!!"

Verdammt, wenn dem Hund was geschah, dann …

„Nobs?!" Immer wieder drehte sich Norbert um sich selbst, versuchte verzweifelt, irgendwo zwischen den Bäumen etwas Weißes aufblitzen zu sehen.

„Nobs!!!"

Es war zum Verzweifeln und Norbert spürte, wie ihm die Tränen kamen. Sein Freund hatte recht, er war und blieb ein Weichei. Von der Stadt aufs Land zu ziehen war vielleicht mutig gewesen, aber ein Naturbursche war er in den letzten Jahren trotzdem nicht geworden, weiß Gott nicht. Norbert stieß sich von dem Baum ab, an den er sich mit einer Hand gestützt hatte, und beugte den Kopf.

Als würde er von einem Wasserwerfer beschossen, prügelte plötzlich Regen auf ihn ein, während der Sturm Äste aus den Laubbäumen riss und ihn damit bewarf.

Er musste seinen Hund finden, und wenn es das Letzte war, was er tat.

Kapitel 22

Die Stille auf dieser Lichtung ließ normalerweise sogar die Stimmen in Wolfs Kopf verstummen. Stimmen, die ihm einreden wollten, dass er ein elender Feigling war. Warum sonst wollte er sich aus jeder Verantwortung zurückziehen, die er als *Rock Wood* übernommen hatte? Sich einmal um nichts anderes mehr kümmern zu müssen als um sich selbst, erschien ihm so dermaßen verlockend, dass es ihm Angst bereitete.

Von Stille konnte allerdings heute hier oben nicht die Rede sein. Im Gegenteil. Seine Idylle verwandelte sich gerade in die Hölle.

Normalerweise hätte er die Stunden bis zum Morgen in diesem Hochsitz verbracht und den Wald genossen. Mit Einbruch der Dämmerung begann nämlich der Kampf, wer die Nacht überleben würde.

Vielleicht war es das, was ihm so gut tat. Was die Dinge wieder in die richtige Perspektive rückte. Im Vergleich zu dem allnächtlichen Überlebenskampf der Waldbewohner erschienen ihm seine eigenen Probleme nämlich geradezu peinlich und banal. Etliche Tiere würden den Morgen nicht erleben, so war die Natur nun einmal. Aber das Leben ging trotzdem weiter. Mit tröstlicher Gewissheit.

Wolf stützte die Arme auf den kleinen Tisch und verschränkte die Finger, dann legte er nachdenklich sein Kinn darauf und sah angespannt aus dem Fenster des ungewöhnlich komfortablen Hochsitzes, einem Relikt aus Großvaters aktiver Jagdzeit. Wolf hatte ihn stabilisiert, ausgekleidet und sogar mit einem Blitzableiter versehen, eigentlich hätte er also ruhig hierbleiben können, auch wenn das hölzerne Gebilde inzwischen spürbar unter den starken Sturmböen schwankte.

Normalerweise beruhigte ihn nichts mehr, als eine Nacht an diesem Ort. Wenn der Vollmond nicht hinter schwarzen Wolken verschwand, sondern leuchtete wie ein Versprechen. Nämlich dass die Welt hier morgen noch genauso im Gleichgewicht sein würde wie heute, trotz der Opfer, die es geben würde. Nun, da er sich von Karolin befreit hatte und aus dem Karrierelaufrad ausgestiegen war, würde es Wolf vielleicht gelingen, sein eigenes inneres Gleichgewicht wiederzufinden.

Ohne, dass er sagen konnte, wieso, tauchte plötzlich das Gesicht dieser Catrin vor seinem inneren Auge auf. Eine Schriftstellerin! Das hatte etwas Friedliches, etwas Selbstbestimmtes. Das Einzige, was nicht gestimmt hatte, war der Ausdruck ihrer Augen. Mit keinem Wort hatte sie erwähnt, wieso sie so traurig war. Warum nur hatte sie so unendlich … enttäuscht gewirkt?

Es war nicht das erste Mal, dass er einer Frau begegnete, die ein Geheimnis hütete. Wenn er raten durfte, dann war es, wie in den meisten Fällen, die er als Anwalt vertreten hatte, der Gatte. Catrin hatte aber auf ihn den Eindruck gemacht, als trauere sie zutiefst um etwas viel Wertvolleres als eine gescheiterte Ehe.

Seine Gedanken gingen zurück zu der Zugfahrt. Er hatte geduldig auf den Moment gewartet, in dem es möglich gewesen wäre, Catrin zu fragen, was sie so bedrückte. Aber dieser Moment war in den wenigen Stunden, die er mit ihr im EC durch die Nacht raste, nie gekommen. Oder er hatte ihn verpasst.

Wolf schüttelte unwillkürlich den Kopf. Das Grübeln nutzte nichts. Wahrscheinlich würde er sie eh nie wiedersehen, was eigentlich schade war, denn es hatte neben den traurigen Phasen der Reise auch ein paar gegeben, wo sie geradezu befreit gewirkt hatte. Dann nämlich, als sie endlos von ihrer Hündin schwärmte. Er hatte es sich gründlich abgewöhnt, jedem, mit dem er sich mal unterhielt, das Thema Tierschutz ins Gesicht zu schlagen. Er war ja schließlich kein Prediger. Also freute er sich einfach im Stillen darüber, wie glücklich sie mit ihrem Hund war.

Was ihn sehr berührte, war die Art, wie sie von der inneren Bindung zu ihrem Tier sprach. Damit weckte sie mit wenigen Worten genau die Bilder in seinem Kopf, die er dort seit dem Tod von Blue hinter undurchdringlichen Schutzwällen sicher verborgen geglaubt hatte.

„Diva ist mein Seelenhund", murmelte sie schließlich, als gäbe es mehr dazu nicht zu sagen. Wie gut er sie verstand.

„Schade, dass wir nun unterschiedliche Züge nehmen", lächelte sie ein wenig verlegen, als er kurz vor Dortmund aufstand und ihr Gepäck für sie aus der Gepäckablage hievte. „Es war schön mit Ihnen. Es tut mir nur leid, dass ich so viel geredet habe und Sie kaum zu Wort gekommen sind."

„Vielleicht sieht man sich ja irgendwann wieder, dann rede ich", sagte er.

„Ich glaube zwar an das Schicksal", antwortete sie lächelnd, „aber auch daran, dass man ein wenig nachhelfen darf." Sie drückte ihm ihre Visitenkarte in die Hand.

„Ich auch", sagte er und hielt ihr im Gegenzug seine eigene Karte hin. Auf dem Bahnsteig nickte er ihr schließlich ein letztes Mal zu. „Gute Fahrt! Und viel Erfolg weiterhin mit Ihren Büchern!"

„Danke. Ihnen wünsche ich, dass Sie ein neues Glück finden", sagte sie unvermittelt. Ihr zauberhaftes Lächeln wirkte plötzlich wieder traurig, als sie sich umdrehte und davonging.

Glück? Mit Menschen gibt es das nicht, dachte er bitter, während er auf die Anzeigetafeln am Bahnhof starrte und entschied, dass er keine Lust hatte, sich abzuhetzen, um seinen Anschlusszug zu erwischen. Um diese Zeit fuhr mehrmals in der Stunde einer.

Ein lauter Donnerschlag riss ihn aus seinen Gedanken.

Ein neues Glück? Wie schnulzig!, dachte er plötzlich. Er kannte zwar außer ihr keine andere Autorin persönlich, aber sicher lernten die sowas in Seminaren. Tiefgründig daherkommen. Wer Kitsch verkaufte, der musste so etwas offenbar draufhaben.

Wolf schnaubte, dann stand er auf und verließ die kleine Kabine. Er musste sich regelrecht gegen die Tür stemmen, um sie überhaupt öffnen zu können, so sehr drückte der Wind dagegen. Kaum war er draußen, flog sie ihm krachend aus der Hand und ins Schloss. Er würde sie heute Nacht nicht verschließen, vielleicht suchte noch jemand Zuflucht?

Vorsichtig kletterte er die steile Leiter hinunter und hielt sein Gesicht dabei so, dass ihn die Regentropfen nicht mitten hinein trafen. Er hatte den Boden noch nicht erreicht, da war seine Kleidung bereits klitschnass.

Plötzlich horchte er auf. Was war das?

Wolf blieb stehen und lauschte. Bellte da ein Hund? Ein jagender Hund?

Unmöglich. Es gab weit und breit keinen Jäger, der nicht wusste, was ihn erwartete, wenn er diesen Wald betrat. Und ganz sicher auch niemanden, der so bescheuert war, bei so einem Wetter in einen Wald zu gehen, statt zu versuchen, ihn so schnell wie möglich zu verlassen.

Er lauschte noch einmal, aber das Brausen des Windes und das Trommeln der Regentropfen, die auf das Dach des Hochsitzes aufklatschten, übertönte alle anderen Geräusche. Ganz zu schweigen von den nun rasch aufeinanderfolgenden Donnerschlägen.

Es wurde Zeit, dass er nach Hause kam.

Kapitel 23

„Nobs!" Das war doch wirklich wie verhext! Immer, wenn er nach seinem Hund rief, fuhr ein Donner dazwischen. Kein Wunder, dass Nobbi ihn nicht hörte.

„Jürgen?!" Norbert hatte das Gefühl, als habe er sich inzwischen heiser geschrien. Verdammt, waren denn beide verschwunden?

„Norbert?!"

„Jürgen?!"

Endlich! Norbert sah sich um, aber die Stimme konnte weiß Gott woher gekommen sein in diesem Tohuwabohu.

„Norbert?!"

„Ja! Hier drüben!"

Norbert konnte die Augen zusammenkneifen, so viel er wollte, er konnte seinen Freund einfach nicht entdecken, so dunkel war es inzwischen geworden. Warum hatten sie eigentlich keine Taschenlampen eingesteckt?

Blöde Frage! Sie waren im hellen Sonnenschein vor – er warf einen Blick auf seine Uhr –, vor zwei Stunden losgegangen. Wirklich? Länger waren sie noch nicht hier im Wald? Unfassbar.

„Norbert?!"

„Hier, verdammt noch mal!" Norbert arbeitete sich verbissen auf eine Lichtung zu, die er zwischen den Bäumen zu erkennen glaubte, als plötzlich wie aus dem Nichts Nobbi an ihm vorbeipreschte, genau in die entgegengesetzte Richtung, zurück in den Wald.

„Nobs!", rief er fassungslos.

Verdammt, wie sollte er den denn jetzt bloß anhalten? Aber dann beruhigte er sich. Gott sei Dank, der Hund war zurück. Er lag nicht zitternd unter einem Busch. Und er wusste, wo sein Herrchen war, mehr zählte jetzt nicht. Er würde sich nun nicht mehr verlaufen, selbst wenn er weiter frei lief. Er würde vielleicht noch zirkeln, aber dabei hoffentlich in der Nähe bleiben. Das, was Menschen unter Nähe verstanden, nicht Jagdhunde, dachte Norbert und hätte beinahe gelacht, so erleichtert war er.

Er starrte wieder zu der Lichtung dort hinten. Es war nicht mehr weit, vielleicht hundert Meter. Beim letzten Blitz hatte er gemeint, an ihrem Ende so etwas wie einen Hochsitz gesehen zu haben, aber da konnte er sich auch täuschen. Der Regen, der immer mehr zunahm und die Lichtung flutete, machte es auch nicht einfacher, etwas zu erkennen.

Entnervt bückte er sich, um sich den triefend nassen rechten Schnürsenkel festzubinden. Gerade, als er die Schleife festziehen wollte, rannte jemand von hinten in ihn hinein und warf ihn mit voller Wucht zu Boden.

„Du Idiot!", schrie er auf und rollte sich auf die Seite. „Ehrlich, Jürgen! Pass doch auf!"

„Hast du sie noch alle?", meckerte Jürgen und rieb sich atemlos über das nasse Gesicht. „Schrei mich doch nicht so an, ich hab dich nicht gesehen!"

„Wo ist denn deine Brille?"

„Die ist mir vor ungefähr dreißig Kilometern von der Nase geflogen, als ich das erste Mal gestolpert bin. Und jetzt keinen blöden Spruch, ja?", schimpfte Jürgen.

Norbert musste lachen. „Das heißt, du bist mir blind gefolgt? Wenn das keine Liebe ist!"

„Ich hab gesagt, keine blöden Sprüche! Spar dir die für Claudia. Wenn sie hört, dass du den Hund freigelassen hast, dann wirst du mehr davon brauchen, als dir einfallen, glaubs mir."

Norbert hielt die gerissene Leine hoch und wedelte mit den beiden Enden vor Jürgens Nase herum. „Noch irgendwelche Fragen? Wie hast du mich überhaupt gefunden?"

„Dein Köter hat mich eingesammelt. Immer wieder."

„Was soll das heißen *immer wieder*? Der ist doch abgehauen!" Norbert hatte Probleme, Jürgen zu folgen.

„Mann oh Mann, du kennst dich wirklich aus mit Hunden! Der ist gekreist, um uns beide, seit er los ist. Meinst du, sonst stünde ich hier? Seit wann bist du eigentlich so schnell?"

„Schon mal was von Joggen gehört? Du solltest mal mitkommen. Könnte dir nicht schaden."

„Hm, vielleicht mach ich das sogar mal", brummelte Jürgen.

„Nobs?!", rief Norbert in den nächsten Donnerschlag.

„Der ist da drüben. Hat der was gefunden?", fragte Jürgen plötzlich und wies tiefer in den Wald, wo Nobbi um ein Gebüsch herumschlich. Die Art, wie er sich dabei immer wieder zu ihnen umsah, ließ Norbert aufgeregt aufspringen.

„Und ob der was gefunden hat! Komm mit!"

* * *

Als Wolf über die Lichtung sprintete, hätte er schwören können, dass er zwischen den Bäumen zwei Männer sah, die tiefer in den Wald hineinrannten. Und einer davon war ein Jäger. Wolf erstarrte. Den würde er sich schnappen. Arschlöcher hatten in seinem Wald nichts, aber auch absolut nichts zu suchen.

Kapitel 24

Mit letzter Kraft krabbelte Catrin den steilen Hang hinauf und auf allen Vieren auf einen überraschend breiten Wanderweg. Sie schluchzte vor Erleichterung auf.

„Diva!", schrie sie, aber ihr Ruf wurde sofort von einem ohrenbetäubenden Knall übertönt.

Der Wind hatte bereits brutal zugenommen, als sie noch ganz unten an dem verfluchten Hang klebte. Mehr als einmal hatte sie das Gefühl gehabt, eine Böe würde sie von den Füßen reißen und in die Tiefe stürzen lassen. Nun sah sie sich erleichtert um und versuchte, durch den dichten Vorhang aus Regen zu erkennen, in welche Richtung sie gehen musste.

Links schien es bergab zu gehen.

Alles, nur jetzt auf halbem Weg nicht wieder runter ins Tal! Sie wandte sich also schwer atmend nach rechts und stolperte weiter. Ihren provisorischen Wanderstab hatte sie irgendwo dort unten verloren, also hielt sie die Augen auf und versuchte, etwas ähnlich Brauchbares zu entdecken. Sie beugte sich vor und kämpfte sich Schritt für Schritt in die Richtung weiter, von der sie hoffte, dass sie sie zum Gipfel dieses Höllenmonsters führen würde.

Zu ihrer Linken erhob sich der nächste schier unbezwingbar wirkende Steilhang. Wer wusste, wie viele es noch davon gab? Drei? Vier? Nie wieder würde sie das Wort *Hügel* in den Mund nehmen, nie wieder.

So schnell sie konnte, eilte sie weiter, immer bemüht, sich fernzuhalten von der Schlucht, der sie gerade entkommen war. Die Fichten in diesem Teil des Waldes machten ihr Angst. Die Art, wie sie sich unter dem Druck der Sturmböen neigten, ließ die riesigen Nadelgehölze entsetzlich zerbrechlich wirken.

Wieder einmal erschien es Catrin unmöglich, Diva in diesem Unwetter zu finden. Dabei war sie jemand, der sich bis zum letzten Moment an jeden Strohhalm klammerte und grundsätzlich davon ausging, dass sich Dinge zum Guten wenden konnten, wenn man nur fest genug daran glaubte.

Ha! Das war ein Irrglaube, den sie inzwischen nicht mehr hatte. Im Gegenteil. Hier, inmitten der entfesselten Natur, erschienen ihr all die romantischen Konzepte von Hoffnung und Zuversicht, die sie so gerne in ihren Büchern verarbeitete, einen Dreck wert. Wirklich, sie konnte von Glück sagen, wenn sie hier je wieder lebend herauskam.

Verbissen verdrängte sie den Gedanken an ihren womöglich unmittelbar bevorstehenden Tod. Jetzt nur nicht völlig panisch werden!

Die Angst vor Wildschweinen war längst der vor umstürzenden Bäumen gewichen. Wie hatte sie ihre Helden nur immer wieder in Wälder führen können, ohne den blassesten Schimmer zu haben, wie lebensfeindlich die Wildnis bei einem Unwetter sein konnte?

Als sie an eine Wegbiegung kam, traf sie eine Windböe mit solcher Wucht und so unvorbereitet von vorne, dass sie zurückprallte und ins Stolpern geriet. Oh nein! Sie durfte sich auf keinen Fall etwas brechen! Instinktiv ließ sich Catrin zur Seite fallen und prallte mit der linken Schulter hart gegen den aufgeweichten schlammigen Hang. Erst dann rutschte sie vollends zu Boden.

Für einen Moment blieb sie liegen und versuchte, den Schmerz in ihren Gliedern abzuschätzen. Vielleicht hatte sie sich den Arm verrenkt, aber ganz sicher waren keine Knochen gesplittert.

Vor Erleichterung begann sie zu weinen, als sie sich wieder aufrappelte und weiterstolperte. Bloß weg von den Fichten, bloß weiter, bis sie diese elenden spindeligen Nadelbäume hinter sich lassen konnte.

Das Unwetter hatte im Grunde gerade erst begonnen, es konnte noch Stunden lang weiterwüten, dachte sie beunruhigt, als sie plötzlich bemerkte, wie der Wind für einen Moment nachzulassen schien und der Regen plötzlich nicht mehr waagerecht in ihr Gesicht schlug, sondern von oben kam.

Vor dem letzten Donner hatte sie gar keinen Blitz wahrgenommen, aber jetzt sah sie umso mehr davon, denn direkt vor ihr bot ihr eine breite Lücke im Wald freien Blick bis zum Horizont. Wie hoch sie inzwischen war, wusste sie nicht, aber sie hatte das Gefühl, als würden die dicken Wolken bald die Baumkronen berühren. In der Ferne zuckten Blitze im Sekundentakt, unmittelbar gefolgt von Krachen, eins lauter als das andere.

Sie versuchte, sich zu orientieren. Wenn sie nicht völlig falsch lag, dann lief sie nun Richtung Osten, dieselbe Richtung, in die die Wolken rasten. Und irgendwo vor ihr oder unter ihr kauerte Diva unter einem Gebüsch und ängstigte sich zu Tode. Wenn sie überhaupt noch lebte.

„Diva!", schrie sie erneut und dieses Mal meinte sie, ihr Ruf würde mit dem Wind fortgetragen, jedenfalls für einen Moment, dann zerschmetterte ihn auch schon der nächste gewaltige Donner.

Sie hatte mitgezählt. Zwölf. Das Gewitter war zwölf Kilometer entfernt. Zwölf völlig unwissenschaftliche, paranoide Catrin-Kilometer, dachte sie mutlos.

„Na, das hilft", murmelte sie vor sich hin, da blendete sie bereits der nächste Blitz. Der gewaltige Schlag, der unmittelbar darauf folgte, war so laut, dass sie meinte, ihr sei gerade das Trommelfell geplatzt.

„Heilige Maria, Mutter Gottes, bitte für uns Sünder, jetzt und in der Stunde unseres Todes!", entfuhr es ihr, während sie weiterhastete.

Catrin erschrak. Wo war das denn jetzt hergekommen? Sie war fünfunddreißig Jahre alt und hatte weiß Gott wie lange nicht mehr gebetet. Seit sie mit sechszehn aus der Kirche ausgetreten war, um genau zu sein. Und dann plötzlich kam ihr ein Gebet über die Lippen, von dem sie nicht einmal gewusst hatte, dass sie es kannte?

Inzwischen war sie durchnässt bis auf die Knochen. Es war immer noch schwül, obwohl der Regen auch irgendwie erfrischte. Sie würde also mit Sicherheit nicht erfrieren.

In Gedanken begann sie, die Todesarten, die ihr *nicht* bevorstanden, aufzuzählen. „Positiv denken, immer positiv denken. Ich sterbe nicht an Unterkühlung. Ich werde nicht von einem Wildschwein niedergetrampelt, die sind doch nicht blöd, die laufen bei dem Wetter nicht hier rum."

Inzwischen trabte sie. „Ich werde nicht von einem Motorrad umgenietet. Ich werde heute Nacht nicht mit einem Flugzeug abstürzen. Ich werde nicht als Geisel sterben, weil es hier keine Geiselnehmer gibt."

Sie lachte hysterisch, während sie weiterlief und kurzatmig aufzählte, was für ein unglaubliches Glück sie doch hatte. „Ich werde nicht mit einem Heißluftballon abstürzen und auch nicht von einem Zug überfahren werden."

Da! Links führte eine Art Schneise den Hang hinauf. Steil, aber das war ja nichts Neues. Ohne zu zögern, schlug sie den schmalen Pfad ein und begann wieder zu kraxeln, was jetzt nicht mehr ganz so einfach war wie zuvor – ha! einfach! –, weil ihr der Regen als Sturzbach entgegenrauschte. Sie begann, sich parallel zur Schneise von Baum zu Baum bergauf zu ziehen, bis sie plötzlich auch diesen Hang überwunden hatte und auf den nächsten Wanderweg stieß.

Sie sah sich um.

Da vorne! Eine Lichtung! Und was war das, da hinten am Rand? Ein Hochsitz?

Für einen Moment meinte sie, eine Gestalt von der Lichtung in den Wald eintauchen zu sehen, aber das war sicher nur eine Täuschung. So schnell sie konnte, stampfte sie querfeldein durch das Unterholz, dann durch das hohe Gras der Freifläche. Sie würde sich in dem Hochsitz einigeln, bis der ganze Mist hier vorbei war. Egal, ob das schlau war oder nicht. Oder womöglich verboten.

Während Catrin die letzten Meter zu dem Unterschlupf sprintete, so gut wie möglich ignorierend, wie weh ihr die ganze linke Seite tat, sah sie sich um. Keine Chance. Sie konnte einfach nicht erkennen, ob sie nun auf dem Gipfel des Berges war oder nicht: Aber es war ihr plötzlich auch egal. Hier würde sie bleiben, bis sich das Wetter beruhigt hatte. Wie lange mochte das dauern? Vier Stunden? Sechs Stunden? Die ganze Nacht?

Was spielt das für eine Rolle?, schimpfte sie mit sich selbst, als sie endlich die Leiter des Hochsitzes erreichte. Sie musste das Unwetter aussitzen, es blieb ihr kaum eine Wahl. Ihre Nerven waren am Ende, sie sah ja sogar schon Männer durch den Wald flitzen! Wenn sie nicht vom Blitz erschlagen werden wollte, dann würde sie hier einigermaßen gut die Nacht überstehen, so hoffte sie doch zumindest.

Gerade, als sie einen Fuß auf die wackelige Leiter setzen wollte, hörte sie den Schrei eines Tieres. Entsetzt fuhr sie zusammen. Meine Güte, was war das? Überall im Wald krachte es. War da vielleicht ein Reh unter einen umstürzenden Baum geraten? O mein Gott, wie entsetzlich traurig! Sollte sie vielleicht nachsehen gehen?

Bist du jetzt völlig bescheuert?, fragte sie sich entsetzt und kletterte schneller. *Wie willst du denn einen Baum von einem Reh heben?*

Sie erreichte die oberste Stufe und drückte gegen die erstaunlich widerstandsfähig wirkende Holztür des Hochsitzes, die zu ihrer grenzenlosen Erleichterung auch sofort nachgab.

Kapitel 25

Das war der Schmerzensschrei eines Tieres gewesen, das in höchster Not und vermutlich in akuter Lebensgefahr war – und es war keines der Tiere, die hier lebten. Wolf wollte seine rechte Hand dafür verwetten, dass er eben einen Hund in Todesangst gehört hatte, ein Geräusch, das er aus seinen Auslandseinsätzen als Rock Wood bestens kannte.

Wenn hier irgendwo ein verletzter Hund war, dann war vermutlich auch noch der Gegner in der Nähe, der ihm den Schrei entlockt hatte. Vielleicht war er doch nicht übermüdet? Vielleicht hatte er sich das Jagdbellen und die Männerstimmen gar nicht eingebildet.

Wolfs Orientierungssinn war bestens, mit energischen Schritten schlug er die Richtung ein, aus der der Schrei gekommen war.

Und dann sah er sie.

Zwei Männer hockten vor einem Gebüsch, ein nicht angeleinter Hund lag zwischen ihnen und sie alle drei konzentrierten sich auf etwas, was sich ganz offensichtlich große Mühe gab, sich zu verstecken.

Er wollte schon losbrüllen, da sah der Hund ihn an und Wolf erstarrte.

Er bildete sich einiges auf sein Talent ein, gut mit Hunden kommunizieren zu können. Sehr viel sogar. Und ihn sollte auf der Stelle der Schlag treffen, wenn der Weiß-schwarze ihn nicht gerade gebeten hatte, nur sehr ruhig näherzukommen. Wenn das stimmte, und es stimmte ganz sicher, dann stand er hier gerade vor einem der seltenen Hunde, die es geschafft hatten, zu den Menschen wirklich durchzudringen. Mit ihnen zu kommunizieren. Nicht nur auf dem banalen Sitz-Platz-Fuß-Level, das die meisten Zweibeiner bereits für die hohe Kunst der Kommunikation hielten, sondern differenziert und souverän. Das ging nur, weil dieser Hund mit Menschen zusammenlebte, die klug waren.

Allerdings nicht schlau genug, um zu merken, dass er sich von hinten an sie heranschlich. Wie hypnotisiert starrten sie auf das Gebüsch, während Wolf sich mit dem Hund austauschte.

Okay, er begriff. Er musste ruhig bleiben. Was dort lag, war wichtig für die Männer und für diesen Hund. Der Schrei war aus dem Gebüsch gekommen. Was dort kauerte, benötigte Hilfe. Dringend.

„Wenn Sie mich mal vorbeilassen würden, bitte?", bat er leise.

Der Mann mit der Leine sprang auf, der andere, dickere kippte erschrocken zur Seite und verlor das Gleichgewicht.

Vorsichtig ließ sich Wolf auf die Knie nieder und sank ein wenig in den aufgeweichten Waldboden ein. Langsam teilte er die Zweige, wobei sich der Weiß-schwarze vorsichtig heranrobbte, um genau mitzubekommen, was er tat. Die Nase des Hundes bebte, sein Atem ging stoßweise, so intensiv sog er die Gerüche aus dem Gebüsch ein. Dasselbe schnüffelnde Geräusch kam aus dem dichten Buschwerk.

Die Hunde kannten sich, daran bestand für Wolf kein Zweifel.

„Nobs, komm da weg!", sagte der Leinenträger.

„Lassen Sie ihn, er beruhigt den anderen Hund", sagte Wolf leise aber bestimmt.

Es regnete inzwischen noch heftiger, wenn das überhaupt möglich war. Als er den ersten Zweig beiseiteschob, erstarrte er.

„O Gott", murmelte er, dann kramte er sein Handy aus der Jackentasche, schaltete es ein und wählte.

Kapitel 26

Das brachte auch nur Rock fertig, ihn mitten in einem ausgewachsenen Orkan anzurufen und darum zu bitten, sofort zu ihm in den Wald zu kommen. Wegen eines Hundes, der ohnehin mehr tot als lebendig war.

„Ich muss mal schnell rausfahren, Notruf", rief er und griff nach dem Schlüssel des Wagens.

„Bei dem Wetter? Ehrlich? Was ist denn passiert?" Jan sah überrascht auf. Sein Assistent hatte ihn und Rock bereits zweimal ins Ausland begleitet, um bei Kastrationen mitzuhelfen. Einmal nach Spanien, einmal nach Rumänien. Jan wusste: Wenn Rock um Hilfe bat, dann brannte es.

„Er hat einen verletzten Hund in seinem Wald entdeckt. Jetzt gerade."

„Vielleicht ist das die schwangere Hündin, die heute bei dem Unfall abgehauen ist? Das war doch in der Gegend, oder?"

„Du könntest recht haben. Er bleibt bei ihr, bis ich da bin."

„Okay, ruf mich an, wenn ihr sie habt", bat Jan, „dann bereite ich hier schon mal alles vor."

Moritz nickte, dann eilte er durch den Sturm zum Wagen, sprang hinein und fuhr los. Er schaltete den Navi ein. *Rocks Hütte* erschien auf dem Display und er klickte *ok*.

* * *

Als er schließlich vor der Hütte hielt, deren Standort er als einer von nur wenigen wirklich guten Freunden kannte, zögerte Moritz einen Moment, ehe er ausstieg. Rock sagte, er wäre in der Nähe des Hochsitzes, in dem sie beide schon mal eine ganze Nacht durchgequatscht und -gesoffen hätten. Prima. Als wenn er noch wüsste, wo der lag!

Moritz schaute auf sein Handy-Display. Rock hatte ihm klugerweise eine SMS mit den GPS-Daten geschickt. Rasch gab er sie in die App ein, dann schnappte er sich eine kleine ausklappbare Trage und seinen Arztkoffer. Als er seinen Wagen wieder abgeschlossen hatte, drehte er sich um und ließ sich vertrauensvoll von der ruhigen Stimme in seiner Hand durch den brüllenden Wind und den peitschenden Regen in den Wald führen.

Es dauerte nicht einmal zwanzig widerlich nasse Minuten, da hatte er die Lichtung erreicht.

„Rock?", rief er so laut er konnte.

„Hier rüber, schnell!"

Moritz rannte zwischen weit ausladenden Bäumen in den Wald hinein.

„Wo bist du?", rief er.

„Hier drüben!"

Rock hockte vor einem Gebüsch, neben ihm standen zwei Männer, einer davon war eindeutig ein Jäger. Ein Jagdhund wuselte vor Rocks Knien herum. Was hatten denn Jäger in Rocks Wald verloren?

Rocks T-Shirt war klatschnass und auch ein wenig mit Blut beschmiert. Da er nicht aufsah und sich auch nicht aufrichtete, vermutete Moritz, dass er den Hund im Busch mit seinem kräftigen Griff irgendwie fixierte, indem er ihn auf den Boden drückte. Ob zu verhindern, dass er abhaute, oder weil womöglich eine Blutung gestillt werden musste, das konnte Moritz nicht erkennen.

Ohne zu zögern, ließ er sich neben seinem Freund auf die Knie nieder. Der Hund, der neben Rock hockte, machte ihm bereitwillig Platz.

Moritz kroch ins Gebüsch.

„Scheint die Hündin zu sein, die sie heute Mittag gesucht haben", murmelte er und sah Rock von der Seite an. „Sie muss so schnell wie möglich in die Klinik, sie ist hochträchtig und verletzt."

„Sie wird vermisst?"

„Ja, sie hat einen Autounfall überlebt und ist geflohen. Sie haben das sogar in den Nachrichten durchgegeben, bei den Verkehrshinweisen."

„Seit wann machen die denn sowas?"

„War mir auch neu, aber ich hab gehört, dass Hunderte von Tierschützern die Nummer des Senders mit ihren Anrufen lahmgelegt haben."

„Genial!", murmelte Rock. „Und wieso weiß ich nichts davon?"

„Tja, sag du es mir, mein Freund!"

Rock schürzte nachdenklich die Lippen und beobachtete ihn, während er die Hündin versorgte. „Ein hoher Preis für etwas Ruhe", murmelte sein Freund.

„Mach dir keine Vorwürfe", versuchte Moritz, ihn zu beruhigen. „Selbst wenn du es gewusst hättest, was hättest du denn tun sollen? Sie hätte überall sein können. Sieh es als Wink des Schicksals, dass sie ausgerechnet direkt vor deinen Augen gelandet ist."

Moritz stand auf. Er klappte mit zwei Handgriffen die Trage auseinander.

„Können Sie Ihren Hund bitten, die Hündin zu beruhigen?", fragte Rock und Moritz runzelte die Stirn. Das war ja mal eine Bitte, die man nicht alle Tage hörte, aber so war Rock eben. Er vertraute Vierbeinern mehr als Zweibeinern.

„Wir müssen sie herausziehen, sie darf sich nicht wehren und sie sollte auf keinen Fall versuchen, zu fliehen", fuhr Rock fort und Moritz blickte schnell zu dem Typ mit der Leine.

Der wirkte weder überrascht noch skeptisch, sondern sagte nur leise: „Nobs?"

Sofort sah der Mischling zu ihm auf.

Der Mann machte ein paar unauffällige Handbewegungen. „Sie darf nicht abhauen. Sie muss sich helfen lassen. Beruhige Diva, Nobs."

Der Hund sah sein Herrchen einen Moment an, dann drehte er sich wieder zum Gebüsch.

Rock zog Moritz zurück. „Lass ihn rein", sagte er.

Moritz rückte widerwillig zur Seite. Das hier war vielleicht ein ganz nettes Experiment, aber eigentlich hatten sie für solche Spielchen gar keine Zeit. Was, wenn der Mischling die verletzte Hündin doch aufregte? Was, wenn sie sich noch mehr in das Gestrüpp zurückzog und man nachher gar nicht mehr an sie herankam?

„Rock, ich …"

„Psst. Sei still. Schau lieber mal genau hin." Rock wirkte absolut fasziniert, starrte hingerissen auf den Rüden, der sich in Zeitlupe ins Gebüsch schob, mal ein wenig wedelte, dann wieder nicht. Sie hörten seinen Atem, aber erkennen konnte Moritz jetzt nichts mehr.

Plötzlich legte der Hund, von dem nur noch das Hinterteil aus dem Gebüsch ragte, den Rückwärtsgang ein, robbte sich langsam wieder ins Freie, stand auf und schüttelte sich.

„Das heißt, Sie können sie jetzt rausholen", sagte der Besitzer.

„Aber …?"

„Du hast den Mann gehört, Moritz, jetzt hilf mir. Drück die Zweige zur Seite. Reiß die Scheiße meinetwegen weg. Aber vorsichtig."

„Moment, ich helfe Ihnen", sagte der Jäger, der sich bis jetzt so gut wie gar nicht gemuckst hatte. Langsam, beinahe in Zeitlupe, brachen sie den dichten Busch so weit auseinander, dass sich Rock, der schon wieder halb drin hing, freier bewegen konnte.

„Ich hab sie", hörte Moritz seinen Freund murmeln.

Es dauerte nur wenige Augenblicke, da kniete Rock auf der Lichtung mit dem verletzten Tier auf dem Schoß.

„Nobs?", sagte Rock leise.

Vorsichtig kam der Hund näher, berührte die Hündin mit der Schnauze sanft, schnüffelte an ihrem Ohr, an den blutenden Wunden, an dem linken Hinterlauf, der gebrochen schien.

Die Hündin schloss die Augen, nachdem sie mit einem Anflug von Panik die vier Fremden, die sie umgaben, kurz angesehen hatte.

„Hilft mir bitte mal jemand mit der Trage?", fragte Moritz und sofort war der Jäger wieder da. Sie schoben sie unter die Hündin, dann stand Rock auf. Dabei ließ er das Tier nicht los, seine Hand blieb beruhigend auf ihrem Rücken.

Moritz schnallte die Hündin an, damit sie ihnen während des Transports nicht von der Trage fallen konnte, dann legte er eine wärmende Folie über sie. Als es knisterte, schien sie sofort unruhig zu werden. Ehe das Tier wusste, wie ihm geschah, hatte Moritz ihm jedoch ein leichtes Beruhigungsmittel gespritzt. Während der ganzen Zeit beschnüffelte ihn der Rüde und schien zu kontrollieren, was er tat.

Keiner von ihnen sprach ein Wort, während sie beobachteten, wie sich die Hündin langsam entspannte.

Moritz stand auf. „Ich lege ihr jetzt noch eine Kanüle und dann schließen wir sofort die Infusion an." Er sah sich um. „Irgendjemand muss den Beutel halten." Er drückte ihn dem Jäger in die Hand.

„Dürfen wir uns vielleicht erst einmal vorstellen? Ich heiße Norbert Schulte und das ist mein Freund Jürgen Schulte." Der Mann mit der Leine trat vor und hielt Rock seine Hand hin.

Moritz grinste und sah die Männer an.

„Nicht schon wieder", stöhnte Jürgen und reichte ihm ebenfalls die Hand. „Weder verwandt, noch verschwägert. Und erst recht kein Paar. Reiner Zufall, das mit dem Namen."

Moritz musste lachen. „Nun, Jürgen Schulte, dann halt mal schön den Beutel fest. Ich bin Moritz und das ist ..."

„Rock Wood, hallo", sagte Rock.

Immer dasselbe, dachte Moritz. Kaum kamen Tiere ins Spiel, fühlte Rock sich nur in der Haut seines Alter Egos wohl. Na, ihm konnte es jetzt egal sein. Wichtig war nur, dass sie die Hündin so schnell wie möglich in die Klinik brachten.

* * *

Als sie die Hütte erreichten, öffnete Moritz die unverschlossene Tür und sie ließen die Trage vorsichtig zu Boden. Sofort war der Rüde da und beschnüffelte die Hündin. Rock entzündete schnell eine Gaslampe. Als alle in der Hütte waren, schloss er die Tür.

Moritz beugte sich schweigend über seine dösende Patientin. Er fühlte ihren Puls, hörte ihren Herzschlag ab.

„Wie geht es ihr?", fragte Rock.

„Beschissen. Sie muss in die Klinik. Und dann muss ich sie narkotisieren, was für die Kleinen gefährlich werden könnte. Wenn sie dann überhaupt noch leben. Zieh dir was über, du fährst mit."

„Und wir?", fragte Jürgen, der immer noch den Infusionsbeutel hielt.

„Ihr fahrt vielleicht besser nach Hause, ehe der Sturm noch schlimmer wird. Wo steht denn euer Wagen?"

Jürgen überlegte einen Moment. Dann zeigte er nach Osten. „Irgendwo da hinten an der Landstraße, in der Nähe der Unfallstelle."

„Ich setze euch gleich da ab."

„Moment mal", mischte sich Norbert ein. „Wir sollen einfach nach Hause fahren? Und wie erfahren wir, was mit Diva ist? Die Hündin gehört schließlich einer Freundin und die Welpen gehören Norbert."

„Dir?", fragte Moritz irritiert.

„Nein, ihm. Der Hund heißt ja auch Norbert."

Moritz hörte Rock auflachen. Aber das Lachen klang gut. Nicht zynisch, nicht bissig, sondern erfreut, so, als hätte ihm diese Info gerade noch gefehlt, um zu verstehen, wieso der Hund so ausgeglichen war.

„Sind euch wohl die Namen ausgegangen, was?", fragte Rock und schlug Norbert kollegial auf die Schulter.

„Nein", antwortete Norbert und grinste, „wir hießen beide schon so, ehe uns das Schicksal zusammenführte."

Noch während Norbert sprach, hatte Rock sich bereits umgedreht und sich ein frisches Shirt übergestreift. Das Blutige warf er einfach über die Sessellehne, dann löschte er die Lampe.

Moritz ging hinaus und schloss den Klinikwagen auf. Darin gab es die Möglichkeit, die Trage so zu befestigen, dass sie schwebend alle Schwankungen des Fahrzeugs abfing. Auch der Behälter mit der lebensrettenden Infusion ließ sich darin so anbringen, dass sie während der Fahrt tröpfchenweise und ruhig in die Vene der Hündin fließen konnte.

Schließlich trugen sie die Trage hinaus. Jürgen überreichte Moritz den Infusionsbeutel und dieser drückte Jürgen eine Visitenkarte in die Hand. „Ruft dort an und hinterlasst bei dem Kollegen eine Nummer, unter der wir euch erreichen können, dann melden wir uns, sobald wir wissen, ob sie durchkommt. Danke für eure Hilfe, Jungs!"

„Wir danken euch!", sagte Norbert.

Rock ging zu Norbert und reichte ihm die Hand. „Dein Hund ist etwas ganz Besonderes, weißt du das?"

Norbert grinste und nickte. „Oh ja, das weiß ich."

„Ich würde euch beide gerne näher kennenlernen, wenn dir das nichts ausmacht. Es ist einfach zu selten, dass ich einem Hund begegne, der so in sich ruht. Vielleicht kannst du mir ja mal erzählen, wie ihr euch gefunden habt."

Jürgen trat dazwischen und schlug Rock kollegial auf die Schulter. „Du bist in Ordnung, Mann, das muss ich schon sagen. Und wenn du nicht ins Bier spuckst, dann bist du bei uns herzlich willkommen. Die Geschichte von den beiden da", er nickte zu Norbert und seinem Hund hinüber, „dauert schon ziemlich viele Fruchtzwerge lang."

Rock grinste. „Fruchtzwerge? Mann, das hab ich lange niemanden mehr sagen hören, der keine Milchzähne mehr hat." Er klopfte Jürgen anerkennend auf die Schulter. „Das ist ein Wort, darauf komm ich gerne zurück. Und dann reden wir aber auch mal über das da." Er wies mit einem Ausdruck von Abscheu auf Jürgens Jacke.

„Ach, du meinst, weil ich Jäger bin?"

„Yep."

Jürgen seufzte. „Und du bist sozusagen das genaue Gegenteil?"

„Yep."

Jürgen schien einen Augenblick zu überlegen. Dann sagte er: „Pass auf, Rock. Lass uns das Thema vertagen. Oder meinetwegen ganz ausklammern, bis wir wissen, ob wir zusammen mal auf einen Schluck zusammenkommen können. Nichts Missionarisches, okay?"

„Schauen wir mal", wich Rock aus. Aber dann klopfte er Jürgen auf die Schulter. „Wirklich gute Arbeit heute! Danke, ihr beiden."

Jürgen nickte und wollte sich gerade abwenden.

„Nun steigt endlich ein!", rief Moritz ungeduldig.

„Lass mal!", winkte Jürgen ab. „Ich weiß jetzt wieder, wo mein Wagen steht, ist nicht weit von hier, wir laufen. Seht ihr zu, dass die Hündin in die Klinik kommt!"

Als Moritz bereits den Wagen gestartet hatte, drehte sich Jürgen doch noch ein letztes Mal um und brüllte gegen das Brausen des Windes: „Hey, Rock! Hast du eigentlich keine Angst, dass der durchgeknallte Waldschrat, dem das hier alles gehört, was gegen deine Hütte hätte?"

Rock warf den Kopf zurück und lachte.

Moritz musste lächeln. Rock so gut gelaunt zu erleben war faszinierend. Konnte das wirklich nur daran liegen, dass ihn dieser Mischling und sein Halter so beeindruckt hatten? Oder vielleicht sollte er besser sagen: So versöhnt? Seit Jahren predigte Rock, dass sein eigener Hund, Blue, keine Ausnahme gewesen war, sondern der lebende Beweis dafür, was zwischen Mensch und Hund an Kommunikation möglich war. Zwischen Mensch und Tier überhaupt, um genau zu sein. Und heute hatte er inmitten dieses Sturms, der gerade noch mal einen Zahn zuzulegen schien, einen weiteren Beweis dafür gefunden, wie recht er hatte.

Ja, Moritz nickte unbewusst, das konnte schon für gute Laune sorgen bei einem Mann wie Rock, der sonst nicht viel zu lachen hatte.

„Nein, Jürgen, ich hab keine Angst vor dem Waldschrat", rief Rock und lehnte sich dabei aus dem Fenster. Dabei lachte er noch einmal gut gelaunt auf. „Ich *bin* der Waldschrat!"

Kapitel 27

Irritiert richtete sich Catrin auf der schmalen Pritsche auf. Sie hatte sich einfach nur erschöpft darauf fallenlassen und musste sofort eingeschlafen sein, anders war ihre Desorientierung nicht zu erklären. Der Wind rüttelte unvermindert stark an dem fragilen Edel-Hochsitz, in dem sie Zuflucht gefunden hatte.

Was hatte sie nur geweckt? Eine Stimme? Nein, das war wirklich zu absurd. Wer sollte sich außer ihr schon mitten in einem derartigen Unwetter hierher verirren?

Dennoch, sie hätte schwören können, dass jemand „Rock?" gerufen hatte.

Angestrengt spähte sie durch die beschlagenen Scheiben in die Dunkelheit, dann auf ihre Armbanduhr. Sie konnte nur wenige Minuten geschlafen haben, vielleicht eine halbe Stunde. War es wirklich erst neun Uhr? Über den Wolken musste noch strahlender Sonnenschein herrschen, es war immerhin Mitte Juni, der längste Tag stand noch bevor. Und wenn es dunkel wurde, dann auch nicht richtig, es war nämlich Vollmond.

Das bedeutete, dass sie es vielleicht wagen konnte, heute Nacht noch weiterzulaufen, weiter in ... tja. In welche Richtung eigentlich?

Frustriert ließ sich Catrin zurücksinken.

Rock.

Wieso glaubte sie, jemanden „Rock?" rufen gehört zu haben? Was konnte das bedeuten?

Es gab keinen Sinn, so sehr sie auch versuchte, das Wort auf seine Bedeutungsmöglichkeiten abzuklopfen.

Jemand hatte seinen *Rock* verloren – Unsinn.

Irgendwo in diesem Wald war ein *Rock*-am-Stock-Konzert ins Wasser gefallen. Unwahrscheinlich.

„Habt ihr Catrins *Rock* gefunden?" Unsicher sah sie an sich herab. Sie trug eine Jeans. Seit gestern. Bald seit vorgestern.

Nein, sie musste sich getäuscht haben. *Rock*. Ha! Was wollte ihr Unterbewusstsein ihr vorgaukeln? Dass doch noch der ultimative Retter in der Not auftauchen würde? Klar! *Rock Hudson,* oder wie er hieß, kroch durch diesen Wald und suchte nach ihr! Und wenn er sie fand? Würde er ihr eine seiner berüchtigten Standpauken halten, was für eine Niete sie sei? Eine Tierschutzniete? Die es nicht einmal schaffte, ihren eigenen Hund zu schützen? Oder würde er ihr vielleicht einen Vortrag halten über Tierleid, wenn er entdeckte, dass sie Brötchen mit Frikadelle im Rucksack hatte?

Wow! Sie musste wirklich ziemlich durch den Wind sein, wenn ihre Fantasie so Amok lief. Vermutlich war nur irgendwo in der Nähe der Blitz eingeschlagen und ein Baum war mit einem krachenden *Rock!* umgefallen. Ja, so etwas Ähnliches musste es gewesen sein.

Sie wollte nicht mehr darüber nachdenken. Sie war alleine hier und würde es irgendwie bis zum Morgen aushalten müssen.

Felix hatte sicher inzwischen herausgefunden, dass sie abgehauen war. Ob er eine Vermisstenanzeige aufgegeben hatte? Ob sich Sabrina, die falsche Schlange, inzwischen mal um den Leichnam ihres Bruders gekümmert hatte? Womöglich waren die beiden ja sogar hier in der Nähe.

Müde fummelte sie ihr Handy aus der Hosentasche. War jetzt der Moment gekommen, endlich jemanden um Hilfe zu bitten, der sie auch leisten konnte? Die Feuerwehr zum Beispiel? War sie endlich bereit zuzugeben, dass ihr die ganze Sache mit der Rettung von Diva gründlich missglückt war? Resigniert schaltete sie das kleine Mobiltelefon ein und hoffte, dass der Akku noch einen Funken Saft hatte.

Hatte er nicht. Das Display blieb schwarz.

Seufzend sah sie sich in der kleinen Hütte um. Wer so klug war, einen Blitzableiter daran anzubringen, der hatte vielleicht auch für Strom gesorgt. Da sie nicht mehr viel erkennen konnte und keine Lust hatte, die Batterie ihrer Taschenlampe zu verschwenden, ließ sie sich von der Pritsche gleiten und krabbelte auf Händen und Knien von Wand zu Wand und tastete sie ab.

Nichts.

Stöhnend legte sie sich wieder hin. Morgen würde sie steif sein wie ein Bügelbrett, so weh tat ihr die linke Seite.

Wenn sie wenigstens ihre Mutter angerufen hätte, um ihr zu sagen, dass sie bei ihr einziehen würde. Mama verstand keinen Spaß, wenn ihre Kinder nicht pünktlich zu Hause waren. Sie hätte wahrscheinlich längst ein Suchkommando losgeschickt. Aber Mama war ahnungslos und saß am Niederrhein mit Papa vorm Fernseher.

Gestern Abend um diese Zeit war sie an der Nordsee mit ihrer Freundin Miriam vom Vortrag gekommen, in Siegerlaune. Ihr Leben schien sie mit punktgenauen Landungen zu verwöhnen, alles lief wie am Schnürchen, auch das Schreiben.

O Gott, ihr Manuskript! Die einzige aktuelle Fassung, die es gab, war die auf ihrem Laptop, und der lag in dem Kofferraum ihres Wagens, den sie in ihrer unverzeihlichen Kurzsichtigkeit an einer Landstraße in der Ödnis geparkt hatte. Sie hätte genauso gut ein dickes Plakat hinter die Windschutzscheibe legen können: *Bedient euch!* Wenn der Wagen morgen leergeräumt war, dann geschah ihr das recht.

An das Krachen des Donners und das Brausen des Windes, der ihren wackeligen Rückzugsort in seiner luftigen Höhe erbeben und schwanken ließ, hatte sie sich beinahe gewöhnt. Auch an das endlose und heftige Prasseln von Regen auf dem flachen Dach. Aber die Blitze! Jeder davon ließ sie zusammenfahren. Selbst hinter ihren geschlossenen Lidern flammte es jedes Mal bedrohlich auf, wenn sich die atmosphärische Spannung entlud. Hatten Unwetter früher auch so lange gedauert? Zogen sie normalerweise nicht übers Land und nervten alle? Nicht nur sie? Das hier hatte etwas von antikem Götterzorn, ein griechischer oder römischer Blitzeschleuderer schien sich einfach nicht mehr beruhigen zu wollen und bombardierte die ganze Nacht denselben Berg mit seinem göttlichen Zorn.

Catrin zog sich die kratzende Decke, die sie in der Hütte gefunden hatte, enger um den bis auf die Unterhose und den BH nackten Körper. Ihre Sachen hatte sie über die Stuhllehne gehängt, in der wilden Hoffnung, sie könnten ein wenig trocknen. Was ihre Schuhe betraf, war sie skeptisch. Sie würde gleich irgendwann mit klammen Socken in triefnasse Sportschuhe schlüpfen müssen. Aber was spielte das noch für eine Rolle?

Mutlos zog sie die Decke schließlich sogar über den Kopf. Das half eigentlich immer – jedenfalls in einem festen Steinhaus. Hier in diesem winzigen schwankenden Baumhaus, in dem lediglich ein dünnes Brett sie vom Weltuntergang trennte, war das für die Katz. Vor allem, wenn plötzlich der Magen knurrte.

Sie setzte sich auf, wühlte in dem Beutel und biss herzhaft in das erstbeste Brötchen, das ihr in die Hand fiel, und erinnerte sich an Wolf, der sie im Zug so liebevoll umsorgt hatte. Der Gedanke an ihn stimmte sie traurig. Es wäre wunderbar gewesen, wenn er heute im Laufe des Tages einfach aufgetaucht wäre. Wenn er der Retter gewesen wäre, den sie sich seit ihrer Ankunft an der Unfallstelle so sehr herbeigesehnt hatte.

Was hatte sie nur hoffen lassen, eine SMS und ein paar Anrufe, die ins Leere gelaufen waren, könnten diesen Mann an ihre Seite zaubern?

Sie wusste es nicht. Wirklich nicht.

Sie wusste nur, dass er jetzt bleiben konnte, wo der Pfeffer wuchs. Diese Nacht musste sie alleine durchstehen. Ob sie wollte oder nicht.

Kapitel 28

„Meine Fresse, bring uns bloß heile nach Hause!", schnaufte Jürgen angespannt.

„Mach mich nicht bekloppt!", murmelte Norbert, der konzentriert eine Kurve nach der anderen durchs Hönnetal nahm, immer bemüht, sich von den Windböen nicht von der nassen Fahrbahn drängen zu lassen. Er warf einen schnellen Blick über die Schulter. Nobbi lag friedlich in seiner Transportbox und knabberte zufrieden an dem Ochsenziemer, den er sich offenbar als Reiseproviant mitgenommen hatte.

„Ruf mal an."

„Bei wem? Bei Claudia?" Jürgen runzelte die Stirn.

„Nein, in dieser Klinik. Gib denen meine Nummer, ich will wissen, wie es Catrins Hund geht."

Jürgen fummelte sein Handy aus der Tasche seiner Jacke, zog die Visitenkarte hervor und wählte.

„Schulte hier, Jürgen Schulte. Wir sollen Ihnen unsere Nummer geben, damit Sie uns auf dem Laufenden halten können, wie es Diva geht", hörte Norbert ihn sagen.

Als er schwieg, warf Norbert ihm einen raschen Blick zu, aber Jürgens Gesprächspartner schien ihm gerade etwas zu erklären.

„Nein", sagte Jürgen, „Moritz und Rock sind mit ihr unterwegs zu Ihnen. Ich sollte mich nur melden, weil ..."

Jürgen seufzte, dann hielt er das kleine Telefon etwas vom Kopf weg. „Der lässt mich gar nicht ausreden!", flüsterte er genervt.

„Schreiben Sie diese verdammte Nummer auf und rufen Sie uns an, sobald Sie etwas Genaueres wissen, ja?", sagte er plötzlich barsch. „Wir sind mit der Besitzerin befreundet. ... Ja, genau, Catrin Stechler. ... Richtig. ... Danke!"

Verblüfft sah er Norbert an. „Die haben mich gefragt, ob ich wüsste, wie man Catrin erreichen könnte."

Norbert griff in seine Hosentasche und zog sein eigenes Handy hervor. „Vielleicht hat sie mir noch eine SMS geschrieben. Ich hab irgendwie völlig vergessen, mal nachzusehen." Er reichte Jürgen das kleine Mobiltelefon.

„Wie ist denn dein Code?"

„Na, wie wohl?"

„Soll ich das jetzt erraten, oder was?", schnaubte Jürgen ungläubig.

„Es ist *Nobs*. was denn sonst?"

„Himmel!" Jürgen stöhnte auf. „Bist du durch den Wind! Das müssen vier Ziffern sein, du Knallkopp, nicht vier Buchstaben."

„Ach so, ja, stimmt. Das ist das Passwort vom PC. Lass mich mal überlegen. Versuch mal 1234."

„Das ist jetzt nicht dein Ernst, oder?"

„Wieso, stimmt das nicht?", fragte Norbert irritiert.

Jürgen tippte. „Doch, das stimmt. Aber eine blödere Zahlenfolge ist dir wohl nicht eingefallen?"

„Naja", Norbert riss den Wagen nach einer Böe wieder zurück in die Spur, „5678 hätte mir auch gefallen, aber ..."

Jürgen grummelte unverständlich vor sich hin, dann seufzte er. „Keine SMS, nicht mal ein Anruf in Abwesenheit."

„Tja, dann wird sie entweder zu Hause auf dem Sofa sitzen und sich die Augen aus dem Kopf weinen, oder sie ist unterwegs und sucht ihren Hund."

„Bei dem Wetter? Die ist doch nicht lebensmüde, oder?", fragte Jürgen ungläubig.

„Eigentlich nicht." Norbert setzte den Blinker. „Sie ist eigentlich sehr vernünftig. Wir sollten uns um sie also keine Sorgen machen müssen." Mit diesen Worten bog er in seine lange Einfahrt ein.

Erleichtert atmete er aus. Für kein Geld der Welt würde er heute noch mal vor die Tür gehen.

Kapitel 29

„Vorsicht!" Julia schrie auf, aber River hatte es schon gesehen. Sie wich mit einem schnellen Linksschlenker dem auf die Fahrbahn krachenden Baum aus.

„Das war knapp!", rief sie gegen die auf Hochtouren laufende alte Lüftung und den lauten Motor an, dabei lenkte sie ihren klapprigen VW-Bus wieder in die Spur. Die Scheibenwischer versuchten quietschend, der dicken Regentropfen Herr zu werden. Grelle Blitze zerrissen die Dunkelheit, immer wieder zwang sie eine heftige Windböe zum Gegenlenken.

„Können wir nicht irgendwo parken? Bis das Schlimmste vorbei ist?" Julia klammerte sich mit beiden Händen an den Sitz.

„Wo denn? Hier am Waldrand?"

„Da vorne steht doch auch jemand!" Julia wies auf das einsame Fahrzeug, das am gegenüberliegenden Straßenrand abgestellt worden war.

Als River daran vorbeifuhr, drehte sich Julia um. „Kennzeichen MK, mehr konnte ich nicht erkennen." Sie sah wieder nach vorne.

„Wenn wir irgendwo halten, dann unter dem Dach einer Tankstelle oder so. Hier muss doch gleich etwas kommen, halt die Augen auf."

„Da vorne!", rief Julia, als sie sich einer Kreuzung näherten, deren Ampelanlage offenbar ausgefallen war.

Das blinkende Orange verfehlte seine Wirkung nicht und ließ Rivers Anspannung steigen. Wenn das überhaupt noch möglich war.

Sie waren nicht die Einzigen, die auf die Idee gekommen waren, vorübergehend Schutz zu suchen, stellte River fest, als sie auf das Gelände der Tankstelle einbog.

„Wie spät ist es?"

„Gleich zehn", murmelte Julia und schnallte sich bereits ab.

River parkte so nah an dem Gebäude wie möglich. An den Zapfsäulen war bereits alles voll, aber nirgendwo schien jemand zu tanken. Schnell löste sie ihren Sicherheitsgurt.

Beinahe zeitgleich schlugen die Türen des Busses, als sie und Julia losrannten und wenige Sekunden später aufatmend in die sturmfreie Sicherheit des wohltemperierten Verkaufsraums eintauchten. Surrend schloss sich die automatische Schiebetür hinter ihnen.

„Ich brauche einen Kaffee", knurrte Julia. „Und ein Klo."

River sah sich um. Überall an den Fenstern standen Wetterflüchtlinge in kleinen Gruppen zusammen und schauten hinaus. Die meisten klammerten sich an dampfende Kaffeebecher, ein paar auch an Bierflaschen.

River ging zur Kasse. „Eine Cola, bitte."

„Gerne." Die Bedienung lächelte.

„Was für ein Mistwetter", murmelte River genervt.

„Vier Flaschen Bier. Kalt."

River schaute sich um. Der Typ, der bestellt hatte, hielt einen Schäferhund an der Leine. Hinter ihm stand eine Frau, die sich die Brille mit einem Papiertaschentuch trockenwischte.

„Ich hab Laura erreicht", sagte sie und sah den Mann an. „Alex und Vanessa sind schon seit kurz nach acht da, gegrillt haben sie nicht. Kein Wunder. Ich hab ihnen gesagt, dass du erst den Baum von der Terrasse räumen musstest. Toll fanden sie das nicht, aber sie sagen, wir sollen gerne noch vorbeikommen. Ich verstehe allerdings nicht, warum wir bei dem Wetter nicht einfach zu Hause bleiben konnten. Ehrlich nicht." Sie sah auf die Flaschen, die die Bedienung gerade in einer Plastiktüte versenkte. „Hast du nicht schon genug getrunken? Und Ben hat doch sicher auch noch Bier."

„Dieses hier ist wenigstens eiskalt", knurrte der Mann. „Komm, wir fahren wieder." Es steckte sein Wechselgeld ein und wandte sich zur Tür. Die öffnete sich gerade und zwei Sturmflüchtlinge sprangen erleichtert in die windlose Sicherheit des Verkaufsraumes. Ein ohrenbetäubendes Krachen ließ die zahlreichen Fensterscheiben der Tankstelle vibrieren.

Die Frau erstarrte und rührte sich nicht von der Stelle.

„Willst du jetzt hier warten, bis der Sturm vorbei ist? Ohne mich!", sagte der Mann.

„Wir konnten gerade nur knapp einem umstürzenden Baum ausweichen", mischte sich River ein. Die kleine rothaarige Frau tat ihr leid.

„Ehrlich?", fragte diese entsetzt.

„Ja. War knapp."

„Wo denn?"

„Auf der Landstraße da drüben, vielleicht fünfhundert Meter vor der Kreuzung. Da, wo der Wagen am Straßenrand steht." Sie sah sich um, ob Julia inzwischen von der Toilette zurückgekommen war.

„An dem sind wir auch vorbeigefahren", murmelte die Frau. „Hoffentlich ist der Fahrer nicht draußen. Womöglich irgendwo im Wald."

„Selbst schuld", sagte der Mann. „Komm, ab ins Auto, Jo."

Die Frau warf einen panischen Blick nach draußen. „Vergiss es", sagte sie knapp und überraschend bestimmt.

Ah, so hilflos, wie sie auf den ersten Blick gewirkt hatte, war sie also gar nicht. Das schien auch ihr Begleiter zu wissen.

„Mensch, lass uns fahren! Wir sind schon so spät, das geht doch nicht!" Er raufte sich buchstäblich die Haare mit seiner freien Hand. Der Hund wedelte, dabei klackerte die Leine an der Tüte mit den Bierflaschen. Dem Mann schien etwas einzufallen.

„Laura hat auch eine Überraschung für dich!"

River musste grinsen. Er versuchte, seine Frau zu ködern wie ein kleines Kind. Wenn er sich da mal nicht vertat.

„Ja? Eine Überraschung, die rechtfertigt, dass ich dafür mein Leben aufs Spiel setze? Nils, du tickst doch nicht ganz sauber."

„Was sagt dir der Name Candrine Cook?", versuchte der Mann offenbar, einen Trumpf auszuspielen.

River horchte auf. „Candrine Cook?", fragte sie synchron mit der Rothaarigen.

Die grinste sie an. „Auch ein Fan?"

„Nein, eigentlich nicht. Aber wir wissen, dass sie hier in der Gegend sein könnte. Sie hat einen Freund von uns um Hilfe gebeten ..."

„… um ihren Hund zu suchen?", ergänzte der Mann hellhörig und wirkte auf einmal wie ausgewechselt.

„Richtig", bestätigte River überrascht.

„Wie heißt Ihr Freund?"

„Rock", antwortete sie lauernd und sah sich um, ob Julia inzwischen endlich wieder aufgetaucht war. Meine Güte, die Fahrt schien ihrer Freundin wirklich auf die Blase geschlagen zu sein.

„Er heißt Rock?" Der Typ und seine Begleiterin warfen sich einen schnellen Blick zu, der River nicht entging. „Ist Rock ein Freund von Ihnen?", fragte der Mann.

„Kann sein", erwiderte River zurückhaltend. Es konnte nicht schaden, etwas vorsichtig zu sein. Dies wäre nicht das erste Mal, dass sie jemandem gegenüberstand, der Rock hasste. „Sie kennen ihn?"

„Das kann man wohl sagen", strahlte der Mann. „Allerdings nennen wir ihn Wolf."

„Ah, Freunde aus dem Real Life!" River atmete erleichtert auf. „Er geht nicht ans Telefon", meinte sie ernst.

In diesem Moment kam Julia zurück, sie starrte beim Laufen auf ihr Handy, sah nur einmal kurz auf, entdeckte River und kam zügig auf sie zu.

„Du wirst es nicht glauben", plapperte sie los, ohne die beiden Fremden, bei denen River stand, auch nur zur Kenntnis zu nehmen. „Ich hab mal auf der Webseite von Candrine Cook nachgesehen, hab mich durch die Fotos geklickt. Schau mal, was ich gefunden habe!" Sie hielt River strahlend ihr iPhone unter die Nase. Erst da schien sie zu bemerken, dass sie mitten in ein Gespräch geplatzt war.

„Oh, sorry", sagte sie mit entschuldigendem Blick, „ich wollte nur …"

„Zeig her!" River nahm ihr das Handy ab.

„Kommt dir das Auto bekannt vor?" Julia klang triumphierend, so, als habe sie gerade die Entdeckung des Jahrhunderts gemacht.

„Das ist der Wagen, an dem wir eben vorbeigefahren sind. Der da hinten so verlassen am Straßenrand steht."

„Darf ich mal sehen?" Der Mann streckte die Hand aus.

„Er ist Polizist", erklärte die Rothaarige mit nicht zu überhörendem Stolz in der Stimme.

River zögerte.

„Wolf ist mein Freund", sagte der Polizist. „Und wie Sie sehen, bin ich gerade nicht im Dienst."

River reichte ihm das Mobilgerät und schüttelte unauffällig den Kopf, als Julia ihr einen alarmierten Blick zuwarf.

Der Polizist in Zivil wirkte nachdenklich. „Eigentlich sollten sich die Kollegen um den verlassenen Wagen kümmern. Ich habe ihn bereits vor Stunden dort stehen sehen und ihn gemeldet, ehe ich Feierabend machte. Aber jetzt …"

„Was sucht denn eine Frau wie Candrine Cook in dieser Gegend?", fragte seine Frau, die inzwischen die Hundeleine an sich genommen hatte und den kräftigen Hund streichelte, dem ein besonders heftiger Blitz und das unmittelbar darauf folgende Grollen nicht ganz geheuer zu sein schienen.

„Sie sucht ihren Hund", erklärte Julia.

„Hab ich dir doch erzählt", warf der Polizist ein.

„Du meinst den Unfall von heute Mittag? Aber du hast gesagt die Frau, die dort auftauchte, hieß Catrin …"

„Catrin Stechler", warf Julia ein. „Ihr richtiger Name."

„Wann wolltest du mir denn sagen, dass meine Lieblingsautorin hier in der Gegend ist?" Die Frau funkelte ihren Mann an.

„Ach, komm schon, Jo. Laura und Ben wollten dir das heute Abend erzählen, als große Neuigkeit."

„Aha. Als Neuigkeit also", die Frau schüttelte fassungslos den Kopf.

„Ich wollte kein Spielverderber sein, Schatz", versuchte der Mann, sich aus der Klemme zu befreien.

„Und wo ist sie jetzt? Wenn ihr Wagen verlassen am Fahrbahnrand steht? Bei diesem Unwetter?"

„Irgendwo da draußen im Wald", murmelte River und schaute hinaus in die Dunkelheit. Nur am Rande nahm sie wahr, wie der Mann das eigene Handy aus der Tasche zog und eine Nummer wählte. Dann horchte sie auf.

„Ben? Hier ist Nils. Nein, wir sind noch an der Tankstelle. Ich befürchte, es gibt eine kleine Planänderung. Ich bringe gleich Jo vorbei, sag Alex, er soll sich bereitmachen, wir müssen noch mal raus.… Nein, nicht dienstlich.… Wir haben den Wagen von dieser Catrin gefunden – oder Candrine Cook, oder wie auch immer sie heißt.… Nein, Laura und Vanessa sollen dableiben, das ist nichts für sie."

„Das könnte dir so passen!" Seine Frau riss ihm das Handy aus der Hand. „Ben? Jo hier. Hör nicht auf Nils. Laura und Vanessa kommen mit. Sie sollen Taschenlampen einpacken. Wir treffen uns an Wolfs Hütte.… Nein, ich gebe dir meinen Mann nicht. Macht euch auf den Weg. Und bring den Schlüssel mit."

Ohne mit der Wimper zu zucken, beendete sie das Telefonat und reichte ihrem Mann das Handy mit einem Blick zurück, der keinen Widerspruch zuließ.

„Ich denke, du hast Angst vor dem Sturm?"

„Noch mehr Angst habe ich davor, dass Candrine Cook etwas passiert. Es wird wirklich Zeit, dass du mal eines ihrer Bücher liest."

Sie sah River an. „Mein Name ist übrigens Jo. Mein Mann heißt Nils. Was fahren Sie für einen Wagen?"

„Einen alten VW-Bus."

„Den lassen Sie lieber hier stehen, der schafft es nicht zu der Hütte. Sie fahren mit uns."

Entschlossen stupste sie ihren Mann an. „Nun geh schon, sag der Kassiererin, dass der Bus hier stehen bleibt. Sie sollen ihn in Ruhe lassen. Wir holen ihn später."

„Was soll ich?" Nils starrte seine Frau entgeistert an.

„Du hast mich genau verstanden", sagte sie und kraulte den Hund. „Rex, du wirst heute Nacht ein bisschen mutig sein müssen, schaffst du das?"

Der Schäferhund hing an ihren Lippen, dann schüttelte er sich.

„Ich glaube, das heißt *Ja*", sagte River und grinste. „Tolles Tier."

Sie beobachtete, wie Nils mit der Dame hinterm Tresen sprach und dann langsam wieder auf sie zu schlenderte.

„Ich hoffe, du weißt, was du tust, Jo."

„Das hoffe ich auch", murmelte die Angesprochene, dann zog sie sich die Kapuze ihrer leichten Windjacke über die roten Locken und ging mit dem Hund zur Tür.

„Nun kommt schon!", rief sie, dann trat sie hinaus in den Sturm.

Kapitel 30

„Da vorne sind sie!" Vanessas Hand schoss an Lauras Gesicht vorbei und zeigte zur Tankstelle.

„Yep!", sagte Laura und betätigte die Lichthupe, dann ließ sie Jo vorfahren. Vermutlich hatte Nils schon getrunken, ebenso wie Ben und Alex. War ja klar.

So zügig, wie es die immer wieder gegen den Wagen prallenden Windböen zuließen, folgte sie dem SUV vor ihnen und bog schließlich in einem Abstand von nur wenigen Metern hinter ihm in den aufgeweichten Feldweg ein, der sie zu Wolfs Hütte führen würde. Hoffentlich blieben sie gleich nicht irgendwo im Matsch stecken. Allrad hin oder her, dieser Pfad – viel mehr war es nämlich eigentlich nicht –, war auch für einen Wagen wie ihren eine Herausforderung. Und Wasser auf Bens Mühlen. Seit Jahren wünschte er sich schon einen Landrover, wie Wolf ihn fuhr. Bisher hatte Laura das immer erfolgreich verhindert. Wenn sie heute Nacht im Schlamm steckenblieb, hatte sie schlechte Karten.

„Pass auf!", rief Ben und stützte sich am Armaturenbrett ab, als der Wagen durch eine erschreckend tiefe Pfütze holperte und wieder zurück in die schmale Fahrspur ruckelte.

„Wer fährt hier? Du oder ich?" Laura warf ihm einen wütenden Blick zu. „Wenn wir nicht weiterkommen, dann lassen wir den Wagen stehen und gehen den Rest zu Fuß." Ein Blitz erhellte Bens aufgerissene Augen genau in dem Moment, als sie zu ihm hinübersah. Sie musste grinsen.

„Angst?", fragte sie zynisch.

„Du nicht?!"

„Und wie! Aber ich kenne da jemanden, der mir bei jedem Gewitter Vorträge hält über den Faraday'schen Käfig."

„*Wir sind nirgends so sicher wie hier drin*", murmelte Vanessa von hinten. „Den Vortrag kenne ich."

„Noch sicherer wären wir nur in einem Haus. Vor einem Bier", knurrte Alex von der Rückbank.

„Und? Schicken sie von der Feuerwehr jemanden raus, der bei der Suche hilft? Du hast doch eben angerufen und denen gesagt, was wir vermuten, oder?", überging Laura seinen Einwurf.

„Ganz sicher schicken sie niemanden, jedenfalls nicht sofort", raunzte Alex. „Die Jungs haben im Moment ganz andere Sorgen. Hast du eine Ahnung, wie viele Keller schon vollgelaufen sind? Und wie viele Bäume kreuz und quer überall rumliegen? Wir sollten zurückfahren, wir bringen uns alle nur unnötig in Gefahr. Das hilft niemandem. Absolut niemandem!"

Jetzt klang er richtig wütend, fand Laura.

„Ehrlich! Was wollen wir hier? Diese Frau hat doch bei Facebook gepostet, dass sie den Hund gefunden hat! Die ist sicher von irgendwem abgeholt worden und längst mit dem Tier wieder zu Hause."

„Klar, und sie lässt einfach ihren Wagen hier stehen. Sicher." Laura fing Alex' Blick im Rückspiegel auf und erwiderte ihn wütend.

„Vielleicht hat Wolf sie längst aufgegabelt und sie ist bei ihm", wandte Vanessa leise von hinten ein.

Das laute Grollen konnte einem schon unter die Haut fahren, das musste Laura zugeben. Aber sie wollte verdammt sein, wenn sie jetzt umkehrte.

Vor ihr verschwand Jo's Wagen gerade im Wald. Nur noch ein paar Augenblicke, dann waren sie da.

Was sie machen sollten, wenn sie gleich in Wolfs Hütte standen, das wusste sie selbst noch nicht so genau. Aber etwas würde ihnen schon einfallen. Wenn *sie* alleine hier draußen wäre bei so einem Wetter, dann fände sie es auch toll, wenn jemand nach ihr suchen würde, ganz egal, ob sie diejenigen kannte oder nicht.

Nein, es war kein Fehler gewesen, sich aufzumachen, Wetter hin oder her. Candrine Cook alias Catrin Stechler war irgendwo in diesem Wald und brauchte Hilfe. Da war sie so sicher, wie sie nur sein konnte. Bauchgefühl eben.

Das würden die Männer nie verstehen.

Kapitel 31

„Da ist sein Wagen", rief River aufgeregt, als die Hütte in Sichtweite kam.

„Stimmt", sagte Nils und parkte daneben.

Hinter ihnen hüpfte das Scheinwerferlicht des anderen Wagens, dann erlosch es.

Als River ausstieg, fuhr sie ein wenig zusammen. Der Wind klang wie das Brüllen eines wütenden Tiers. Gott sei Dank schienen die Laubbäume hier alt und sturmerprobt.

Die Hütte wirkte verlassen, alles war dunkel. Wolf war also noch draußen.

Aus dem anderen Wagen sprangen zwei Männer und zwei Frauen. Einer der Männer eilte zur Tür und wollte aufschließen, aber dann rief er: „Ist nicht abgeschlossen. Los, rein mit euch!"

River griff nach Julias Hand. „Na, alles gut?"

„Sicher!" Julia lachte. „Mache ich wirklich einen so ängstlichen Eindruck?"

„Im Gegenteil", sagte River ernst.

Hinter ihnen schloss Nils die Tür. Sein Schäferhund schüttelte sich und jemand zündete eine kleine Öllampe an. Warmes Licht erhellte den Raum.

„Wow!" Julia pfiff durch die Zähne. „Nicht schlecht."

„Wir sollten uns einander wohl erst einmal vorstellen." Einer der Männer kam mit ausgestreckter Hand auf sie zu. „Ben. Ich bin Wolfs Bruder."

Selbst wenn er nicht auf die nahe Verwandtschaft hingewiesen hätte, River wäre von selbst darauf gekommen. Er sah Rock wirklich auffallend ähnlich. Nur hatte er bei Weitem nicht dessen verwegenen Charme. Bens Gesicht war weicher, er hatte weniger Haare als sein Bruder, aber dieselben blauen Augen und denselben sinnlichen Mund.

„Ich bin River und das ist meine Freundin Julia. Wir sind ... Kollegen von Rock."

„Wer ihn Rock nennt", mischte sich eine der Frauen ein, „der ist Tierschützer. Hallo, ich bin Laura, Bens Frau."

Nils und Jo kannten sie ja bereits.

„Mein Name ist Alex, ich bin Bulle, wie Nils." Alex grinste auf sie herab.

Die Brünette aus ihrer Gruppe zwängte sich an ihm vorbei. „Vanessa", sagte sie, dann sah sie ihren Mann vorwurfsvoll an. „Wenn er ein Bulle ist, dann bin ich wohl seine Kuh."

Nette Freunde schien Rock zu haben, dachte River und grinste. Es war eigenartig, mal welche kennenzulernen, die gar nichts mit Tierschutz zu tun hatten. Und seine Familie? Rocks Bruder und seine Frau wirkten so ... nett und normal. Das berührte River sehr. Sie arbeitete jetzt schon lange mit Rock zusammen, es tat gut zu wissen, dass es ein ganz normales Umfeld gab, welches ihn auffangen konnte, wenn der Tierschutz ihn aufzufressen drohte. Naja, wenn Rock das zulassen würde – was sie ein wenig bezweifelte.

„O Gott, schaut mal!" Vanessa hielt ein blutiges T-Shirt in die Höhe.

„Niemand rührt etwas an", sagte Alex, nahm seiner Frau das Kleidungsstück ab und sah es sich genau an.

River spürte, wie das joviale Miteinander buchstäblich einfror.

„Gib mal her", sagte Nils, dann ging er damit zu seinem Hund und ließ ihn daran schnüffeln. Das große Tier untersuchte das blutige Kleidungsstück mit der Nase, dann wandte es sich ab und legte sich unaufgefordert hin.

„Was heißt das jetzt?", fragte Laura.

„Ich bin nicht sicher. Das T-Shirt riecht wohl nach Wolf, deswegen bleibt Rex entspannt. Ich glaube aber nicht, dass es sein Blut ist." Nils runzelte die Stirn. „Oder das Blut eines anderen Menschen. Darauf reagiert Rex nämlich nicht so gelassen."

„Dann könnte es das Blut der Hündin sein." River nickte nachdenklich. Dann fiel ihr etwas ein. „Moment mal, ich habe eine Idee." Sie rief ihre Handykontakte auf und wählte eine Nummer.

„Jan?", fragte sie, als jemand am anderen Ende abnahm. „Ah, gut, dass du dran bist. Ist Rock bei euch? Ja? Super! ... Ja, verstehe. Alles klar. Ist er alleine da? Oder ist die Besitzerin bei ihm? ... Alleine, verstehe. Ist der Hund gechipt? Super. ... Und Tasso ...? Na gut, verstehe. Kann ich Rock sprechen?"

Sie wandte sich den anderen zu und flüsterte: „Er holt ihn gerade."

Dann sprach sie wieder ins Telefon. „Rock? Ich stell dich mal auf laut, hier sind ein paar Leute, die dich begrüßen wollen. Moment."

Sie suchte die entsprechende Taste, schon klang Rocks Stimme scheppernd durch den Raum.

„Was? River? Die Verbindung ist scheiße!"

„Hallo, Wolf, hier ist Ben!"

„Ben? Mein Gott, wo seid ihr?"

„Wir sind auch hier", rief Alex und die anderen folgten seinem Beispiel: „Wir auch! Hallo, Wolf!"

„Noch mal: Wo seid ihr?"

„In deiner Hütte!"

„Was? Warum?" Rock klang ärgerlich, wie River erschrocken bemerkte. Sie wusste, wie eigen er mit diesem Refugium war.

„Gib mir mal das Telefon", sagte Ben und hielt die Hand auf. River reichte es ihm. Vielleicht war es wirklich besser, wenn

Rocks Bruder ihm erklärte, warum sie hier in sein Reich eingedrungen waren, ohne zu fragen.

„So, da bin ich", sagte Ben.

„Schalte mich leise", bat Rock.

„Ich weiß nicht, wie das geht." Ben warf River einen hilflosen Blick zu und zuckte die Schultern, dann sprach er schnell weiter, wahrscheinlich, um Rock daran zu hindern, jetzt etwas zu sagen, was er später bereuen würde.

„Wolf, hör mir jetzt einfach nur zu, ja?"

„Ich will aber ..."

„Du willst jetzt zuhören, Mann, verstanden?"

Hui, es gibt nicht viele Leute, von denen sich Rock so einen Ton bieten lässt, dachte River.

„Also, pass auf. Check mal deine SMS, ich wette, sie hat versucht, dich zu erreichen."

„Wer?" Rock klang so, als müsse er sich sehr beherrschen.

„Catrin Stechler. Die Besitzerin der Hündin, die ihr gerade zusammenflickt."

„Catrin? Der Hund gehört Catrin?"

„Richtig. Klingelt da was bei dir, Alter? Gut so."

„Bleib mal einen Moment in der Leitung, ich muss eben mit Jan sprechen."

Sie schwiegen alle, während Rock Jan etwas fragte, was River nicht verstehen konnte.

„So, da bin ich wieder."

„Gut", sagte Ben schnell, so, als habe er Angst, sein Bruder könne ihn abhängen wollen. „Alex und Nils haben Catrin heute Mittag am Unfallort das letzte Mal gesehen. Ihr Wagen steht an der Landstraße westlich von hier, seit Stunden. Sie ist im Wald, Wolf. Alleine vermutlich. Und sie sucht immer noch ihren Hund."

„Das tut sie nicht, Leute. Tasso hat zurückgerufen und der Klinik die Nummer der Besitzerin gegeben. Catrin hatte eine Datenfreigabe für Notfälle erteilt."

„Und?", rief River.

„Jan hat eben jemanden unter der Nummer erreicht. Catrins Mann war selbst am Telefon und sagte, er und seine Frau kämen gleich morgen Mittag vorbei und würden den Hund holen. Habt ihr verstanden? Er und seine Frau! Catrin ist längst wieder ... ach, egal. Jedenfalls könnt ihr jetzt nach Hause fahren."

Wieder ließ Donner jedes andere Geräusch in den Hintergrund treten.

River sah die anderen an. Vor allem Laura war die Enttäuschung über dieses unspektakuläre Ende ihrer Rettungsaktion deutlich anzumerken.

„Fahrt zu Ben. Ich bleibe noch hier in der Klinik", hörte River Rock leise weiterreden.

„Warum?", fragte Ben lauernd.

„Ich ... ich will warten, bis es Diva besser geht."

„Wie schlimm ist es denn?", fragte River in Richtung ihres Handys.

„Ziemlich schlimm", antwortete Rock bedrückt.

„Und da will Moritz sie rausgeben?" Das konnte sie kaum glauben.

„Catrins Mann hat gesagt, er kriegt das mit dem Transport hin. Die Hündin braucht jetzt vor allem Ruhe. Und einen guten Tierarzt, der sich um sie kümmert, wenn sie wieder zu Hause ist. Der Typ hat Moritz versichert, dass er und seine Frau bestens für das Tier sorgen würden. Mehr können wir nicht tun."

„Nein, wahrscheinlich nicht", sagte Ben. „Okay, Bruderherz, dann warte du dort, solange du willst. Wir fahren zu mir. Oder soll ich vorbeikommen?"

Rock schien zu zögern, dann sagte er leise. „Nein, du nicht. Aber vielleicht River?"

„Julia ist auch hier!", rief River sicherheitshalber.

„Hallo, Rock!" Julia winkte Richtung Ben.

„Hallo, Kleine. Ihr beide könnt kommen, den Rest sehe ich später, okay?"

„Alles klar!", rief River. „Könnte ein wenig dauern. Aber wir kommen. Leg dich 'ne Runde irgendwo hin. Bis gleich."

„Bis gleich, River."

Sie nahm Ben das Handy ab und beendete das Gespräch, dabei sah sie in die Runde. Dass der Abend so enden würde, damit hatte wirklich keiner von ihnen gerechnet.

Rock hatte so traurig geklungen, so ... enttäuscht. Warum bloß? Und dass er niemanden bei sich haben wollte, außer ihr und Julia, war ihr ein wenig peinlich, wenn sie ehrlich war. Aber gleichzeitig erfüllte es sie auch mit einem gewissen Stolz. Rock und sie hatten gemeinsam schließlich schon so manche Schlacht geschlagen.

„Los, Leute, packen wir es", sagte Alex und blies die kleine Flamme aus, die den Raum erleuchtete.

River hielt Laura zurück, als die anderen nacheinander die Hütte verließen und durch den peitschenden Regen zu den Autos sprinteten. „Es tut mir leid, dass er ..."

„Nein", sagte Laura und legte ihr beruhigend eine Hand auf den Arm, „dir muss nichts leidtun. Heute Nacht hätten wir eh nicht Wolf um uns gehabt, sondern diesen *Rock Wood*, in den er sich so gerne verwandelt. Der ist uns allen nicht nur fremd, sondern auch ein wenig suspekt", sagte sie nachdenklich. „Mit dem kannst du sicher besser umgehen als wir. Du solltest nur eins wissen: Er hat Catrin alias Candrine auf der Rückfahrt von Hamburg im Zug kennengelernt." Sie warf einen Blick auf ihre

Armbanduhr. „Ah, noch nicht Mitternacht, dann kann man wohl noch sagen, dass es gestern war. Am Tag seiner Scheidung. Wir wissen alle nicht, was im Zug vorgefallen ist, aber wenn mein Mann nach Hause kommt und mir erzählt, dass Wolf sich in eine Frau verknallt hat – naja, vielleicht nicht in genau den Worten –, dann …" Sie redete nicht weiter.

„Ich glaube, ich verstehe." River lächelte.

Laura sah sie ernst an. „Tröste ihn einfach ein bisschen. Es wäre so schade, wenn er sich wieder komplett in seine Härte zurückzieht. Gestern, das war ein Lichtblick. Für uns alle. Vielleicht findest du die richtigen Worte. Verstehst du, was ich damit sagen will?"

River nickte. „Oh ja, ich verstehe dich sehr gut. Danke, dass du mir Bescheid gesagt hast."

„Gerne." Laura wandte sich um.

„Kommt ihr endlich?", brüllte Ben gegen den Wind an. „Und zieh die Tür richtig zu. Wir schließen nicht ab. Vielleicht ist heute Nacht noch jemand froh, wenn er hier Unterschlupf findet."

„Jemand?", rief Laura, als sie den Kopf einzog und zum Auto rannte.

„Man weiß ja nie", hörte River Ben noch sagen, dann zog er die Beifahrertür zu.

„River, komm schon!" Julia fuchtelte wild mit einer Hand und machte ihr auf der Rückbank ein wenig Platz.

Als River einstieg, warf sie einen nachdenklichen Blick zurück. Sie war bekannt für ihre Intuition. Und die sagte ihr, dass etwas nicht so war, wie es schien. Ganz und gar nicht.

Kapitel 32

Vier von sechs Welpen tot. Das Leben der beiden anderen hing noch am seidenen Faden.

Diva hatten sie nun ins Nebenzimmer gebracht, wo sie aufwachen würde. Und dann? Dann würde ihr Albtraum erst richtig beginnen. Ein Albtraum aus Schmerzen, Ratlosigkeit, Verwirrung und Angst.

Catrin und ihr Mann würden die Hündin morgen abholen, dachte Wolf bitter, als er sich auf einem Hocker neben Diva niederließ. Vermutlich hatten Norbert oder Jürgen schon mit Catrin telefoniert und sie beruhigt. Sie waren ja schließlich Freunde. Freunde halfen einander. So, wie Moritz ihm half. Oder River. Oder Ben.

Nein, Ben war sein Bruder, da galten andere Regeln. Geschwisterregeln. Familienregeln.

Wieso wurmte es ihn nur so, dass Catrin sich wieder mit ihrem Mann vertragen zu haben schien? Sie hatte ihm im Zug zwar keine Details erzählt, aber je länger er über ihre Traurigkeit nachgedacht hatte, desto sicherer war er gewesen, dass ihre Ehe nicht so glücklich war, wie der Ring an ihrem Finger die Menschen glauben lassen sollte.

Moritz hatte Diva auf eine weiche Decke gebettet. Sie trug einen großen Trichter, der verhindern sollte, dass sie an der langen Kaiserschnittnarbe leckte.

Als Moritz Diva narkotisierte, musste alles schnell gehen, die Narkose war schließlich für die kleinen ungeborenen Lebewesen nicht ohne Risiko. Aber es war zu spät gewesen. Bis Moritz plötzlich rief: „Dieses hier lebt! Und das nächste auch!"

Wolf und Jan hatten sich um die Welpen gekümmert, während Moritz sich mit der Hündin befasste.

„Du hast Glück, Mädchen, gestern hat eine andere Hündin Blut gespendet, das wird dir gut bekommen. Nein, keine Sorge, du bist viel hübscher, als sie es war..."

Moritz bemerkte offenbar gar nicht, wie er auf den narkotisierten Hund einredete. Das kannte Wolf bereits. Sein Freund sprach immer mit den Tieren, die er behandelte. Er erzählte ihnen oft den größten Unsinn, aber sie liebten ihn alle.

Diva lag erst seit zwei Minuten im Aufwachraum, als River anrief.

Und als sie endlich auflegte, zog sich Moritz gähnend zurück. „Die Hündin wird frühestens in einer Stunde wach", sagte er zum Abschied. „Jan bleibt auf, er wird ihr auch die Welpen anlegen. Du kannst dich hier hinlegen." Moritz deutete auf den Tisch in dem anderen OP, dann kramte er eine Decke aus einem der Schränke und reichte sie ihm. „Hart zu liegen dürfte für *Rock Wood* ja kein Problem sein."

„Nein, ist es nicht", antwortete Wolf, während er seine Schuhe und Strümpfe auszog.

* * *

Er wusste nicht, ob er geschlafen hatte, und wenn ja, wie lange, als er plötzlich hochfuhr. Was hatte ihn geweckt? Er lauschte. War das Diva? Das leise Winseln? Was für eine blöde Frage. Außer ihr war in dieser Nacht kein anderes Tier in der Klinik. Nicht mal ein Hamster.

Auf nackten Füßen ging Wolf nach nebenan und nahm seine Decke mit. Eine kleine Lampe spendete warmes Licht.

Die Hündin lag auf der Seite und hatte die Augen geöffnet. Sie starrte apathisch an die Wand.

Vorsichtig ließ sich Wolf ihr gegenüber nieder, rückte ihr dabei aber nicht zu sehr auf die Pelle.

„Wie gehts dir, Schönheit?", flüsterte er leise. Er vermied es, sie zu berühren. Im Moment waren ihre Sinne durch die Nachwirkungen der Narkose sicher noch hochempfindlich. Sie verspürte vermutlich Angst und wäre am liebsten geflohen, das brachte sie deutlich zum Ausdruck, als sie versuchte aufzustehen, es aber nicht schaffte und sich wieder auf die Seite sinken ließ.

Geradezu apathisch starrte sie einen Punkt an der Wand an, haarscharf neben Wolfs Kopf. Gerade so, dass sie aus dem Augenwinkel alles mitbekommen würde.

Wolf war nicht blöd, wenn es darum ging, Hunde zu verstehen, aber woher sollte diese Hündin das wissen? Die meisten Hunde lernten früh, dass niemand sie wirklich verstand. Außer vielleicht der eine Mensch, dem sie wie keinem anderen vertrauten. War derjenige nicht da, dann versuchten sie es ein-, vielleicht auch zwei- oder dreimal, eine Verbindung zu denen aufzubauen, die stattdessen zur Verfügung standen, und wenn das nicht klappte, dann gaben sie auf. Von den ahnungslosen Zweibeinern unbemerkt.

Wolf redete ruhig auf Diva ein und signalisierte ihr, dass er nicht so ignorant war, wie sie vielleicht vermutete.

„Vermisst du Catrin?", fragte er und legte sich auf seine Decke, drehte sich so auf die Seite, dass er ihr in die Augen sehen konnte.

Sie wich seinem Blick aus. Nein, nicht ganz richtig. Sie sah ihn einfach nicht an.

Wie oft hatte er das schon beobachtet? Hunde, die so taten, als würde man einfach nicht existieren? Natürlich, es gab Bücher voller Erklärungen, warum sie sich so verhielten. Unterwürfigkeit, keine Aggressionen auslösen wollen, all so was. Wolf dagegen hatte seine eigene Theorie. Sie wichen dem Blick eines

Menschen aus, wenn sie so verzweifelt waren, dass sie keine Enttäuschungen mehr riskieren wollten. Noch einmal jemanden anzuschauen, der bereits auf den ersten Blick erkennen lassen würde, dass er sie für ein Wesen ohne Verstand und Gefühl hielt? Für dumm? Für intellektuell unterlegen? Nein, dann lieber gar nicht erst hinsehen.

Für einen Moment schien Diva aber zu zögern. Es schien, als würde sie überlegen, ob von ihm Gefahr ausgehen könnte, oder ob sie ihm trauen sollte. Ein Blick in seine Augen und sie hätte es gewusst. Und genau deshalb rang sie mit sich.

„Ich mach dir einen Vorschlag, dem du nicht widerstehen kannst", sagte er sanft und stand langsam auf. Auf Socken ging er nach nebenan. Jan war dort im Sitzen eingeschlafen.

Wolf nahm die mit flauschigen Tüchern ausgeschlagene Kiste, in der Divas Babys lagen, und trug sie hinüber in den anderen OP. Dann kniete er sich vor Diva hin.

„Schönheit, ich denke, hier gibt es jemanden, der schon wieder Hunger hat", murmelte er und legte die warmen Welpen so hin, dass Diva sie trotz des Trichters in Ruhe beschnüffeln konnte. Wenn sie wollte, dann würde er ihr helfen, die Würmchen an ihre Zitzen zu legen.

Kaum lagen die Jungen vor ihr, warf Diva ihm einen raschen Blick zu. Hätte er nicht genau aufgepasst, hätte er ihn nicht mitbekommen, so schnell war der Moment auch wieder vorbei. Aber er hatte aufgepasst, stellte Wolf höchst zufrieden fest, und lächelte. Sie hatte ihn angesehen. Für einen winzigen Augenblick nur, aber der hatte gereicht.

Es würde noch viele solcher Augenblicke geben, jetzt war die Mama aber mit anderen Dingen beschäftigt. Sie beschnüffelte ihre Jungen, dann begann sie, sie abzulecken. Die Kleinen erwachten und genossen quietschend die Bewegungen der kräftigen mütterlichen Zunge.

Als würden die Reste der Narkose von Divas Instinkten fortgespült, kam plötzlich Leben in die Hündin.

„Nein, nein, lass mal langsam angehen, Süße", mischte sich Wolf ein und achtete darauf, dass sie sich nicht zu viel bewegte. Er legte sanft seine Hand auf ihre Seite und sie ließ sich zurücksinken. Gebettet auf die weichen Tücher aus der Kiste, drapierte Wolf die beiden Welpen so, dass sie bequem an die Zitzen ihrer Mutter kamen. Immer wieder zuckte Divas Kopf hoch, aber der Trichter verhinderte, dass sie ihre Jungen beschnüffeln konnte.

„Du darfst dich nicht lecken", sagte Wolf ernst. „Dann kann ich dir vielleicht helfen."

Wieder hätte er den raschen Blickwechsel verpasst, wäre er nicht so aufmerksam gewesen.

„Einverstanden", sagte Wolf, als hätte sie ihn nicht nur stumm angesehen, sondern ihre Bitte klipp und klar formuliert – denn genau das hatte sie für ihn getan. Sie flehte ihn an, sie von ihrem Trichter zu befreien, darauf hätte Wolf seinen rechten Arm verwettet.

Vorsichtig nahm er ihr das Plastikungetüm ab. Sofort drehte sie sich so, dass sie ihre Babys erreichen und weiterlecken konnte, und sie begannen augenblicklich, mit ihren winzigen Pfötchen rhythmisch gegen die Milchleiste zu drücken und an den Zitzen zu nuckeln.

Der Ausdruck in Divas Augen war abgeklärt, so, als horche sie jetzt nur noch in sich hinein. Immer, wenn sie versuchte, ihre Wunde zu lecken, sagte Wolf sanft „Nein!", immer hörte sie sofort wieder damit auf.

„Du bist nicht sicher, was ich meine, stimmts?", fragte er hingerissen.

Prompt zuckte Divas Schnauze wieder zur Narbe.

„Nein!"

Das Ganze wiederholte sich noch ein paar Mal, dann sah die Hündin ihn für einen spürbaren Augenblick an.

„Braves Mädchen!", lobte Wolf und lächelte.

Als wollte Diva sichergehen, dass er auch begriff, wie gut sie ihn verstanden hatte, legte sie ihren Kopf demonstrativ so, dass überhaupt kein Missverständnis möglich war. Sie wollte sich nicht lecken, sie wollte lediglich mit ihrer feuchten Schnauze verhindern, dass ihre Jungen verrutschten, während sie sich mit dem Kneten ihrer Milchleiste und dem Nuckeln an ihren Zitzen verausgabten. Mit einem tiefen Seufzer schloss Diva schließlich die Augen.

Wolf blieb trotz der stillen Übereinkunft, die sie getroffen hatten, bei der Hündin. Er lehnte sich an die Wand und ließ seine Gedanken schweifen.

Blue war alt gewesen, als er starb. Wolf hatte ihm in den letzten Jahren jeden nur denkbaren Dienst erwiesen, um sein Leben zu verlängern. Er hatte ihn massiert, seine Pfoten mit pflegenden Ölen eingerieben, ihn im letzten Winter warmgehalten und im letzten Sommer immer wieder durch kühles Wasser erfrischt, wenn er hechelnd im Schatten lag und Wolf aus müden Augen ansah.

Mit Blue hatte er die Welt erobert. Als „der Anwalt mit dem coolen Hund". Blue durfte sogar mit ins Gericht. Kaum ein Richter, der nicht dahinschmolz, wenn Blue seinen Kopf an dessen Bein drückte und sich streicheln ließ. Kaum einer, der nicht wie zufällig Fleischwurst aus seiner Robe zaubern konnte, wenn er wusste, dass er Wolf und Blue über den Weg laufen würde.

Wolf war ja nicht blöd. „Das lässt er auch nicht jeden machen" wurde einer seiner Standardsätze und sie fielen alle darauf rein.

Alle, bis hin zur letzten Sekretärin. Egal, wo er regelmäßig auftauchte, überall gab es plötzlich Leckereien für seinen Hund, bis hin zu liebevoll mit Leberwurst bestrichenen Brötchenhälften.

Es war Blue und die tiefe Liebe zu ihm, die sein Herz für den Tierschutz geöffnet hatte.

Facebook, mein Gott! Es war anfangs nur ein Gag gewesen, sich da anzumelden. Sich einen Namen auszusuchen, den man nicht sofort mit ihm, dem seriösen High Society Anwalt, in Verbindung bringen konnte. Ben und er hatten sogar darum gewettet, wer wohl eher hundert *Freunde* haben würde.

Tja. Ben hatte verloren.

Heute war sich Wolf nicht mehr sicher, ob sein Bruder nicht eigentlich derjenige war, der gewonnen hatte. Ben liebte Laura und sie liebte Ben. Zwar hatten sie keine Kinder, aber das konnte ja noch kommen. Dass sie sich welche wünschten, war ein offenes Geheimnis.

Während sich Wolf in die virtuelle Welt des Tierschutzes ziehen ließ, verbrachte sein Bruder nicht seine gesamte Freizeit damit, auf das leuchtende Rechteck eines Bildschirms zu starren. Stattdessen gönnte er sich mit Freunden nach Feierabend ein Bier. Er schüttelte Hände, schlug auf leibhaftige Schultern, lächelte sein Gegenüber an oder gab ihm eins aufs Maul, je nachdem. Aber er hatte keine Ahnung, was da draußen los war. Wie bei den *Men in Black* lebte Ben nur deshalb so friedlich, weil er *nichts* wusste. Wie die meisten.

Und er, Wolf? Als das erste Bild mit Tierleid über seinen Bildschirm flackerte, entfaltete sich eine Welt vor ihm, die entsetzlicher nicht hätte sein können. Und er war nur einer von Tausenden und Abertausenden fassungslosen Beobachtern. Hilflos, machtlos, bebend vor Entrüstung.

Wäre Blue nicht gewesen, er hätte den PC damals aus dem

Fenster geworfen. Aber Wolf bildete sich ein, dass ihn durch die Augen seines Hundes Gott beobachtete. Daran glaubte er bis heute. Und dass der Blick in die Augen eines Tieres auch andersrum funktionierte. Er erlaubte eine direkte Verbindung zur Schöpfung. Zu einem Schöpfergeist. Zu jemandem, der wahrscheinlich genauso an der ganzen Scheiße litt, wie Wolf.

What if God was one of us, just a slob like one of us, just a stranger on the bus, trying to make his way home?

Wolf begann unwillkürlich, das Lied von Alanis Morissette zu summen. Als er es zum ersten Mal hörte, fuhr er gerade zurück nach Hamburg und hätte auf der Autobahn beinahe eine Vollbremsung gemacht. Die Sängerin hatte so recht! Gott verdiente nicht nur tiefstes Mitleid, sondern alle Hilfe, die er kriegen konnte.

Wolf schloss die Augen und summte leise vor sich hin.

Das hatte bei Blue auch immer ausgezeichnet gewirkt. Gerade zum Ende hin, als der alte Rüde nichts mehr hörte und kaum noch etwas sah. Lang ausgestreckt lag sein Hund vor dem Sofa, den Kopf auf Wolfs nacktem Fuß abgelegt, und schien den Vibrationen zu lauschen, die ihn durch Wolfs Gesang über dessen Bein erreichten.

„Du musst wieder gesund werden, du bist noch so jung", flüsterte Wolf und Diva zuckte unmerklich mit den Muskeln einer Schulter und ganz leicht mit einer Augenbraue.

Das reichte. Sie war derselben Ansicht wie er.

Er lächelte glücklich. Sie würde sich Mühe geben, mehr konnte er nicht verlangen.

Wie er Momente wie diesen vermisst hatte in den letzten drei Jahren! Die Nähe zu einem Menschen kam in den meisten Fällen nicht einmal annähernd daran heran. Noch nie hatte er in ein Paar menschliche Augen geblickt und dieselbe Verbundenheit mit … mit einfach allem gespürt, als wenn er in die Augen eines Hundes schaute. Bis auf dieses eine Mal. Im Zug. Zum allerersten Mal. Und dann war diese Frau verheiratet.

Es konnte einfach kein Zufall sein, dass er und Catrin sich begegnet waren! Verdammt! Oder hatten sich ihre Wege nur gekreuzt, damit er diesen Hund rettete? Unsinn. Als sie die Hündin im Wald fanden, wusste er ja schließlich noch gar nicht, wem sie gehörte: Catrin! Ausgerechnet der Frau, der er nachtrauerte, seit sie sich auf dem Bahnsteig umgedreht hatte und gegangen war. Und nun saß er neben ihrer Hündin in einer Klinik auf dem Boden und …

Heulte er? Ungläubig wischte sich Wolf mit dem Handrücken über die Wange. Nein, sein Auge tränte nur. Und das andere auch.

Verdammt.

Leise erhob er sich und verließ den Raum.

„Ich leg mich hin, ich kann nicht mehr. Die Welpen sind bei ihr. Pass auf, dass sie nicht versucht, sich zu lecken, ich hab ihr den Trichter abgenommen. Am besten gehst du rüber."

„Ist gut", sagte Jan.

„Sie hat versprochen, sich nicht zu lecken."

„Verstehe."

„Und jetzt schläft sie."

„Dann nimm dir ein Beispiel an ihr. Wer weiß, wie der Tag morgen wird."

„Ja", murmelte Wolf. „Wer weiß."

Kapitel 33

Als sie endlich die Klinik erreichten, wusste River genau, warum sie so ein ungutes Gefühl gehabt hatte, was Catrin betraf, und dass sie angeblich bei ihrem Mann war. Julia war darauf gekommen, als sie ihr von ihren Zweifeln berichtete. Wenn sie nicht gerade rief: „Pass auf! Der Baum!" oder „Achtung, die Laterne da drüben steht schon schief!"

Inzwischen war es fast zwei Uhr nachts. Man kam bald nirgendwo mehr durch, überall lagen Bäume herum. Sie hatten ewig gebraucht! Was war das bloß für ein Scheißsturm! Wollte der denn gar nicht mehr abziehen? In den Nachrichten warnten sie, es könne noch einige Stunden so weitergehen. Genervt fuhr River in eine der vielen leeren Parkbuchten vor der Tierklinik und schaltete den Motor aus.

„Hoffentlich hat Moritz was zu essen für uns, sonst kipp ich gleich um", jammerte Julia.

„Mir würden ein paar Kohlehydrate auch nicht schaden", murmelte River, dann stieg sie aus. Moritz würde ihnen Asyl gewähren müssen, noch mal war sie nicht bereit, in diese Nacht hinauszufahren.

Als sie schellten, dauerte es eine Weile, dann stand Jan vor ihnen und wischte sich über die Augen.

„Meine Güte", begrüßte er sie gähnend, „das hat aber gedauert!"

Er setzte sich die feine Nickelbrille wieder auf die Nase und musste sich richtiggehend gegen den Wind stemmen, um die Glastür zu schließen, nachdem er sie reingelassen hatte.

„Hunger!", jammerte Julia. „Durst!"

„Kommt erst mal rein." Jan verschloss die Tür des Windfangs. Dann sah er Julia an. „Nudelsnack?"

„Ja!", wimmerte sie und ging an ihm vorbei Richtung Küche.
„Sieht hier immer noch alles so schön neu aus", sagte River anerkennend. „Wie macht ihr das bloß?" Das letzte Mal waren sie bei der Eröffnung dagewesen, aber es schien gar nicht so lange her, wie es war.

„Komm, lass dich mal drücken!" Jan nahm sie in den Arm. „Schön, dass ihr euch um Rock kümmern wollt. Der ist irgendwie eigenartig."

„Wo ist er denn?"

„Schläft im OP 1."

„Dann lassen wir ihn schlafen. Wo ist Moritz?"

„Hat sich auch hingelegt. Ihr müsst mit mir vorliebnehmen."

„Nichts lieber als das", sagte River und drückte ihn auch. „Wo ist Diva?"

„Im Aufwachraum."

„Wie gehts ihr und den Jungen?"

„Ganz gut, sie hat Milch, was wollen wir mehr?"

„Wie verletzt war sie?"

Jan sah sie ernst an. „Wo soll ich anfangen?"

„Sags einfach, aber so, dass ich es verstehe. Ich spreche kein *Tierarzt*."

Als er Divas Zustand so simpel wie möglich zusammengefasst hatte, stöhnte sie: „Meine Güte, die arme Maus! Ist sie wach?"

„Eben war sie es, Rock war noch mal bei ihr, hat sich aber wieder hingelegt. Ist es draußen immer noch so schlimm?"

„Schlimmer", sagte River. „Jedenfalls da, wo wir waren."

„Na", sagte Jan und strich sich mit der Hand durch die Reste seiner ehemals dichten Locken. Seine blauen Augen funkelten gut gelaunt. „Umso besser, dass es Divas Frauchen gut nach Hause geschafft hat."

„Siehst du, und das ist genau das, was ich nicht glaube."

„Was? Wieso? Wir haben doch mit ihrem Mann gesprochen."

„Klang der vielleicht ein wenig ..., na, ... besoffen?"

Jan runzelte die Stirn. „Jetzt, wo du es sagst", gab er zögerlich zu. „Kann sein, dass er nicht ganz nüchtern war."

River war inzwischen in die Küche vorgegangen, Jan folgte ihr. Julia drehte sich zu ihnen um. Vor ihr auf der Arbeitsplatte standen vier kleine Plastikbecher mit trockenen Nudeln, in die sie gerade heißes Wasser aus dem Wasserkocher goss. Sofort erfüllte der Geruch von Gewürzen die Luft.

„Vier Portionen? Ich bin aber satt", winkte Jan ab.

„Für dich ist das auch nicht, sondern für uns. Hier", sie reichte River eine Tasse und einen Teelöffel. „Iss."

River ließ sich auf einem der vier schlichten Holzstühle nieder, die um den einfachen Tisch gruppiert waren. Als sie den ersten Löffel in den Mund führte, wurde ihr bewusst, wie ausgehungert sie war.

Neben ihr stöhnte Julia vor Wonne, als wäre der pampige Schnelleintopf eine langersehnte kulinarische Köstlichkeit.

River ließ es sich ebenso schmecken wie ihre Freundin und sah Jan zwischen zwei Bissen immer wieder dankbar an, weil er so geduldig wartete, bis sie weitersprechen konnte.

„Ha", seufzte sie und stellte die Tasse ab. „Jetzt gehts mir besser. Wo war ich stehen geblieben?"

„Du hast mich gefragt, ob Divas Besitzer betrunken geklungen hat."

„Richtig. Also, ich habe ja auch mit ihm telefoniert. Da war er völlig neben der Spur. Er fluchte rum und im Hintergrund jammerte eine Frau, die er irgendwann sogar mal *Liebling* nannte, obwohl er sie anfauchte, mal für einen Moment die Klappe zu halten."

Jan starrte sie an.

„Das war nie und nimmer diese Catrin", fuhr River fort, „denn die war zu dem Zeitpunkt, wie wir wissen, ganz sicher noch in der Nähe der Unfallstelle. Sie hat ja von dort aus mit Rocks Ex telefoniert, oder? Also, wieso hat dir der Stechler erzählt, seine Frau wäre bei ihm?"

„Hat er nicht. Er sagte, *sie* kämen die Hündin holen. Ich bin natürlich davon ausgegangen, dass er sich und seine Frau damit meinte, nicht seine Geliebte."

„Hast du mit der Frau auch gesprochen?"

„Nein, aber ich hab sie gehört. Ziemlich genau, weil sie immer dazwischengequatscht hat."

„Hat er sie bei eurem Telefonat auch *Liebling* genannt?"

„Nein." Jan wirkte nachdenklich.

„Oder *Catrin*?", versuchte ihm River auf die Sprünge zu helfen.

„Catrin ganz sicher nicht. Er nannte sie *Sabrina.*"

„Wer ist Sabrina?" In der Tür erschien Rock und sah nicht nur müde, sondern zum Gotterbarmen scheiße aus.

„Ich geh mal wieder rüber zu Diva. Sicher ist sicher." Jan erhob sich und warf Rock einen schnellen Blick zu. „Wegen des Leckens. Sie hat mit dir den Deal gemacht, nicht mit mir."

„Bis gleich", sagte River.

„Möchtest du auch eine Suppe, Rock?", fragte Julia. „Du siehst aus, als könntest du etwas zu essen vertragen."

Rock schüttelte den Kopf und kam auf River zu.

Sie stand auf und umarmte ihn herzlich. „Himmel, Julia hat recht. Was ist denn mit dir passiert?"

„Schlechte Woche", sagte er leise, erwiderte ihre Umarmung und ließ sie los. Gähnend setzte er sich auf den freien Stuhl.

„Also, wer ist Sabrina?", wiederholte er seine Frage.

Julia stellte River die nächste Tasse vor die Nase und drückte Rock ebenfalls eine in die Hand. River musste sich ein Lachen verkneifen, als er skeptisch auf die dampfende klumpige Nudelbrühe blickte. Kommentarlos begann Rock jedoch zu löffeln und sie tat es ihm gleich.

Julia füllte frisches Wasser in den Kocher und schaltete ihn ein. Dann kramte sie in einem der Hängeschränke nach Nachschub für sich selbst.

Schließlich legte Rock den Löffel beiseite, mit dem er die letzte Nudel aus dem Becher gefischt hatte, und sah River an. „Ich höre."

„Ich vermute, dass Catrin noch im Wald ist. Die Frau, die bei ihrem Mann ist, heißt Sabrina. Ich hatte heute Mittag schon das zweifelhafte Vergnügen mitzuerleben, wie dieser Felix Stechler sie mit Worten wie *Liebling* bedachte."

Die Veränderung, die mit Rock vorging, war beängstigend. Wenn sie wetten durfte, dann war er erleichtert und entsetzt zugleich. Er stand auf.

„Ich muss zurück."

„Du musst gar nichts."

„Doch. Catrin ist alleine da draußen."

River war ebenfalls aufgestanden. „Und wo willst du sie suchen? Wo ist dein Nachtsichtgerät? Wo ist dein Batman-Kostüm?"

„Das eine ist in meinem Wagen, das andere trage ich hier unter meinen Sachen." Er begann, sein Hemd aufzuknöpfen.

Kein schlechtes Zeichen, dachte River. Sein Humor schien trotz des Ernstes der Lage zurückzukehren. Lag das wirklich nur daran, dass sie einen Witz gemacht hatte? Oder hatte es etwas damit zu tun, dass die Frau, in die er sich Laura zufolge verknallt hatte, nicht bei ihrem Mann war?

„Hahaha! Jetzt mal im Ernst. Wie willst du denn dorthin kommen? Der Landrover steht vor deiner Hütte und mit dem Motorrad von Moritz riskierst du bei dem Wind dein Leben."

„Du fährst mich."

„Vergiss es. Mich kriegen hier heute Nacht keine zehn Pferde mehr raus."

„Dann wirst du mir den Bus leihen."

Jan, der lautlos wieder in der Tür erschienen war, hob die Hand, als wäre er in der Schule. „Ich wette, Moritz hätte nichts dagegen, wenn du einen unserer Wagen nimmst, aber leider geht das nicht. Wir haben in dieser Nacht Notdienst. Vielleicht brauchen wir die noch."

Rock griff nach seinem Handy. Am Empfangstresen läutete ein Telefon.

„Bin gleich zurück", sagte Jan und eilte hinaus.

River grinste.

„Wir haben hier einen dringenden Notfall", sprach Rock in sein Telefon, als Jan drüben abnahm. „Könnten Sie bitte sofort kommen?" Dann legte er auf.

Als Jan zurückkam und den Mund verzog, knöpfte Rock bereits das Hemd wieder zu. „Sieh es von der positiven Seite, keiner von euch muss mitfahren", sagte er und verließ grinsend den Raum.

„Na gut", rief River und sprang auf, „ich komme ja schon."

„Nein", er drehte sich zu ihr um. „Ich habs mir überlegt. Wenn du mitkommst, dann muss ich mir auch noch Sorgen um deine Sicherheit machen. Lass mich alleine fahren. Ich kenne meinen Wald wie meine Westentasche. Ich gehe da rein, wo Catrin reingegangen ist. Sie hat garantiert Spuren hinterlassen und die werde ich finden. Trotz des Wetters. Du kennst mich doch." Er ging zur Garderobe und griff nach einer der beiden Jacken, die dort hingen. „Wem gehören die?"

„Das ist die von Moritz. Die kleinere ist meine. Für Noteinsätze."

„Na, seht ihr. Passt doch alles. Schließt du bitte auf, Jan?"

Wortlos nickte Jan und schloss erst den Windfang und dann den Haupteingang zur Klinik wieder auf.

Rock hielt den Kopf hinaus. „Schaut mal", sagte er und zeigte in den Himmel. „Seht ihr das?"

River trat neben ihn. Sie sah nichts. Noch immer blies der Wind mit Orkanstärke, nur der Regen hatte ein wenig nachgelassen.

Rock schüttelte den Kopf. „Der Mond. Man kann den Mond sehen." Er wandte sich an Jan. „Die Autoschlüssel?"

„Ach ja, stimmt!" Jan eilte zurück in die Klinik und kam wenige Augenblicke später wieder heraus. „Hier. Das Funkgerät liegt noch auf dem Beifahrersitz. Habt ihr ja heute Nachmittag nicht gebraucht. Melde dich, wenn was ist."

„Alles klar." Rock eilte zum Wagen. „River, kümmere dich um Diva und ihre Kleinen. Ich weiß nicht, wann ich zurück bin und wann dieser Felix auftaucht. Egal, was ihr tut: Gebt ihm die Hündin nicht mit."

„Rock? Warte mal!" Jan rannte hinter ihm her. „Rein rechtlich haben wir keine Handhabe, die Hündin nicht herauszugeben, wenn dieser Typ auftaucht, egal mit wem. Wir wissen nämlich nicht, wem die Hündin wirklich gehört. Sie könnte auch Catrins Mann gehören, verstehst du? Nur, weil Catrin sie bei Tasso angemeldet hat, ist sie nicht automatisch die Besitzerin. Das ist etwas komplizierter."

„Lasst euch was einfallen. Nicht transportfähig, unerwartete Komplikationen, was weiß ich. Ruf den Typen an und sag ihm, er kann erst in zwei Tagen kommen. Bis dahin bin ich ja wohl zurück. Mit etwas Glück habe ich Catrin dann bei mir."

Rock stieg in den Wagen, startete den Motor und setzte zurück.

Jan sprang zur Seite. „Unerwartete Komplikationen", murmelte er. „So kann man das natürlich auch nennen." Laut rief er Rock durch den Sturm hinterher: „Übermorgen hab ich übrigens frei, also beeil dich!"

Kapitel 34

Blitze. Donner. Wind.

Sie saß in einem Schiff, nein, sie saß oben in dem Mast und es schwankte erbärmlich unter ihr.

Gleich würde ihr schlecht werden. Sie musste ins Innere hinabklettern, sich zusammenrollen. Dort, wo der Wind und der Regen sie nicht erreichen würden. Dann ginge es ihr sicher besser.

Gott, war die Leiter in die Tiefe glitschig! Sie durfte nicht stürzen, unter keinen Umständen durfte sie fallen.

Jemand rief nach ihr. Wortlos, um Nähe und Trost flehend. Ihr Baby! Es lag im Regen, hatte Angst, zitterte. Sein Fell glänzte.

O Gott, ihr Baby hatte Fell! Aber sie liebte es trotzdem, sie musste zu ihm!

Tiefer und immer tiefer kletterte sie.

Wind. So viel Wind. Blitze und Wind. Sie durfte keine Zeit verlieren.

Beeil dich!

Die Stimme, die nach ihr rief, dröhnte laut in ihren Ohren, ließ das Schiff beben.

Endlich, das Ende der Stiege. Absolute Dunkelheit. Sie verharrte, horchte.

Da! Wieder ein Blitz! Ihr Kind! Dort lag es, zusammengerollt auf einer Decke! Eingewickelt in weiße Tücher, wimmernd. So klein, so schwach.

Unsicher tastete sie sich vorwärts, ließ sich neben das Bündel sinken, das ihr Baby war, und schützte es mit ihrem Körper vor dem Beben und Dröhnen.

Es bewegte sich leicht, drängte sich an sie. Kleinste Fingerchen griffen nach ihr, große braune Augen hinter langen Wimpern, am Kopf zarter Flaum, der in seidiges weiches Fell überging. Oh nein, warum nur hatte es Fell?

Liebe durchflutete sie und über das Kindergesicht breitete sich ein Lächeln aus, ehe sich ihr Baby zusammenrollte und aufhörte zu atmen. Vor Erleichterung, dass es nicht mehr in Not war, begann sie zu weinen, aber dann weinte auch die Hündin, die plötzlich in ihren Armen lag, und das durfte sie nicht, unter keinen Umständen durfte sie weinen!

Catrins Tränen versiegten, eine leise Stimme flüsterte: „Schönheit!"

Vorsichtig ließ sie ihren Geist tasten. Jemand lag hier unten bei ihr und Diva. Jemand wisperte sanfte Worte und streichelte sie und ihre Hündin mit seinen Gedanken. Sie spürte seine Gegenwart und flüsterte Diva ins Ohr, dass alles gut werden würde.

Die Schmerzen verschwanden.

Das Wispern nicht.

Sanft wiegte sie der Wind, während ihre Hand auf Divas Nacken ruhte. Schreie. Aber nicht ihre und nicht die von Diva. Jemand rannte hin und her, aber sie waren in Sicherheit. Sie und ihr Kind. Geborgen im Inneren des Schiffes, für alle Zeit in Sicherheit. Nicht mehr allein.

„Ich bin bei dir", wisperte die Stimme, während die Wolken

über den Himmel rasten und sich auslachen ließen vom Mond, der die Blitze verschlang.

Wie war es nur möglich, dass die Schönheit der Nacht bis ins Innere des Schiffsrumpfs dringen konnte?

Das Schwanken nahm ab. Leise glitten sie nun übers Wasser, wunderbar geborgen. Nicht mehr allein, nie mehr allein. Nicht, solange der Mond von Liebe flüsterte.

Kapitel 35

Da! Catrins Wagen, wie durch ein Wunder unbeschädigt, unberührt inmitten des Chaos.

Der Weg von der Klinik hierher hatte nicht wie sonst eine knappe halbe Stunde gedauert, sondern zwei. Es würde Tage dauern, bis alle Straßen geräumt waren. Überall lagen Bäume, die dem Sturm nicht standgehalten hatten.

Wolf parkte direkt neben Catrins Fahrzeug, dann griff er nach der Taschenlampe und dem Funkgerät und stieg aus.

Das Gewitter war weitergezogen, endlich! Der Wind würde seinem Beispiel bald folgen.

Zielstrebig wählte Wolf den direkten Weg an den Waldsaum. Das hatte sie sicher auch so gemacht. Und tatsächlich: Dort, wo außer ihm seit Jahren niemand mehr hindurchgegangen war, klaffte eine Lücke in der Wildwuchshecke. Au weia, da hatte sie sich sicher ein paar Kratzer zugezogen.

Er warf unnötigerweise einen Blick auf die Uhr. Gleich vier. Die ersten Vögel zelebrierten bereits das Ende der Nacht. Im Osten knibbelte die Sonne am Horizont. Bald würde es hell werden. Helfen würde ihm das allerdings kaum. Wenn er erst in den Wald eintauchte, würde er noch die Taschenlampe benötigen.

Unwillkürlich atmete Wolf tief ein. Es war fast, als läge Catrins Geruch noch in der Luft und würde Sinne in ihm ansprechen, über die er nur unbewusst verfügte, die aber aus seiner Hoffnung absolute Gewissheit werden ließen. Sie war hier.

Wie mochte sie sich verhalten haben, als sie merkte, dass sie mitten in ein Unwetter geraten war? Zurückgegangen war sie jedenfalls nicht. Das wäre das Klügste gewesen, aber wenn er ehrlich war: Er hätte es auch nicht getan, wenn es Blue gewesen wäre, der in diesem Wald um sein Überleben kämpfte.

Vermutlich hatte sie überlegt, Diva entgegenzugehen, ihr den Weg nach Westen abzuschneiden. Zügig lief Wolf den schmalen Pfad entlang und fand immer wieder Anzeichen dafür, dass hier jemand durchgehetzt war.

Als er den Querweg erreichte, blieb er stehen und überlegte. Er führte rechts herum bergab, direkt zu seiner Hütte, aber wie hätte sie das wissen sollen? Es war nicht einmal weit bis dorthin. Wenn sie diesen Weg gewählt hätte, dann wäre sie bei ihm vor der Tür gelandet und im Laufe der Nacht River und den anderen begegnet.

Catrin hatte also nicht den leichten Weg gewählt, was ihn irritierte. Es fiel ihm schwer, sich in ihren Kopf zu versetzen, die Denkweise einer Frau nachzuvollziehen, die er nur wenige Stunden erlebt hatte. Nicht, weil die Zeit mit ihr so kurz gewesen war, sondern die Frau so faszinierend.

„Verdammt, wo bist du hergelaufen?", murmelte er und sah sich um.

War es möglich, dass sie sich wirklich für die völlig verrückte Idee entschieden hatte, über die Kuppe zu gehen? Der direkte Weg dorthin führte den Hang hinauf.

Aufmerksam ging Wolf erst ein wenig in die eine, dann in die andere Richtung. Auf der gesamten Länge des Weges war

Erde weggeschwemmt und Laub auf den Weg gespült worden. Kahle Wurzeln ragten haltlos in die Luft und wirkten irgendwie ... überrascht.

Wenn es hier Fußabdrücke gegeben hatte, dann waren sie längst nicht mehr zu finden. Nein, es machte keinen Sinn, den Hang hinaufzuklettern, selbst, wenn Catrin das heute Nacht getan hatte. Er würde besser auf dem Weg bleiben, der führte ohnehin mäandernd bis zum Gipfel. Wenn er nicht querfeldein lief, dann würde er auch an einigen seiner anderen Hochsitze vorbeikommen. Vielleicht hatte sie sich in ihrer Not in einem davon verkrochen?

Wolf verfiel in einen leichten Trab. Immer wieder verließ er den Weg und eilte zielstrebig hinein in den Wald, kletterte die Leiter eines Hochsitzes hinauf und wieder hinab, ohne eine Spur von Catrin zu entdecken.

Als er die Stelle erreichte, an der sie – falls sie sich wirklich für den steilen Aufstieg entschieden hatte –, wieder auf den Wanderweg gestoßen wäre, blieb er stehen und versuchte, erst einmal seine schnelle Atmung in den Griff zu bekommen.

Erleichtert stellte er fest, dass sein vergleichsweise alter Fichtenbestand, der sich seit Jahrzehnten auf natürliche Art selbst verjüngen durfte, weniger gelitten hatte, als befürchtet. Der eine oder andere mächtige Riese war zwar gestürzt und hatte andere Bäume mitgerissen, aber auf der Fahrt hierher hatte er ganz andere Schäden gesehen. Ganze Wälder lagen – wie von einem Riesen umgepustet –, ordentlich in Reih und Glied am Boden.

Wenn er Pech hatte, dann würde er ein wenig über umgestürzte Bäume klettern müssen. Auch kein Drama. Solange er nicht unter einem der Stämme, die auf dem Weg lagen, Catrins Leiche entdeckte.

Aufmerksam lauschte er. Es war immer noch windig und es würden noch einige halb entwurzelte Bäume fallen. Ob Catrin, wenn sie noch lebte, ahnte, dass es jetzt erst recht lebensgefährlich war, durch den Wald zu gehen? Hoffentlich blieb sie, wo sie war.

„Catrin!" Laut rufend drehte sich Wolf einmal um die eigene Achse, dann lauschte er wieder. Schließlich setzte er seine Wanderung fort, bergauf. Wenn sie bis hierhin gekommen war, dann war sie ganz sicher nicht umgekehrt.

Endlich ließ er den Fichtenwald hinter sich.

Mächtige alte Laubbäume standen links und rechts wie eine Eins, lediglich ein paar dickere und schwerere Äste waren hier und dort abgebrochen. Eine Buche hatte offensichtlich der Blitz getroffen, sie war in der Mitte gespalten.

„Catrin!"

An dieser Stelle folgte der Pfad einer Kurve um den Berg herum. Eine alte Lücke im Baumbestand, Geschenk eines längst vergangenen Orkans, gab den Blick frei auf den Sonnenaufgang.

Wolf hielt die Luft an. Was für ein Anblick! Als wäre alles in bester Ordnung, entfaltete sich vor seinen Augen eine ungeheure Farbenpracht. Er blieb stehen und starrte auf die Ebene, bis die ersten Sonnenstrahlen, die über den Horizont krochen, ihn blendeten.

Soweit das Auge reichte, nur unterbrochen durch ein weitläufiges Netz an Straßen, sah er nichts als Wälder, beziehungsweise das, was davon übrig war. Ja, so etwas Ähnliches hatte er vermutet, auch dieser Orkan hatte der Landschaft nun seinen Stempel aufgedrückt, unwiderruflich. Manchen Waldbesitzer würden bald nur noch Ansichtskarten daran erinnern, über welchen Reichtum er verfügt hatte. Wochenlang würde es nun ringsum wieder von Arbeitern und Harvestern wimmeln. Schneller, als man bis drei zählen konnte, würden die Erntemaschinen die entwurzelten Bäume verschlingen. Das Kreischen der Stämme, wenn sie entastet und abgelängt wurden, würde alle anderen Geräusche des Waldes schlucken.

„Catrin!"

Sein Ruf verhallte unbeantwortet und Wolf nahm seinen Trab wieder auf. Er hatte keine Zeit zu verlieren.

Kapitel 36

Als sie erwachte, schien die Sonne. Die sehr frühe Morgensonne, aber immerhin.

Der Wind war abgeflaut, der Regen vorbei.

Catrin rappelte sich steif von der Liege hoch. Ausgeschlafen fühlte sich anders an, dennoch durchflutete sie ein eigenartiges Gefühl von Ausgeruhtsein und Glück. Sie hatte so wunderbar geträumt, beinahe magisch. Ach, war das schön gewesen! Irgendwas von einem Schiff, einer Decke ... und ihrem verlorenen Kind. Und von Diva!

Sie hatte neben ihr gelegen und sie getröstet. Ein geradezu himmlischer Friede war von ihr ausgegangen.

Himmlischer Friede? Hatte Diva in ihrem Traum etwa Abschied von ihr genommen, weil sie über die Regenbogenbrücke gegangen war?

„Nein, bitte nein!", wimmerte Catrin und stand rat- und fassungslos in dem kleinen Baumhaus, das wirklich so winzig war, dass sie kaum drei Schritte vor- und wieder zurückgehen konnte.

Unruhig bückte sie sich und zog eine Flasche Wasser aus ihrem Rucksack. In gierigen Zügen trank sie sie leer, dann kramte sie nach dem letzten Brötchen und biss hinein.

Während sie kaute, warf sie einen Blick durch das Fenster. Waren das da unten Rehe am Rand der Lichtung? Sie schnüffelten an einem Gebüsch, dann traten sie langsam und mit gespitzten Ohren aus dem Schatten. Überall glitzerten und funkelten Regentropfen in der Morgensonne.

Immer wieder ließen Bewegungen, die sie zuerst nur aus dem Augenwinkel wahrnahm, Catrins Blick hin- und herschnellen. Eichhörnchen flitzten über die breiten, ausladenden Äste alter Riesen, Vogelgezwitscher erfüllte die Luft in einer Lautstärke, die sie überraschte.

Regungslos starrte sie auf ein Wildschwein, das am Rand der Lichtung auftauchte, gefolgt von einer Gruppe quirliger, entzückend gestreifter Wildschweinbabys. Wie hießen die gleich? Ferkel? Nein, das klang falsch. Sie kam nicht drauf. Für den Augenblick musste *Wildschweinbabys* genügen. Herrje, waren die putzig! Selbst die Alte schien völlig harmlos aus dieser Höhe, aber so naiv war Catrin nicht, zu glauben, sie könnte jetzt einfach aus dem Hochsitz klettern und mitten durch die kleine Familie spazieren. Nein, mit den borstigen Muttis war nicht zu spaßen.

Dabei musste sie runter, raus aus dieser Notunterkunft, die ihr vermutlich heute Nacht das Leben gerettet hatte. Denn ihre Blase drückte, und zwar so sehr, dass es schmerzte.

Als sie schließlich mit dem Rucksack auf dem Rücken die schmale Stiege hinunterkletterte, bemerkte sie, wie die Wildschweinmutter in ihrer Bewegung verharrte und sie für einen Moment anstarrte. Dann preschte sie mit steif in die Höhe ragendem Schwanz in den Wald, dicht gefolgt von ihren aufgeregt hinter ihr herjagenden Sprösslingen. Damit war natürlich klar, in welche Richtung sie, Catrin, mit Sicherheit nicht gehen würde.

Die Rehe waren verschwunden, als sie sich umsah. Wie von Geisterhand aus einem Gemälde gewischt. Einfach ... fort. Schade.

Ohne zu zögern öffnete Catrin ihre Hose, zog sie bis über die Knie herunter und hockte sich direkt neben der Leiter ins hohe Gras. Im Notfall könnte sie sofort wieder in die Sicherheit des Hochsitzes fliehen, wenn ihr etwas Angst machte. Aber nichts und niemand störte sie, während sie vor Erleichterung stöhnend ihre prall gefüllte Blase entleerte. Mit einem Papiertaschentuch, das sie anschließend ins Gras fallen ließ, säuberte sie sich so gut es ging, dann zog sie sich wieder an und lief zügig und aufmerksam um sich blickend in die Richtung, aus der die Rehe die Lichtung betreten hatten.

Sie hoffte inständig, dass fliehende Wildschweine nicht in Kreisen liefen.

Kapitel 37

Sieben seiner Hochsitze hatte er nun bereits kontrolliert. Zwei hatte der Sturm umstürzen lassen, die anderen fünf waren unberührt. Im Gegensatz zu seinem Lieblingsplatz an der großen Lichtung knapp unterhalb der Kuppel wirkten die übrigen Hochsitze karg und wenig einladend. Wenn Catrin wirklich an ihnen vorbeigekommen war und sie in dem Sturm überhaupt zur Kenntnis genommen hatte, dann hatte sie sich vielleicht ganz bewusst dagegen entschieden, sie zu nutzen.

„Catrin!"

Nichts. Als er seine Lichtung betrat, blieb er für einen Moment stehen. Hier hatte der Sturm eigenartigerweise keine sichtbaren Schäden angerichtet. Glück gehabt. Mit großen Schritten überquerte Wolf die weitläufige Freifläche und stutzte, als er zu seinem Hochsitz hinaufschaute. Sein Herz setzte einen Schlag aus, als er bemerkte, dass die Tür nur angelehnt war. Ganz sicher hatte er sie gestern zugezogen. Er sah sich um und sein Blick blieb an einem weißen Fleck im Grün hängen.

Wolf lachte vor Erleichterung laut auf. Morgentoilette, dafür würde er seine rechte Hand verwetten.

Aufgeregt kletterte er die Stufen der Leiter hinauf, dann betrat er das schmucke Baumhaus.

Ihr Duft hing wahrhaftig noch in der Luft. Wie war es möglich, dass er sich so gut daran erinnern konnte? Irritiert schüttelte er den Kopf. Spielte das eine Rolle? Sie war hier gewesen. Mehr zählte nicht.

Beinahe dankbar streichelte er über die Decke, die sie benutzt hatte. Darauf hatte sie eine leere Wasserflasche und zusammengeknülltes Papier zurückgelassen. Nicht besonders ordentlich, die gute Catrin, oder?

Neugierig öffnete er seine Vorratskiste. Sie hatte die Kekse mitgenommen. Warum? Als Proviant?

Mit etwas Glück würde er sie jetzt einholen, es sei denn, sie lief in die falsche Richtung. Dann würde sie halt noch mal den Berg umrunden müssen, ob sie wollte oder nicht.

Dass sie hier übernachtet hatte, bedeutete noch lange nicht, dass sie unverletzt war, dachte er und sah sich ein letztes Mal in dem kleinen Raum um. Nein, sie hatte sonst nichts angerührt. Auch keine Nachricht hinterlassen, wohin sie wollte.

Seufzend schloss er von außen, ein wenig auf der Leiter balancierend, die Tür, dann stieg er hinunter.

Sie musste am Hochsitz angekommen sein, als er schon mit Moritz auf dem Weg in die Klinik war. Und nun hatten sie sich wieder verpasst. Er musste sie finden, musste ihr sagen, dass sie die Hündin hatten. Und dass ihr Mann auf dem Weg war, das Tier abzuholen. Ganz sicher gegen ihren Willen.

Die andere Frau! Das war es gewesen, was sie so traurig gemacht hatte, dass sie im Zug in Tränen ausgebrochen war. Was war ihr Mann für ein Idiot, eine Frau wie Catrin zu betrügen! Wusste er nicht, was er an ihr hatte? Offenbar nicht.

Wolf beschleunigte seinen Schritt. Er wollte die Chance bekommen, Catrin kennenzulernen. Er wollte ihr Dinge über sich erzählen, die er anderen verschwieg. Er wollte aus einem unerfindlichen Grund seinen Kummer mit ihr teilen – und ihr helfen, sich gegen ihren Mann zur Wehr zu setzen.

Sie brauchte ihn. Oder war es genau anders herum? War er es, der sie brauchte?

„Catrin!"

Noch mal durfte sie ihm nicht entwischen.

Kapitel 38

Das Gefühl, dass Diva in Sicherheit war, hielt an, während Catrin querfeldein durch den Wald eilte, immer bergab.

Alle paar Minuten warf sie einen unsicheren Blick zurück. Wo es eine Wildschweinfamilie gab, da gab es meist auch weitere Verwandte. Vielleicht sollte sie nun sicherheitshalber damit beginnen, durch Futterangebote von sich abzulenken? Schließlich hatte sie dem Jäger ja aus diesem Grund die Kekse geklaut.

Also knibbelte sie einen nach dem anderen aus seiner Zellophanverpackung, zerkrümelte ihn in der Hand, und streute die

Krumen links und rechts des Weges. Die Wildschweine, die ihr vermutlich folgten, würden sie vielleicht für so etwas wie einen Aushilfsförster halten, der es gut mit ihnen meinte. Und man biss schließlich nicht die Hand, die einen fütterte, oder?

Apropos Förster: Gab es den in jedem Wald? Mein Gott, wie wenig sie von solchen Dingen wusste! Der moderne und vergleichsweise komfortable Hochsitz, in dem sie geschlafen hatte, deutete auf einen Förster mit Geschmack hin. Hässlich war es da nämlich nicht gewesen.

In diesem Augenblick erreichte sie einen weiteren Hochsitz und revidierte ihre Meinung ein wenig. Das hier war ja wohl eher das Modell *Frier-dir-den-Arsch-ab*, oder? Neugierig trat sie näher und ruckelte an der morsch wirkenden Leiter. Sie schien zu halten. Catrin war neugierig, sie wollte wenigstens mal einen Blick hineinwerfen.

Vorsichtig setzte sie einen Fuß vor den anderen und stieg die wenig vertrauenerweckende Leiter hinauf. Kaum hatte sie die vierte Sprosse mit ihrem Gewicht belastet, brach sie durch und Catrin konnte sich gerade eben noch festklammern, damit sie nicht hinunterfiel. Langsam tastete sie sich wieder hinab, fummelte den nächsten Keks frei und aß ihn selbst. Nein, wenn sie heute Nacht hier gestrandet wäre, dann wäre sie verloren gewesen.

Nachdenklich sah sie sich um. Egal, wohin sie auch blickte: Wald. Natürlich, was hatte sie erwartet? Jetzt war er allerdings berauschend in seiner Schönheit.

Sie atmete tief ein, dann lief sie weiter, bis sie endlich wieder auf einen Weg gelangte. Immer wieder schien eine innere Stimme zu wispern: „Diva ist in Sicherheit!" Dieselbe Stimme, die sie auch im Traum gehört hatte. Tief, fest und eine unglaubliche Zuversicht ausstrahlend.

Diesen ganzen Schlamassel hatte sie nur Felix zu verdanken, dachte sie plötzlich zornig. Was hatte sie nur je an ihm gefunden? Na gut, er war erfolgreich, hatte Geld, fuhr einen tollen Wagen, aber das war es auch schon. Nicht umsonst lebte sie ihre Sehnsüchte, was zum Beispiel die Leidenschaft betraf, zum größten Teil in den Büchern aus, die sie schrieb.

Nun, aus Fehlern konnte man lernen, dafür machte man sie ja, oder? Mochte ihr jüngeres Ich Felix toll genug gefunden haben, um ihn zu heiraten: Die fünfunddreißigjährige Catrin fand Felix zum Kotzen. Sobald sie wieder in der Zivilisation angekommen war, würde sie sich einen Anwalt suchen und die Scheidung einreichen.

Plötzlich riss sie den Kopf hoch. Was war das? Läuteten Glocken? Sie sah auf ihre Uhr. Halb sechs. Wirklich noch so früh? Irgendwie hatte sie geglaubt, sie würde hier schon wieder seit Stunden herumirren.

Sie beschleunigte ihren Schritt. Wieso wunderte sie sich über das Geräusch von Kirchturmglocken? Gestern hatte sie doch gesehen, dass der Berg, den sie besteigen wollte, mitten in einer belebten Landschaft lag. Hinter den Weiden standen Häuser, sie hatte in einem ganz normalen Einkaufszentrum eingekauft und war sogar an einer Tankstelle vorbeigefahren.

Dass ein nächtliches Unwetter und eine einsame Nacht im Wald sie so durcheinanderbringen konnten, war unglaublich. Wenn sie gestern nicht in ihrer Not immer weiter in den Wald hineingeeilt wäre, sondern wie jeder klar denkende Mensch aus ihm heraus, hätte sie die Nacht vielleicht in einem Hotel verbringen können. Aber hätte sie dann auch von Diva geträumt? Oder war sie nur deshalb so empfänglich dafür gewesen, weil sie selbst so verletzlich war?

Kopfschüttelnd lief sie weiter.

Sie hatte längst keinen blassen Schimmer mehr, wo sie war, daher drehte sie sich jetzt einmal um die eigene Achse. Die Sonne ging immer noch im Osten auf und in die Richtung lief sie auch. Verkehrt konnte das nicht sein.

„Diva!", rief sie, und als sie nichts hörte, kehrte die alte Unruhe zurück. Was, wenn es wirklich nur ein Traum gewesen war? Ein Schutzmechanismus ihres Unterbewusstseins, das sie daran hindern wollte, vollkommen durchzudrehen? Was, wenn Diva noch immer hier irgendwo lag? Blutend, leidend, sterbend?

Oh nein!

Sie beschleunigte ihren Schritt und merkte, wie ihr ein paar Kekse aus der Jackentasche fielen, als sie darin nach einem Papiertaschentuch suchte. Egal, sie musste ihre Hündin finden!

Der Weg verbreiterte sich auffallend und wurde flacher.

Natürlich, du Idiotin!, fluchte sie in Gedanken. Wie lange war sie schon nicht mehr an Hängen vorbeigelaufen, die in die Tiefe führten? Sie war am Fuß des Berges angekommen. Dort, wo ihre Odyssee begonnen hatte.

Noch einmal beschleunigte sie ihren Schritt. Das Einzige, woran sie denken konnte, war, dass sie den Feldweg finden musste, auf dem sie gestern so leichtsinnigerweise die Suche abgebrochen hatte. Das würde sie sich nie verzeihen, wenn Diva tatsächlich nicht mehr auftauchte. Niemals!

Als sie endlich die Wegbiegung erreichte, bremste sie ab, wie vom Donner gerührt. Eine Hütte! Und ein Auto, vermutlich das vom Förster!

Wenn sie hier keine Hilfe fand, dann nirgends.

Kapitel 39

Seine Frau föhnte sich im Bad die Haare, das gleichmäßige Rauschen war ein vertrautes Geräusch. Nicht jedoch das plötzliche Scheppern direkt unter seinem Schlafzimmerfenster.

Ben stand auf und zog den Vorhang zur Seite.

Arrrgghh, war das schon hell! Für einen Moment wünschte er sich für seinen dicken Kopf den verhangenen Himmel der letzten Nacht zurück, dann sickerte in seinen Verstand ein, was er da eigentlich sah: Ein Abschleppwagen ließ vorsichtig einen Kombi hinunter, zwei Polizisten in Uniform standen grinsend daneben und gaben Anweisungen.

„Laura?" Ben ahnte Schreckliches.

„Ja?" Ihre Stimme klang leise und noch etwas müde zu ihm herüber. Der Föhn verstummte.

„Wie weit würdest du gehen, um Candrine Cook ins Haus zu locken?"

„Warum?"

„Ach, nur so."

Nils winkte zu ihm herauf, Alex verabschiedete den Fahrer des Abschleppers.

Als es schellte, war Ben schon an der Tür. „Habt ihr den Verstand verloren?", begrüßte er seine Freunde.

„Wer ist denn da?" Laura erschien im Morgenmantel in der Tür des Bads.

„Nils und Alex", kommentierte Ben trocken. Dann nickte er in Richtung Schlafzimmer. „Schau mal aus dem Fenster."

„Guten Morgen, ihr zwei Hübschen!" Nils zog sich die Jacke aus, Alex schloss die Tür hinter sich und Ben ging voran in die Küche.

„Ach du Scheiße!", rief Laura von nebenan. „Ist das Catrins

Wagen da draußen?"

„Ja, ist es." Nils schlenderte zu Ben und zupfte an dessen Morgenmantel. „Macht sicher Spaß, selbstständig zu sein und zu Hause zu arbeiten, oder?"

„Nicht immer", murmelte Ben und füllte Kaffeepulver und Wasser nach, dann schaltete er den Automat an.

Laura stürmte in die Küche und verknotete ihren Bademantel. „Los, erzählt!"

„Also", holte Alex aus und ließ sich auf den Stuhl vor Kopf fallen, „die Jungs haben es heute Nacht nicht mehr geschafft, sich um den Wagen von Catrin zu kümmern, da dachten wir …"

„… dass *wir* ihn vorsorglich sicherstellen."

„In meiner Einfahrt?" Ben starrte auf die schwarze Brühe, die sich langsam in der Glaskanne sammelte. „Vor dem Wecken?"

„Weichei!", murmelte Nils.

„Es gibt da nur ein Problem", sagte Alex.

„Dass es verboten ist, was ihr gemacht habt?", fragte Ben und lächelte bösartig.

„Nicht direkt." Alex schüttelte den Kopf. „Ein Wagen von der Tierklinik stand neben dem von Catrin."

Ben schluckte. „Das kann doch nur eins heißen: Wolf ist noch mal zurückgefahren."

„Aber warum? Diese Catrin ist doch längst wieder bei ihrem Alten." Alex schenkte sich und Nils Kaffee ein, dann schwiegen sie nachdenklich.

„Leute!"

Ben hatte gar nicht mitbekommen, wie seine Frau die Küche wieder verlassen hatte. Nun stand Laura fassungslos in der Tür.

„Was ist?" Ben sah sie fragend an.

„Ihr werdet es nicht glauben, aber Catrins Mann hat gelogen, sie ist noch nicht zurück." Kopfschüttelnd ging sie zum Tisch und schenkte sich ebenfalls eine Tasse Kaffee ein.

„Wie, die ist noch nicht zurück?" Alex zog die Stirn in Falten. „Der Klinik hat er aber doch gesagt..."

„Er hat gelogen."

Ben seufzte. „Woher weißt du das, Laura? Von Jo? Von Vanessa? Oder läuft es bereits im Frühstücksfernsehen?"

„Ich hab gerade ihren Mann angerufen."

„Du hast was?", fragten Ben, Nils und Alex gleichzeitig.

„Naja, soll ich jetzt den ganzen Tag hinterm Fenster stehen und warten, ob sie vorbeikommt, um ihren Wagen abzuholen? Ich hab mir also ihre Nummer rausgesucht, dann hab ich angerufen. Die stehen tatsächlich im Telefonbuch, die Stechlers."

„Und weiter?"

„Eine Frau ging dran."

„Und?" Nils hielt seine Tasse an die Lippen, trank aber nicht. Alex verrührte konzentriert einen Löffel Zucker nach dem anderen in seiner Tasse.

„Ich habe ihr gesagt, ich sei Buchhändlerin und wolle sie für eine Lesung engagieren."

„Morgens um sieben?" Ben kratzte sich am Kopf. Was war denn heute bloß los? Wieso waren denn alle außer ihm schon so fit? Hatte er gestern die Kiste Bier alleine leergemacht? Oder hatte es irgendeine Zeitverschiebung gegeben, die er verschlafen hatte?

„Die Frau am Telefon stotterte herum und sagte, sie wisse nicht, was sie zu der Lesung sagen solle", fuhr Laura fort und ihre Augen blitzten schelmisch. „Ich habe sie gefragt, ob sie vielleicht aus *Das Sakrileg* lesen wolle, das wäre ihr bestes Buch und doch so romantisch."

Nils prustete den Schluck Kaffee, den er im Mund hatte,

zurück in seine Tasse.

Ben nickte amüsiert. „*Das Sakrileg*? Ehrlich?"

„Warte, das geht noch weiter", strahlte Laura. „Die Frau am Telefon, von der alle glauben, es sei Catrin, sagte, ja, das wäre wirklich ihr bestes Buch. Ich fragte sie, ob sie die Stelle vorlesen könnte, in der die Nonne aus dem Flugzeug fällt."

Ben warf den Kopf zurück und lachte laut auf. Das war seine Laura! Immer für eine Überraschung gut!

„Die Nonnen-Szene? Ja, das war auch meine Lieblingsstelle", nickte Alex und grinste breit.

„Sie meinte, das könnte sie. Dann fragte ich, ob es ihr unangenehm wäre, die Szene vorzulesen, die in der Lesbenbar spielt, ganz am Ende des Buches."

„Zu der Lesung komme ich auch!" Nils schlug begeistert mit der flachen Hand auf den Küchentisch.

„Und dann sagte ich, dass wir tausend Euro für eine Lesung zahlen, aber nur, wenn sie mit Mann und Hund käme. Ob das in Ordnung wäre? Da hielt sie den Hörer weg und rief ganz hektisch *Felix, kommst du mal?* Da hab ich aufgelegt." Laura sah triumphierend in die Runde. „Und? Was wollt ihr jetzt machen?"

Ben sprang ohne ein Wort auf und ging in den Flur. Er wühlte in seiner Jacke nach dem Handy, dann wählte er eilig Wolfs Nummer.

Er hörte Laura und die anderen in der Küche lachen.

Wenn sein kleiner Bruder das Ding jetzt wieder nicht eingeschaltet hatte, dann würde er ihn kennenlernen.

Kapitel 40

Dass Jan ihn so lange schlafen ließ, wunderte Moritz. War die Nacht für Diva und ihre Jungen wirklich so problemlos gewesen? Gähnend sah er auf seine Uhr und erschrak. Sieben? Himmel, die Sprechstundenhilfen kamen um halb acht, die ersten Patienten würden um acht auf der Matte stehen.

Er eilte in das kleine Privatbad, das zu seinem Zimmer gehörte. Als er eine Viertelstunde später die Verbindungstür zur Praxis öffnete, begrüßte ihn der Duft von frischem Kaffee aus der kleinen Küche.

„Guten Morgen", grüßte Julia freundlich und legte eine Decke in den Schrank. Die Tür zum OP 1 stand offen.

„Wo ist Rock?"

„Heute Nacht noch in den Wald zurück, Catrin suchen."

„Aber ich dachte …"

„Sieht so aus, als stimmte da was nicht. River hatte so ein Gefühl."

„Wo ist Jan?"

Julia legte einen Finger an die Lippen und öffnete leise die Tür zum Aufwachraum. Diva und ihre Babys lagen zwischen River und Jan und schienen ebenso wie die beiden zu schlafen. Leise schloss sie die Tür wieder.

„Wieso trägt die Hündin keinen Trichter?", fragte Moritz alarmiert.

Julia zuckte die Schultern. „Rock sagt, sie hätte ihm versprochen, sich nicht zu lecken."

„Na, wenn Rock das sagt", seufzte Moritz. „War die Nacht ruhig?"

„Ich glaube schon. Mich haben sie schlafen lassen." Julia ging in die Küche. „Komm, trink einen Kaffee. Brötchen haben wir leider nicht. Aber ich kann dir noch einen Nudelsnack anbieten."

Moritz grinste. Die Kleine war in Ordnung.

„Hier, ich soll dir das geben, von River", sagte Julia. „Du musst unbedingt bei Catrins Mann anrufen und verhindern, dass er heute früh kommt. Rock sagt, der kriegt den Hund nicht."

Moritz dachte gar nicht daran, Fragen zu stellen. Wenn Rock das so entschieden hatte, dann wusste er ganz sicher auch, wieso. Das hatten ihn die vielen Jahre an der Seite seines kompromisslosen Freundes gelehrt.

Er griff nach dem Hörer und wählte die Nummer. Vorher stellte er auf Lautsprecher.

Eine Frau antwortete. „Ja, bitte?"

„Frau Stechler?", fragte er, sah Julia an und verdrehte die Augen.

Seine Gesprächspartnerin zögerte merklich, dann sagte sie vorsichtig: „Ja?"

„Guten Tag, Tierklinik hier. Ich muss Sie und Ihren Mann leider informieren, dass Ihre Hündin und die Welpen heute noch nicht transportiert werden können."

„Was? Wieso nicht? Wir wollten sie doch gleich holen!"

„Ich weiß, deshalb rufe ich ja an. Sie sind absolut noch nicht transportfähig."

„Wir müssen aber sowieso in die Gegend, ich muss meinen Bruder ..., ich meine, wir müssen noch jemanden besuchen."

„Es tut mir leid. Sie können natürlich gerne vorbeikommen, meinetwegen täglich, bis es den Hunden besser geht, aber mitnehmen können Sie sie heute nicht." Moritz bemühte sich um einen ernsten Tonfall.

„Jeden Tag? Nein, das geht nicht." Sie schien zu überlegen. „Ich muss sie haben, ich soll sie mitbringen, zu einer Lesung.

Sowas wird nämlich gut bezahlt, wenn Autoren mit Hund kommen, wissen Sie?"

Moritz runzelte die Stirn. War das vielleicht doch die echte Catrin? Wer sonst erzählte ungefragt was von Lesungen? Seltsam. Aber Rock hatte gesagt, die Hunde dürften nicht rausgegeben werden, also würde er nicht nachgeben. „Tut mir leid, ich kann das nicht verantworten."

Er hörte, wie sich ein Mann im Hintergrund aufregte. Die Frau hielt die Hand vor die Sprechmuschel, er konnte nur undeutlich verstehen, worum es ging. Der Mann fragte aber unüberhörbar laut: „Das *Sakrileg*?!"

Es gab ein wenig Gerangel am anderen Ende der Leitung, dann meldete sich eine männliche Stimme, die ziemlich ungeduldig klang. „Stechler hier. Mit wem spreche ich?"

„Tierklinik, guten Morgen, Herr Stechler. Wir wollten Sie nur informieren, dass Diva und die Welpen heute nicht abgeholt werden können."

„Wir holen sie aber, gegen Mittag."

„Nein, das werden Sie nicht. Es gab Komplikationen."

„Ihnen ist schon klar, *Herr Tierklinik*", fragte Stechler bissig, „dass ein Hund rechtlich als Sache gilt und Sie eine Unterschlagung begehen, wenn Sie uns unser Eigentum vorenthalten?"

Jetzt reichte es. „Das ist mir bekannt, Herr Stechler. Aber ist Ihnen auch bekannt, dass ich als Tierarzt Anzeige gegen Sie erstatten werde, wenn Sie versuchen, die Hündin oder ihre Jungen gegen meinen ausdrücklichen Rat aus dieser Klinik zu entfernen? Ich gehe davon aus, dass Ihnen die Worte Hausfriedensbruch und Tierschutzgesetz etwas sagen? Von den Rechten, die Letzteres uns Tierärzten in Fällen wie diesen einräumt, ganz zu schweigen."

„Schmieren Sie sich Ihr Tierschutzgesetz irgendwo hin, Sie

Idiot!", fluchte Stechler. „Wir kommen heute Mittag und wir gehen nicht ohne den Hund. Die Welpen können Sie meinetwegen in die Tonne kloppen, die interessieren uns nicht."

Moritz starrte den Hörer in seiner Hand an, das Freizeichen hallte im Empfangsraum wider.

„Stimmt das?", fragte Julia zaghaft. „Kannst du verhindern, dass sie sie mitnehmen?"

„Nein, das kann ich nicht. Sieh zu, dass du Rock an die Strippe bekommst."

Kapitel 41

Förster müsste man sein, dachte Catrin und konnte sich vor Überraschung nicht von der Stelle rühren. Meine Güte, war das gemütlich hier drin!

Fassungslos stellte sie ihren Rucksack ab und ging in dem Wohnraum hin und her, ließ ihre Finger über die edlen Materialien gleiten, die dem in sanften Orange- und Gelbtönen gehaltenen Raum sein besonderes Flair gaben. Die winzige Edelstahlküche war absolut zweckmäßig, farbenfrohe Kissen lagen auf dem breiten Sofa, die Wände waren mit Schränken verkleidet und mit Bücherregalen, die vor Taschenbüchern überquollen. Eine aus rötlichem Holz gebaute Treppe führte zu einer Empore. Daneben gab es eine Tür.

„Bitte, lieber Gott, lass ein Klo dahinter sein", murmelte Catrin und öffnete sie. Sie knipste das Licht an und seufzte glücklich. „Danke!"

Als sie wieder herauskam, sah sie sich noch einmal um. Was lag denn da neben dem Sessel? Wer ließ denn einen Putzlappen in so einer aufgeräumten Wohnung herumliegen?

Als sie sich bückte und plötzlich ein blutiges Shirt in der Hand hielt, schrie sie auf und ließ es abrupt fallen. Dann riss sie sich zusammen und hob es wieder auf. Meine Güte, was hatte das zu bedeuten? Wessen Blut war das?

Sie warf es dorthin zurück, wo sie es gefunden hatte, dann schnappte sie sich ihren Rucksack und verließ das Haus. Draußen schaute sie sich vorsichtig um, dann zog sie die Tür hinter sich zu. Nichts wie weg.

Sie wollte gerade verschwinden, da kam ihr eine Idee. Sie ging zu dem Wagen, der vor dem Haus stand, und versuchte, die Fahrertür zu öffnen. Nicht abgeschlossen. Gut.

Sich umschauend stieg sie ein und suchte nach dem Schlüssel. Er steckte nicht.

„Sollte er etwa …?", murmelte sie und klappte die Sonnenblende herunter. „Bingo!"

Sie fing den Schlüssel auf und startete den Landrover. „Ich lass ihn garantiert irgendwo stehen, wo er zu dir zurückfindet, armer blutender Förster", sagte sie, „nur jetzt brauche ich ihn wirklich dringend selbst."

Dann setzte sie zurück, wendete und fuhr los.

Kapitel 42

Als er schon sicher war, ihre Spur verloren zu haben, fand er die nächste Keksverpackung. Wenn er diese Catrin je in die Finger bekam, würde er ein ernstes Wort mit ihr reden. Müll im Wald verteilen? War sie verrückt?

Erst hatte er geglaubt, sie würde Zeichen hinterlassen, damit sie irgendjemand fand, aber die Tütchen waren so wahllos und willkürlich fallengelassen worden, dass er bald berechtigte Zweifel an seiner Theorie bekam.

Wütend stapfte er inzwischen querfeldein. Als er die zerbrochene Stufe an einem der Hochsitze entdeckte, verflog sein Zorn. Suchte sie wieder Zuflucht? Hatte sie sich doch verletzt? Er kletterte hoch, aber soweit war sie offenbar gar nicht gekommen, die kleine Hütte war nicht betreten worden, das breite Spinnennetz vor der Tür war unbeschädigt.

Schnell kletterte er wieder herunter, dann trabte er weiter. Plötzlich glaubte er zu wissen, was sie vorhatte. Sie wollte raus aus dem Wald, um jeden Preis. Hatte sie die Suche aufgegeben? War sie einem Nervenzusammenbruch nahe?

Er entschied sich für den direkten Weg zu seiner Hütte. Wenn Catrin nun doch noch auf sie gestoßen war, vielleicht wartete sie dort auf Hilfe?

Er joggte los und schaffte die Strecke, für die sie sicher gut zwanzig Minuten benötigt hatte, im Bruchteil der Zeit.

Als er um die Kurve kam, fluchte er. „Scheiße!" Sein Wagen war weg.

Er stürmte in die Hütte, versuchte zu erkennen, ob und wie lange sie sich hier aufgehalten hatte. Wieso war die Tür eigentlich auf? Hatte er vergessen abzuschließen? Hatte Ben sie extra nicht verschlossen, für den Fall, dass Catrin den Weg hierher fand?

Er stand noch im Wohnzimmer und sah sich um, da klingelte sein Handy. Ben.

„Das war auch dein Glück", begrüßte ihn sein Bruder. „Catrin ist nicht bei ihrem Mann! Sie muss noch im Wald sein."

„Da war sie auch, aber jetzt ist sie weg. Mit meinem Landrover!"

„Mist! Wie viel Sprit war noch drin?"

Wolf musste grinsen, als es ihm einfiel. „Ich schätze, zwei bis drei Tropfen. Ich fahre seit vorgestern schon auf Reserve."

„Ach, mal wieder? Das heißt, wir fahren zur Tankstelle und sammeln sie ein? Hol mich ab!"

„Womit denn?"

„Mist!"

„Du holst mich ab", bestimmte Wolf.

„Geht nicht. Ich komm mit dem Wagen nicht aus der Einfahrt."

„Hat es dich also auch erwischt? Welcher Baum ist es denn?"

„Gar keiner. Catrins Wagen steht in der Einfahrt. Nils und Alex haben ihn abschleppen lassen und hier abgestellt."

Wolf seufzte. „Himmel noch mal! Drehen denn eigentlich alle am Rad? Dann ruf Alex an, *sie* sollen mich abholen. Ich warte oben an der Straße."

„Alles klar. Melde dich, okay?"

„Was heißt *melde dich*? Wenn ich Catrin finde, dann kommen wir zu euch. Sie muss ja schließlich ihren Wagen holen."

„Was ist mit dem Fahrzeug der Klinik? Das steht noch am Waldrand."

Wolf ließ den Kopf auf die Brust sinken. Den hatte er ganz vergessen. „Das klären wir später!", sagte er genervt. „Ruf Alex an. Sag ihm, ich hab es eilig."

Sein Bruder lachte. „Sehnsucht nach der Kleinen?"

Wolf zögerte. „Mag sein. Ich will wissen, ob es ihr gut geht. Und wir müssen vor ihrem Mann wieder bei Moritz in der Klinik sein. Verhindern, dass Diva mitgenommen wird. Wie spät ist es eigentlich? Meine Uhr spinnt."

„Kurz nach sieben."

„Ehrlich? Dann geht sie doch richtig."

„Bis gleich. Bring Brötchen mit."

„Mach ich. Bis gleich." Wolf legte auf, da klingelte es wieder. Moritz. Hoffentlich war nichts mit Diva oder den Welpen.

„Ja?"

„Wow, du klingst ja so, als wärst du in genau der richtigen Stimmung. Guten Morgen, Rock!"

„Hallo, Moritz. Was gibts?"

„Catrins Mann hat gerade den starken Macker raushängen lassen, Er kommt heute Mittag und bringt sicher auch die Frau mit, die sich als seine ausgibt. Hast du Catrin inzwischen gefunden?"

„Fast. Ich hole sie gleich ab. Es scheint ihr gut zu gehen. Sie hat meinen Wagen geklaut."

„Heirate sie."

„Mal schauen."

„Was machen wir mit ihrem Mann?"

Wolf hatte das Handy zwischen Schulter und Kinn geklemmt und verschränkte seine Finger, dann ließ er die Knöchel knacken. „Soll er mal kommen."

Moritz lachte. „Ein bisschen wie früher, Rock, oder?"

„Hoffentlich nicht."

„Egal. Ich freu mich trotzdem drauf." Dann wurde Moritz ernst. „Soll ich die Klinik heute lieber schließen?"

„Musst du wissen. Ich kann dir nur sagen, dass ich nicht diskutieren werde. Ein falsches Wort und ich matsch ihn ein."

„Wie viele Kaffee hast du schon getrunken?"

Wolf lachte. „Noch keinen."

Er hörte, wie sein Freund den Hörer absichtlich so hielt, dass er genau verstehen konnte, was er nun sagte. „Meine Damen, Sie haben heute frei. Bereiten Sie alles vor, legen Sie alle Termine, die es betrifft, um. Und informieren Sie die Kollegen. Dies ist keine Übung, sondern ein Notfall." Im Hintergrund ertönte Lachen. Dann hielt Moritz das Telefon wieder vor den Mund. „Bist du noch dran, Rock?"

Wolf lachte. „Ja."

„Ich geh jetzt Jan und River wecken, dann schauen wir mal, ob Diva pinkelt, wenn wir sie raustragen. Es scheint ihr gutzugehen. Und den Welpen auch."

„Noch ein Grund mehr, warum sie nicht mehr zu dem Typ darf. Und Catrin auch nicht."

„Du meinst das ernst, oder?"

„Bis später, Moritz."

„Bis nachher, mein Freund."

Kapitel 43

Es war weg! Einfach weg! Ihr Auto war verschwunden! Jetzt stand da nur noch so ein weißer Kastenwagen. Und die Tankanzeige des Förster-Fahrzeugs blinkte wie verrückt, vermutlich fuhr sie auf dem letzten Tropfen Sprit.

Catrin hatte am Straßenrand vor der Kreuzung angehalten und überlegte. Die paar hundert Meter bis zur Tankstelle dort drüben würde der leergefahrene Tank des Landrovers sicher noch schaffen. Sie würde tanken und dem Förster Sprit spendieren. Als kleine Wiedergutmachung. Vor allem aber freute sie sich auf einen Kaffee.

Sie schaltete in den ersten Gang und fuhr los. Der Wagen ruckelte, aber er fuhr. Die Straße ging ein wenig bergab. Wenn sie kein Gas gab, dann würde sie es vielleicht schaffen. Wo war denn hier die verdammte Warnblinkleuchte? Ah, da. Sie presste sie, dann kuppelte sie aus, betete, dass die Ampel nicht auf Rot umsprang, und ließ den Wagen rollen.

Buchstäblich auf dem allerletzten Tropfen schaffte es der Landrover auf das Gelände, dann wars vorbei. Hoppelnd kam er neben der Lufttankstelle zum Stehen.

Aus, keine Chance, aber es hätte schlimmer kommen können, dachte Catrin erleichtert.

Sie stieg aus, griff nach ihrem Rucksack und verschloss das fremde Fahrzeug sorgfältig. Sie wusste ja nicht, ob nicht irgendwelche Wertsachen drin lagen, und sie würde auch so, ohne dass das Auto von flinken Fingern ausgeräumt wurde, genug Ärger mit dem Förster bekommen.

Es herrschte nur mäßiger Betrieb an der Tankstelle und im Verkaufsraum war es so kühl, dass sie eine Gänsehaut bekam.

„Ich brauche gleich einen Kanister Sprit, aber ich würde gerne erst frühstücken und einen Kaffee trinken", erklärte sie der Angestellten und wies auf den Landrover.

„Das ist Ihr Fahrzeug?", fragte die Frau an der Kasse mit einem seltsam prüfenden Blick.

Vermutlich kannte hier jeder jeden und wusste auch, wer welches Fahrzeug fuhr, also versuchte es Catrin mit einer Halbwahrheit. „Nein, der Wagen gehört einem Freund, aber der hatte offensichtlich keine Zeit mehr zu tanken."

„So kennen wir ihn", sagte die Kassiererin, dann lächelte sie. „Sie sehen wirklich so aus, als könnten Sie einen Kaffee vertragen. Kommen Sie."

„Kann ich vorher vielleicht Ihre Toilette benutzen?"

„Na klar." Die freundliche Angestellte drückte ihr einen Schlüssel in die Hand, der an einem unförmigen Holzkegel baumelte. „Ist direkt hinterm Haus. Und sauber." Sie lächelte wieder.

„Danke", sagte Catrin und schulterte ihren Rucksack. „Bin gleich zurück."

Kapitel 44

Als der Streifenwagen vorfuhr, machte Wolf einen Schritt zur Seite.

Nils kurbelte das Seitenfenster herunter. „Sie sind verhaftet wegen Erregung öffentlichen Ärgernisses. Steigen Sie bitte ein."

„Du kannst mich mal", grinste Wolf und ließ sich auf die Rückbank sinken.

„Rasierer kaputt?", fragte Alex süffisant und warf ihm durch den Rückspiegel einen Blick zu.

„Nicht nur der. Ich auch", knurrte Wolf.

„Ich bin gespannt, ob Catrin so hübsch ist wie auf ihrem Foto", sagte Nils, während Alex immer wieder dicken Ästen, die noch auf der Fahrbahn lagen, auswich.

„Nun, du wirst deine Neugierde noch ein wenig zügeln müssen", sagte Wolf. „Ich möchte sie erst alleine sprechen, unter vier Augen."

„Ich dachte, wir sollen euch zu Ben bringen", fragte Alex irritiert.

„Nein, ihr sollt mich nur an der Tankstelle absetzen. Wenn sie meinen Wagen nicht auf den paar Metern zu Schrott gefahren hat, dann müsste er dort stehen. Aber", Wolf beugte sich vor, „ihr könnt mir später helfen."

„Lass hören!" Nils sah sich zu ihm um.

„Es könnte sein, dass es heute noch Ärger an der Tierklinik gibt."

Alex stöhnte. „Jetzt kündigst du uns deine Prügeleien schon an?"

Nils knuffte seinen Kollegen in die Seite. „Hey, Mann, so kenn ich dich gar nicht! Was ist denn mit dir los?"

„Bleibt mal locker", sagte Wolf ruhig. „Wenn ihr mitkommt, dann wird es wahrscheinlich gar keinen Ärger geben."

„Dein Wort in Gottes Ohr", murmelte Alex und bog auf die Tankstelle ein. Langsam fuhr er an Wolfs Wagen vorbei, der unbeschädigt aussah.

„Lass mich drüben raus, ich geh rein und rede mit ihr."

„Ist gut", murmelte Alex.

Wolf sah sich um. An den Zapfsäulen standen zwei Autos, jemand verschwand gerade in die Toilette, im Verkaufsraum sah eine Frau nachdenklich aus dem Fenster.

„Ist sie das?", fragte Nils und verrenkte sich bald den Hals, als Alex langsam weiterfuhr.

„Ich bin mir nicht sicher", murmelte Wolf. „Kann schon sein. Halt an."

Die Frau sah erschrocken zu ihnen herüber, dann wandte sie sich etwas zu schnell ab für seinen Geschmack. Die Haarfarbe stimmte, ein dunkles Braun. Er spürte, wie sich sein Puls beschleunigte.

„Ich würde mir gerne einen Kaffee holen", nörgelte Alex.

„Nicht jetzt. Kommt schon, Leute, gebt mir eine Chance, okay?"

„Ist ja schon gut", sagte Nils. „Jetzt steig endlich aus. Wir sind schließlich kein Taxiunternehmen."

Wolf gehorchte grinsend. „Bis gleich", sagte er und warf die Tür zu.

Langsam rollte der Streifenwagen weiter, dann setzte Alex den Blinker und bog auf die Landstraße ab.

Wolf spürte, wie seine Anspannung wuchs. Es war erst zwei Tage her, dass er Catrin kennengelernt hatte. In seiner Erinnerung war sie die hübscheste Frau, der er je begegnet war. Mit den schönsten Augen, in die er je blicken durfte. Er spähte in den Verkaufsraum, als er langsam auf die Tür zuging. Die Fremde ließ sich gerade einen Kaffee geben und setzte sich im hinteren Bereich des Raumes auf einen der Hocker an den Stehtischen der kleinen Cafeteria.

Das könnte sie sein, dachte Wolf. Wer auch sonst? Außer ihr schlenderten nur ein paar Männer hin und her. Er trat ein wenig zur Seite, als jemand durch die Tür kam, dann ging er hinein.

„Hallo, Wolf!", begrüßte ihn die Mitarbeiterin.

„Hallo, Sara. Na, alles klar?"

„Bei mir ja", sagte sie mit einem süffisanten Unterton. „Bei dir ja offensichtlich auch." Sie wies mit dem Kopf auf seinen Landrover, dann sagte sie: „Nette Freundin, die du da hast."

Er konnte ja jetzt wohl kaum fragen, wo sie war. Immerhin saß sie vermutlich nur wenige Meter von ihm entfernt und tat so, als würde sie das Gespräch nichts angehen. Eigenartig, dass sie sich nicht umsah.

„Ich weiß", sagte er also so locker wie möglich, dann ging er Richtung Kaffeeecke. „Machst du mir auch einen? Schwarz?", fragte er.

„Wie immer? Gerne. Kommt sofort."

Kapitel 45

„Wie hieß der Typ noch mal, Jürgen?", fragte Gaby.

„Hab ich doch gesagt. *Rock Wood*." Wenn sie jetzt wieder anfing, sich darüber lustig zu machen, so wie gestern, dann würde er ausflippen. Jürgen versuchte, sich nicht aufzuregen. Es war viel zu früh, um sich aufzuregen. Der Tag war noch jung und er war saumüde.

„*Rock Wood*", sagte Herbert, als würde er sich den Namen

einer besonders schmackhaften Biersorte auf der Zunge zergehen lassen. „Ich leg mir auch einen Spitznamen zu."

Ulrike schlug ihrem Mann auf die Schulter. „Jetzt sei doch mal ernst! Vielleicht ist das gar kein Spitzname."

„Ich bin ernst", sagte Herbert und trank einen Schluck Kaffee. „Kein Mensch nennt sein Kind *Rock* und niemand hier in der Gegend heißt *Wood*. Nicht einmal *Holz* heißt hier jemand, jedenfalls nicht, soweit ich wüsste. Das ist unter Garantie ein Spitzname und ein ziemlich cooler, wenn ihr mich fragt. Ich will auch einen."

„Du hast schon einen", sagte Ulrike und grinste frech. „Nicht wahr, *Helmchen*?"

Die Frauen lachten und selbst Jürgen konnte sich kaum ein Grinsen verkneifen.

„Norbert ist mit dem Hund zurück. Seht mal, was er mitgebracht hat", sagte Claudia, als sie auf die Terrasse trat und frische Brötchen in ein Körbchen schüttete.

„Mein Gott, wie weit ist der denn gelaufen?", fragte Ulrike überrascht.

„Bist du immer noch sauer, Claudia?", fragte Gaby.

„Warum sollte ich sauer sein?", erwiderte Claudia, als wäre nichts, aber Jürgen kannte diesen Unterton von seiner Gaby.

„Wenn die Leine nicht gerissen wäre, hätte Nobbi die Hündin nie gefunden", sagte er und seufzte. Wie oft sollte er das eigentlich noch betonen?

„Das mag schon sein." Claudia setzte sich und griff nach ihrer Tasse. „Aber allein der Gedanke, was hätte passieren können …" Sie schüttelte sich.

In dem Moment kam Norbert zu ihnen heraus. Er sah genauso beschissen aus, wie Jürgen sich fühlte. Sie hatten gestern einfach zu lange den glücklichen Ausgang der Hundesuche gefeiert.

„Wo ist das Aspirin?", fragte Norbert und sah Claudia an, die nur eine Hand hob, ohne seinen Blick zu erwidern.

„In der Küche, da, wo sie immer sind."

Jürgen hörte das Scheppern eines Hundenapfes auf Fliesen. „Na, dem Star des Abends scheint es ja ausgezeichnet zu gehen", sagte er zufrieden.

„Sieht man mal von den vier kaputten Pfoten ab", erwiderte Claudia säuerlich.

„Man muss auch Opfer bringen", kommentierte Jürgen und warf Gaby einen verzweifelten Blick zu. Sie erwiderte ihn mit warnend hochgezogenen Augenbrauen. Na super, die Frauen hatten sich wieder zusammengerottet.

„Die Pfoten heilen wieder, Claudia", mischte sich Ulrike mit ihrer pragmatischen Art ein. „Jetzt lass doch mal gut sein!"

„Eben!", pflichtete Jürgen ihr sofort bei. „Du tust ja gerade so, als hätten wir gestern was Schreckliches getan. Mensch, wir haben Catrins Köter gefunden, darüber solltest du dich freuen!"

Claudia seufzte und stellte ihre Tasse ab. „Du hast ja recht", sagte sie. „Aber alleine der Gedanke, dass Nobbi sich hätte verlaufen können, und dass er jetzt vielleicht noch da draußen herumirren könnte …" Sie schüttelte sich wieder. „Ich kann einfach nicht damit umgehen."

„Nobbi!", rief Jürgen und der Rüde kam schwanzwedelnd zu ihm. „Sag deinem Frauchen mal, sie soll sich nicht so anstellen. Das war gestern eine astreine Männeraktion – so was sollten wir viel öfter machen, oder?" Er tätschelte dem wedelnden Hund den Kopf.

Norbert kam wieder heraus und setzte sich, dabei schwenkte er ein kleines Papiertütchen. „Jürgen? Auch ein Aspirin?"

„Nee, lass mal", winkte Jürgen ab. „Echte Kerle ertränken ihren Kater in Fruchtzwergen."

„Das wüsste ich aber!", schob Gaby seinen medizinischen Plänen direkt einen Riegel vor. „Hast du mal auf die Uhr gesehen? Wir fahren gleich noch einkaufen. Bleib mal schön nüchtern und schwitz den Kater aus."

„Sag mal, Jürgen", unterbrach Norbert das Geplänkel, nachdem er sich einen Kaffee eingeschenkt hatte. „Kam dir Rock nicht auch irgendwie bekannt vor? Ich könnte schwören, ich kenne ihn."

„Hm." Jürgen dachte nach. „Ich weiß nicht. Ein bisschen schon. Vielleicht haben wir mal auf einem Schützenfest mit ihm angestoßen?"

„Keine Ahnung", sagte Norbert. „Rock Wood. Komischer Name."

„Nicht für einen Waldschrat", sagte Jürgen und grinste.

„Meinst du, der kommt wirklich mal vorbei?", fragte Gaby neugierig.

„Ich hätte nichts dagegen", sagte Jürgen nachdenklich. Es war schon eigenartig, dieser Typ hatte ihn wirklich beeindruckt. Der fackelte nicht lange, das war ihm ziemlich sympathisch, wenn er ehrlich sein sollte. „Der kann gerne kommen, oder, Norbert?"

Sein Freund nickte. „Absolut. Der war wirklich in Ordnung."

Kapitel 46

Die Polizei! Meine Güte, das war ja schnell gegangen.

Nervös betätigte Catrin die Spülung, dann verließ sie die kleine Kabine und ging zum Handwaschbecken. Sie hielt ihre Hände unter den kalten harten Strahl, dann spritzte sie sich etwas Wasser ins Gesicht. Als sie es mit einem Papiertaschentuch trocknete, warf sie einen Blick in den Spiegel.

Sie sah verheerend aus. Ihre Schminke war verlaufen. Kein

Wunder, bei dem Regen heute Nacht, und wenn sie bedachte, wie viel sie geheult hatte. Schnell kramte sie in ihrem Rucksack nach dem kleinen Täschchen mit ihrer Notkosmetik.

Wenn sie eins gelernt hatte in ihrem Leben: Ohne dieses Beutelchen verließ Frau besser nicht das Haus. Zur Not konnte man immer noch sagen, man nähme es wegen der Pflaster mit oder wegen des kleinen Döschens mit Nähzeug. In Wirklichkeit aber enthielt es alles, was sie benötigte, um nach einer Katastrophe wie der vergangenen Nacht die schlimmsten Spuren zu beseitigen. Wenn sie wirklich gleich der Polizei wegen des Wagendiebstahls Rede und Antwort stehen musste, dann wollte sie zumindest nicht aussehen wie eine besoffene Pennerin.

Sie entfernte mit einem Wattebausch die Reste des alten Make-ups, dann zog sie den Lidstrich neu und tuschte die Wimpern. Das musste reichen. Gegen die Kratzer auf ihren Wangen, die sie sich zugezogen hatte, als sie durch die Brombeerhecke kroch, konnte sie nichts machen. Aber gegen den Dreck unter den Fingernägeln. Wirklich, als hätte sie sich in der Nacht in ein Erdloch eingegraben.

Geschickt benutzte sie die winzige Feile, dann nickte sie zufrieden. Jetzt noch ein paar Tropfen Parfüm unter die Achseln sprühen, ein paar Tropfen hinter die Ohren. Mit einer winzigen Bürste bearbeitete sie ihre Haare, bis auch die letzten Knoten verschwunden waren. Ging doch. Trotzdem würde sie demjenigen, der ihr als Erster eine Dusche anbot, um den Hals fallen.

Quatsch!, rief sie sich selbst zur Räson. Erst mal musste sie Hilfe anfordern, damit die Suche nach Diva weiterging. Alleine konnte sie nichts mehr ausrichten, sie benötigte dringend Unterstützung.

Catrin warf einen letzten Blick in den Spiegel und atmete tief ein und aus. Die Beamten würden sie nicht gleich in eine Zelle werfen, wenn sie ihnen erklärte, was geschehen war.

Vorsichtig öffnete sie die Tür und spähte hinaus. Der Wagen des Försters stand immer noch da, wo er stehen geblieben war. Von dem Streifenwagen keine Spur. Langsam trat sie aus dem Toiletten-Raum und sah sich um. Nichts.

Hm, eigenartig, dachte sie irritiert.

Nachdenklich schloss sie ab und ging sie um das Gebäude auf den Verkaufsraum zu. Auch hier keine Spur von Polizisten. War sie inzwischen vielleicht ein wenig paranoid? Egal, sie würde denen nicht ewig ausweichen können. Im Gegenteil. Wenn sie herausfinden wollte, wohin ihr Auto abgeschleppt worden war, würde sie schon bald mit ihnen sprechen müssen. Und wenn sie Hilfe bei ihrer Suche einfordern wollte, dann sowieso.

Augen zu und durch!, machte sie sich selbst Mut und betrat den Verkaufsraum.

„Ihr Kaffee kommt sofort", sagte die freundliche Angestellte und lächelte sie an. „Gut sehen Sie aus!"

„Danke", sagte Catrin leise und schlenderte zum Zeitungsstand. Sie griff nach einer aktuellen Tageszeitung, deren Schlagzeile sich dem Sturm der letzten Nacht widmete. Klo, Zeitung, Kaffee – sie hatte das Gefühl, endlich wieder in der Zivilisation angekommen zu sein. Jetzt vielleicht noch ein richtiges Frühstück, dann ging es ihr wieder gut.

In Gedanken versunken schlenderte sie zurück zur Kasse, legte passendes Kleingeld für die Zeitung hin und wandte sich der Frühstücksecke zu. Ein Pärchen stand an einem der Tische, das hieß: Sie saß, der Mann starrte den Rücken der Frau an.

Dann legte er den Kopf ein wenig schief und fragte: „Catrin?"

„Ja?", entfuhr es ihr, ehe sie nachdenken konnte.

Als sich der Mann wie in Zeitlupe zu ihr umdrehte, fiel ihr vor Schreck beinahe die Zeitung aus der Hand. Sie taumelte unwillkürlich einen Schritt zurück, aber da war er bereits bei ihr und griff nach ihrem Arm.

Ohne, dass sie es verhindern konnte, schossen ihr die Tränen in die Augen und liefen über. Scheiße. Das Schminken hätte sie sich sparen können.

„Endlich", sagte er nur, dann zog er sie in seine Arme und ließ sie weinen.

Kapitel 47

„Jetzt setz dich hin, verdammt noch mal! Du machst mich verrückt, ehrlich!"

„Wo bleiben sie denn? Es ist gleich zehn!"

„Gönn ihnen doch ein bisschen Zeit. Und bitte, Laura, hör auf rumzulaufen!"

„Wenn ich gewusst hätte, dass das so lange dauert, hätte ich Jo und Vanessa noch anrufen können."

„Das wirst du schön lassen. Das hier ist eine Familienangelegenheit, hast du mich verstanden?"

Laura sah ihn an, als würde sie an seinem Verstand zweifeln. „Familienangelegenheit? Seit wann ist Candrine Cook denn Familie?"

„Seitdem ich weiß, dass Wolf für sie eine Nacht lang durch die Hölle gegangen ist. Hast du sowas je zuvor bei ihm erlebt? Jemals?"

„Natürlich nicht", sagte Laura kleinlaut und tigerte weiter zwischen den beiden Küchenfenstern hin und her. „Niemand hat das. Es sei denn für irgendein Tier."

„Siehst du. Genau das meine ich. Mit Tieren ist Wolf der Coolste unter der Sonne, aber bei Frauen – glaube mir, das ist für ihn Neuland. Meistens geht er ihnen doch aus dem Weg, wenn sie ihn lassen. Aber für Catrin ..."

Ben ließ den Satz unvollendet und seufzte. Es war ja nicht so, als würde er nicht auch vor Neugier platzen. Nils hatte vor mehr als zwei Stunden angerufen und gesagt, sie hätten Wolf an der Tankstelle abgesetzt. Was machte sein Bruder dort bloß? Wie viele Tassen Kaffee konnten zwei Menschen, die eine ganze Nacht lang aneinander vorbeigerannt waren, denn trinken?

Mit einem Stöhnen ließ sich Laura endlich neben ihm auf den Stuhl sinken. Gerade, als er seine Hand auf ihre legen wollte, sprang sie wieder auf.

„Sie kommen!", rief sie. „Ben! Sie kommen!"

Er stand auf und trat neben sie ans Fenster.

„Ob er sie geküsst hat?", murmelte Laura sehnsüchtig und lehnte sich an ihn, während Wolf den Landrover vor der Einfahrt abstellte und um den Wagen herumging, um die Beifahrertür zu öffnen. Er sah, wie sein Bruder ihm einen schnellen Blick zuwarf und winkte. Wolf strahlte. Das war wahrhaftig etwas, was er nicht so oft zu Gesicht bekam.

„Ich wette, er hat sie geküsst", flüsterte Laura, da kamen Wolf und Catrin schon aufs Haus zu. Hand in Hand.

Laura sprang Ben jubelnd um den Hals. „Er hat sie geküsst! Ach, Ben, ich freu mich so für die beiden!"

„Und ich freu mich für dich", sagte Ben zynisch, dann zog er Laura energisch vom Fenster weg. Das fehlte noch, dass Catrin sich vor seiner Frau erschrak.

Laura wollte zur Tür eilen, aber Ben hielt sie zurück. „Du bleibst hier. Er hat einen Schlüssel, schon vergessen? Das hier ist zur Hälfte auch sein Haus."

Die Haustür fiel leise ins Schloss und plötzlich standen Wolf und Catrin vor ihnen.

Ben konnte gerade noch verhindern, dass ihm ein Pfiff entwich. Wow! Etwas verschmierter Maskara um die Augen, aber ... wow!

Seine Sorge, Laura könnte sich nicht mehr beherrschen, sobald Candrine Cook ihre Küche betrat, erwies sich als völlig unbegründet. Sie schien komplett die Sprache verloren zu haben.

„Catrin!" Ben ging auf sie zu und hielt ihr die Hand hin, dann überlegte er es sich anders und umarmte sie einfach. „Ich bin so froh, dass es Ihnen gut geht."

„Oh, bitte, nicht siezen!", sagte sie verlegen und erwiderte seine Umarmung. „Einfach nur Catrin."

„Das hier ist Laura, meine Frau. Keine Sorge, die spricht gleich wieder."

Laura stieß ihm gut gelaunt ihren Ellenbogen in die Seite, dann schien sie sich endlich von ihrem Schock erholt zu haben. „Meine Güte, bin ich froh, dich zu sehen!", sagte sie und riss Catrin an ihre Brust, kaum dass Ben sie losgelassen hatte.

„Und was ist mit mir?" Wolf sah fragend in die Runde. „Soll ich wieder gehen?"

„Bloß nicht", sagte Catrin wie aus der Pistole geschossen. Sie löste sich von Laura und ließ ihre Hand in Wolfs gleiten, als wäre es das Natürlichste der Welt.

„Wo sind die Brötchen?", fragte Ben, um die Aufmerksamkeit seiner Frau von den ineinander verhakten Fingern der beiden zu lösen.

„Im Wagen", sagte Wolf. „Wir haben aber schon gefrühstückt."

„Wir noch nicht", reagierte Laura genau richtig und hielt die Hand auf. „Autoschlüssel?"

Dann verschwand sie und war wenige Augenblicke später

wieder da. Sie warf Ben einen kritischen Blick zu. Was konnte er dafür, wenn sich die beiden nicht setzen wollten?

„Setzt euch", sagte Laura und übernahm die Regie.

„Gleich", sagte Wolf bestimmt. „Ich will Catrin erst mal nach oben in meine Wohnung bringen. Sie möchte duschen."

Ben sah, wie Catrin dankbar Wolfs Hand drückte. Dann ließ sie ihn los und kramte in dem Rucksack, der immer noch lässig über ihrer rechten Schulter baumelte.

„Ich bin so froh, dass mein Wagen mit meinen Koffern hier bei euch gelandet ist. Ich muss unbedingt aus diesen Sachen raus. Sie riechen …", Catrin kräuselte die Nase, „… nach einer langen Nacht im Wald." Sie hielt den Schlüssel zu ihrem Wagen hoch.

Nun war es Ben, der die Hand aufhielt. „Gib her, ich bringe die Koffer rauf, geht ihr schon mal nach oben."

„Danke", seufzte Catrin, reichte ihm den Schlüsselbund und ließ sich von Wolf zur Treppe ziehen.

„Hilfst du mir?", wandte sich Ben an Laura, die wieder erstarrt war. Mit einem geradezu sehnsüchtigen Blick starrte sie Wolf und Catrin nach.

„Laura?" Ben schnippte vor ihren Augen mit den Fingern.

„Was?" Als wäre sie aus einer Trance erwacht, sah sie ihn erschrocken an.

„Komm mit raus, wir wühlen in Candrine Cooks Sachen."

„Blödmann!", erwiderte Laura und gab ihm einen Kuss auf seinen grinsenden Mund.

Kapitel 48

Sie hatte ja mit vielem gerechnet, nicht aber damit, wie schön Wolfs Appartement sein würde. Nahezu alle Schrägen der geräumigen Dachgeschosswohnung waren ausgebaut worden. Große Fenster ließen sie hell und freundlich wirken, die Atmosphäre ähnelte der in der Hütte.

Wolf hatte ihr erzählt, dass Ben Architekt sei und seine Frau eine wunderbare Innenarchitektin. Die beiden hatten diese Wohnung nach Wolfs Vorstellungen umgebaut und Catrin spürte deutlich die Handschrift einer Frau, als sie das Gästezimmer betrat, das Wolf ihr überlassen wollte. Das angrenzende kleine Bad mit Dusche entlockte ihr einen entzückten Aufschrei. Schnell stieg sie aus ihren Sachen und ließ sie achtlos zu Boden gleiten, dann drehte sie die Dusche auf und stieg unter den heißen Wasserstrahl.

O Gott, wie gut das tat! Mit wohligen Bewegungen verteilte sie das duftende Schampon in ihrem Haar, dann seifte sie sich mit dem bereitgestellten Duschgel ein und ließ anschließend die Seife von ihrem Körper spülen. Nein, sie würde diese Dusche nicht mehr verlassen, nicht freiwillig, dachte sie, während der Schaum an ihrem Körper herunterlief.

Als ihre Hände ihre Brüste berührten, sprangen ihre Gedanken zu Wolf. Wenn das jetzt seine Hände wären ..., würde sie sich ihnen hingeben?

Und wie!, dachte sie. Die Art, wie er sie an der Tankstelle gehalten hatte, wie er ihr tränenüberströmtes Gesicht mit dem Finger angehoben und sie geküsst hatte. Wie er sie festhielt, als wolle er sie nie wieder loslassen.

Sie öffnete die Augen.

Wolf hatte gesagt, er würde auch mal eben unter die Dusche springen. Ob sie ...?

Kurzentschlossen stellte sie das Wasser ab und griff nach einem der großen grünen Badetücher.

Die Schritte ihrer nackten Füße waren auf dem Parkett kaum zu hören, als sie sein Zimmer betrat und kurz darauf vorsichtig die nur angelehnte Tür seines Bades öffnete.

Er bemerkte im Spiegel, vor dem er sich gerade rasierte, die Bewegung in seinem Rücken, und seine Augen wurden groß, als er sie erblickte. Langsam drehte er sich zu ihr um. Er war nackt und für einen Augenblick blieb ihr die Luft weg, als sie seinen kräftigen Körper mit den ausgeprägten Bauch- und Armmuskeln auf sich wirken ließ. Ihre Lippen öffneten sich leicht, als ihr ein leises Stöhnen entwich. Sie trat auf ihn zu und ließ ihr Badetuch dabei einfach zu Boden fallen.

Langsam streckte sie die Hände aus und streichelte seine behaarte Brust. Er beugte sich zu ihr herunter und küsste sie, dann packte er sie mit beiden Armen, hob sie hoch und trug sie hinüber zu seinem Bett. Sanft legte er sie darauf ab und küsste sie mit einer Leidenschaft, die sie eigentlich nur den Helden ihrer Romane zugetraut hätte. Sie schloss die Augen. So fühlte sich also an, worüber sie Buch für Buch so selbstverständlich schrieb?

Während er sie weiter küsste und sie seine Küsse erwiderte, schob er seinen Körper über ihren. Sie flüsterte: „Willkommen in meinem Leben."

Eine Antwort gab er ihr nicht, aber er liebte sie, wie sie noch nie in ihrem Leben geliebt worden war.

Kapitel 49

„Was machen die bloß so lange da oben?" Laura saß am Küchentisch und blätterte genervt in einer Zeitschrift. Die Art, wie sie einfach eine Seite nach der anderen umschlug, ohne sie überhaupt wahrzunehmen, ließ keinen Zweifel daran, dass sie mit ihrer Geduld am Ende war.

„Na, was wohl?"

„Ich bitte dich, Ben! Eine Stunde?"

Liegt halt in der Familie, hätte er am liebsten geantwortet, aber er wusste, dass er sich damit auf sehr dünnes Eis begab. „Vielleicht sind sie eingeschlafen", murmelte er und verdrehte innerlich die Augen. Wenn Wolf oben *schlief*, dann verdiente er eine Tracht Prügel. Mit so einer Frau in der Wohnung schlief man nicht einfach ein.

„Unsinn", fauchte Laura, aber als er sie ansah, erkannte er, dass sie einfach nur traurig war, nicht mehr von Catrin zu haben – zum Beispiel das Privileg, alles aus erster Hand zu erfahren, was letzte Nacht im Wald und heute Morgen an der Tankstelle vorgefallen war.

„Wenn das mit den beiden da oben gut ausgeht, dann wirst du noch Zeit genug haben, dich mit deiner Candrine Cook anzufreunden. Dann wird das womöglich deine Schwägerin, schon mal darüber nachgedacht?"

„Sie könnte mir das Schreiben beibringen", sagte Laura und sah nachdenklich auf ihre Finger. „Hände wie diese können bestimmt schreiben."

Ben seufzte. „Ich habe schon davon gehört, dass jemand sagt *Mit den Händen musst du Hebamme werden* oder *Mit den Fingern kannst du bestimmt gut Klavier spielen*. Aber schreiben?"

„Glaubst du, ich könnte das nicht?" Sie sah ihn an und hob

streitlustig die Augenbrauen.

Wenn er jetzt einen Fehler machte, dann war der Tag gelaufen. „Natürlich könntest du das", sagte er beschwichtigend. „Bei dir ist das einfach nur eine Frage der fehlenden Zeit, glaube ich."

„Genau", sagte Laura versöhnlich. „Vielleicht sollte ich beruflich etwas kürzer treten."

„Das vergiss mal gleich wieder. Den Rest der Woche haben wir noch frei, dann müssen wir wieder an die Schreibtische. Die Rechnungen bezahlen sich nicht von selbst."

Laura blätterte wieder durch das Magazin, dieses Mal von hinten nach vorne. „Glaubst du, ihr gefällt die Wohnung?"

„Ganz sicher sogar", sagte Ben und musste sich ein Grinsen verkneifen.

„Ich werde sie fragen, ob sie nicht hier einziehen will."

Ben legte seine eigene Zeitung zur Seite. „Sag mal, spinnst du? Wenn überhaupt, dann fragt Wolf sie, hast du verstanden? Aber gut zu wissen, dass du nichts dagegen hättest, wenn er sie schon gefragt haben sollte."

„Meinst du, er hat sie gefragt?"

Er stöhnte auf. „Ich weiß es nicht. Laura. Du kennst doch Wolf."

„So, wie er sich gerade aufführt, kenne ich ihn nicht. Und du auch nicht. Redet von der Wohnung oben so, als wäre es seine."

„Es ist seine."

„Du weißt genau, was ich meine. Natürlich gehört sie ihm, auf dem Papier. Seit Jahren, aber er wollte sie nie. Bezahlt seinen Anteil an der Putzfrau und das wars."

„Das könnte sich nun ändern."

„Was macht er wohl mit der Hütte, wenn sie hier einziehen?"

„Ferienhaus vielleicht?", versuchte Ben, die Fassung zu bewahren.

„Ja, gute Idee. Wenn sie mal Kinder haben, wäre das doch ein schöner Ort für …"

„Laura, hör auf!" Jetzt reichte es ihm. Seine Frau vergaß völlig, dass die beiden sich erst seit drei Tagen kannten. Davon hatten sie sich die Hälfte der Zeit nicht gesehen. Und Laura dichtete ihnen bereits Familienplanung an. Ehrlich!

„Ich will auch ein Kind, Ben. Komm, lass uns nach nebenan gehen, die brauchen bestimmt noch ein Weilchen."

War sie jetzt völlig durchgeknallt? Erschrocken starrte Ben seine Gattin an. „Das fällt dir gerade jetzt ein? Jetzt?!"

„Du willst nicht mit mir ins Bett?" Sie sah ihn aufmerksam an. Der Unterton in ihrer Stimme war lauernd.

„Was ist das denn für eine Frage? Wer hat denn nachts immer was Besseres zu tun mit seinen Herzschmerz-Büchern?"

„Wir Frauen haben halt unsere Momente", sagte sie leise und sah wieder auf ihre Finger. „Jetzt wäre so ein Moment."

Ben warf unauffällig einen Blick auf die Uhr. Gleich elf. Vielleicht …?

Er schob den Stuhl zurück und stand auf.

„Was ist?", fragte Laura erschrocken.

„Na, was wohl? Wir gehen jetzt deinen Moment ausnutzen."

„Ehrlich?"

Er nahm ihre Hand und zog sie hoch. Dann lächelte er auf sie hinunter. „Ehrlich. Ich kann nur nicht garantieren, dass es eine Stunde wird."

Laura nahm ihre Armbanduhr ab und legte sie demonstrativ auf den Küchentisch. „Eine Stunde oder zwei", grinste sie, „was spielt das schon für eine Rolle?"

„Genau!", stimmte Ben ihr zu und zog seine kichernde Frau hinter sich her.

Kapitel 50

„Verflucht noch mal, wo bleibt ihr alle? Der Mann von Catrin hat angerufen, sie sind auf dem Weg und in zwei Stunden hier. Wird das heute noch mal was mit euch?"

„Hallo, Moritz, schön, deine Stimme zu hören."

„Lass den Quatsch, Rock. Macht euch auf den Weg, ihr werdet nicht so gut durchkommen wie sonst. Es ist inzwischen einiges gesperrt, wegen der Aufräumarbeiten."

„Wir kommen. Behalt die Nerven."

„Mach dir mal um meine Nerven keine Sorgen. Sorg einfach dafür, dass ich gleich nicht alleine mit dem Idioten hier stehe." Ohne sich zu verabschieden, legte Moritz auf.

Wolf strich Catrin über den nackten Rücken und weckte sie liebevoll.

„Wir müssen los, dein Mann ist unterwegs", sagte er leise und sie schlug erschrocken die Augen auf.

„Ach herrje." Er wäre am liebsten sofort wieder über sie hergefallen, so sehr erregte ihn der Anblick ihres nackten Körpers. Stattdessen atmete er tief durch, dann ging er zur Wohnungstür, öffnete sie und rief durch den Hausflur: „Ben? Laura? Wir fahren zur Klinik, Catrins Mann ist unterwegs. Kommt ihr mit?"

Es dauerte einen Augenblick, dann hörte er, wie unten eine Tür geöffnet wurde. Die Schlafzimmertür? Er musste grinsen.

„Zwei Minuten, dann sind wir soweit", rief Ben und klang ein wenig außer Atem. Wolfs Grinsen wurde breiter.

„Alles klar", rief er zurück, dann schloss er die Tür zu seiner Wohnung wieder.

Catrin war schon halb angezogen, als er zu ihr zurückkam. Er lächelte sie an, dann griff er nach seinem Handy und wählte die Nummer von Nils.

„Es geht los, wir fahren hier in fünf Minuten ab."

„Wir haben jetzt leider einen Einsatz. Sollen wir nachkommen?"

„Wenn ihr es schafft", sagte Wolf. „Ich wollte euch nur informieren."

* * *

Zuerst fuhren sie gemeinsam mit dem Landrover zum Wald, dann stiegen Wolf und Catrin in den Klinikwagen um. Ben würde ihnen mit Laura im Landrover folgen.

Einer der Männer von der Freiwilligen Feuerwehr, der sich um die Bäume kümmerte, maulte: „Wird auch Zeit!" Aber dann erkannte er Wolf und winkte. „Sorry, hab nicht gewusst, dass das deiner ist!"

„Kein Problem!"

„Dich kennt hier wohl jeder?", fragte Catrin, als sie losfuhren.

„Ist halt ein Dorf."

„Tja, man kann es hassen, aber sicher auch lieben", sagte sie und wirkte nachdenklich.

„Wo bist du aufgewachsen?", fragte er neugierig und sah in den Rückspiegel, ob Ben und Laura mithielten.

„In der Großstadt. Meine Eltern haben aber inzwischen ein Haus am Niederrhein, da ist es fast so familiär wie hier im Sauerland. Nur ist alles deutlich flacher."

Wolf konzentrierte sich auf den Verkehr. Dann nahm er allen Mut zusammen. „Bleib bei mir", sagte er und warf ihr einen raschen Blick zu. „Zieh bei mir ein. Mit Diva und ihren Jungen."

Catrin lächelte ihn warm an, dann schloss sie die Augen und schüttelte den Kopf.

„Heißt das *Nein*?", fragte er erschrocken.

„Das heißt, ich habe Angst, dass ich gleich in deinem Baumhaus aufwache und alles nur ein Traum war."

„Dies ist kein Traum", sagte er, „und das nächste Mal, wenn du im Baumhaus liegst, dann liege ich neben dir."

Sie lachte. „Ich bin noch nicht einmal geschieden."

„Ich kenne einen guten Anwalt", schmunzelte er.

„Das geht doch nicht. Du kannst doch nicht meine Scheidung übernehmen."

Wolf schürzte die Lippen und überlegte. Sie hatte recht.

„Reich mir mal das Handy rüber", sagte er.

„Wen willst du denn anrufen?", fragte Catrin neugierig.

„Jemanden, der biestig genug ist, deinen zukünftigen Exmann in kleine Stückchen zu zerlegen."

* * *

Zuzuhören, während Wolf mit seiner Exfrau sprach, war aufschlussreich. Wolf sagte Karolin gleich zu Beginn, dass sie neben ihm saß und er das Handy auf Lautsprecher gestellt hätte. Geschickt packte er Karolin gleich bei ihrer Ehre als Anwältin.

„Möchten Sie, dass wir ihn schlachten, oder möchten Sie nachher noch mit ihm befreundet sein?", fragte Karolin.

Catrin wusste nicht, was sie darauf antworten sollte, und ehe sie etwas erwidern konnte, sagte Wolf: „Er hat Catrin betrogen – wer weiß, wie lange schon."

Karolin stutzte. „Catrin? Und wie weiter?"

Wolf nickte ihr aufmunternd zu, aber sie ahnte, worauf das hinauslief.

„Catrin Stechler. Wir hatten bereits das Vergnügen."

„Ich wusste doch, dass mir der Name bekannt vorkam! Sie sind die Journalistin! Die, die Wolf was anflicken will!"

„Was?", fragte Wolf und sah überrascht zu ihr herüber.

Catrin schüttelte schnell den Kopf. „Ich bin Autorin, ich will ihm nichts anflicken, ich habe ihn nur gesucht. Meine Hündin war entlaufen, da ging es um Leben und Tod."

Karolin seufzte. „Aha. Um Leben und Tod. Wegen eines Hundes. Verstehe. Wolf? Stell mal leise."

Er grinste, dann drückte er eine Taste und steckte sich den Kopfhörer der Freisprechanlage ins Ohr. Catrin konnte das Gespräch nur noch zur Hälfte verfolgen.

„Was ist?", fragte Wolf und lächelte.

Gott, war dieser Mann gutaussehend. Catrin konnte nur schwer den Drang unterdrücken, ihn zu berühren.

„Ja, sind wir", sagte er plötzlich. „Nein, ist sie nicht. Dass das Tier überhaupt erst in einen Unfall verwickelt wurde, ist seine Schuld. Er hat die Hündin während der Abwesenheit *deiner Mandantin*", er betonte die letzten beiden Worte, „einfach an einen Wildfremden gegeben, der auf der Rückfahrt bei einem Unfall starb."

Catrin drehte den Kopf weg und sah aus dem Fenster. Die arme Diva. Was hatte sie nur gedacht, so einfach abgeschoben zu werden? Schon dafür wollte sie Felix bluten lassen.

Karolin schien einen ähnlichen Gedanken zu haben, denn Wolf lachte plötzlich laut auf. „Genau, ohne ihre Einwilligung. Es ist ihr Hund, nicht seiner."

Schnell flüsterte er ihr zu: „Stimmt doch, oder?"

Sie nickte.

Wolf hörte einen Moment kommentarlos zu, dann sagte er: „Ich gebe dich mal weiter an Catrin." Er reichte ihr den Ohrstecker.

„Frau Ränger?"

„Nenn mich Karolin."

„Karolin."

„Pass auf. Was ich dir jetzt sage, bleibt unter uns. Antworte nur noch mit *Ja* oder *Nein*. Wolf ist nämlich ziemlich hellhörig, wenn es um ihn geht."

„Ja."

„Als du mich anriefst, hattet ihr da bereits was miteinander?"

„Nein."

„Gut, das macht es einfacher, dann wirds für dich wenigstens nicht so schmutzig. Dein Mann war da aber bereits untreu?"

„Ja."

„Habt ihr Kinder?"

„Nein."

„Kannst du mir jetzt schon sagen, ob du Wolf liebst?"

„Ja." Catrin wunderte sich, wie leicht ihr die Antwort über die Lippen kam. Wie war das möglich, so etwas Einschneidendes bereits nach so kurzer Zeit behaupten zu können?

„Liebt er dich auch?"

„Ja", sagte Wolf laut und deutlich.

Catrin warf ihm einen erschrockenen Blick zu, aber er starrte auf die Straße, als wäre nichts geschehen.

„Siehst du, was ich meine? Der Typ ist mit allen Wassern gewaschen."

„Ja." Catrin musste grinsen.

„Nun zieh den Ohrstecker raus, ich muss euch beide sprechen." Karolin schwieg und schien zu warten.

„Was willst du uns beiden sagen?", fragte Wolf.

„Erst eine letzte Frage an Catrin, aber die darfst du gerne mithören: Catrin, kennst du *Rock Wood* schon?"

Catrin erstarrte. *Rock Wood*! Natürlich! Nicht *Rock Hudson*! Aber was sollte diese Frage? Was hatte dieser unmögliche Großschwätzer mit ihr und Wolf zu tun?

„Keine Antwort ist auch eine Antwort", säuselte Karolin durch die Freisprechanlage. „Dachte ich es mir. Wolf, wenn du dich gleich in *Rock* verwandelst, dann vergiss eins nicht: Dich hole ich aus der Scheiße raus, wenn es sein muss. *Rock* aber nicht. Deine Freundin werde ich von diesem Felix befreien, hach, darauf freue ich mich sogar. Ich würde euch beiden nur wünschen, dass eure Trauung nicht im Knast stattfindet. Habe ich mich deutlich genug ausgedrückt?"

Catrin hatte das Gefühl, als sei jede Farbe aus ihrem Gesicht gewichen. Das war nicht möglich. Es musste sich hier um einen Irrtum handeln oder um einen ausgesprochen geschmacklosen Scherz.

„Du hast dich klar genug ausgedrückt, Karolin. Rock out." Damit unterbrach Wolf die Verbindung.

Catrin schwieg, war unfähig, einen klaren Gedanken zu fassen.

Wolf warf ihr einen raschen Blick zu, aber das nahm sie nur aus dem Augenwinkel wahr. Wie unter Schock starrte sie weiter geradeaus.

Schließlich fuhr er rechts heran und winkte Ben, der immer noch hinter ihm herfuhr, vorbei. Dann nahm er das Handy und klickte darauf herum.

Warum hielten sie an? Sie wollte zu Diva. Über alles andere konnte und wollte sie jetzt nicht nachdenken.

„Du bist doch bei Facebook?", fragte Wolf unvermittelt.

Sie nickte, vermied es aber, ihn anzusehen.

„Ich auch." Er hielt ihr das Handy hin. „Du solltest dir das ansehen."

Wütend schlug sie seine Hand zur Seite. „Warum? Um die Seite von *Rock Wood* zu bewundern, dem Tausende von Frauen willenlos zu Füßen liegen?" Endlich brachte sie die Kraft auf, ihn anzuschauen.

Sie hatte damit gerechnet, dass er grinsen würde, dass sie so etwas wie Stolz in seinem Blick finden würde, Stolz auf die Legende, die er geschaffen hatte.

Was sie sah, erschreckte sie dagegen zutiefst. Der Augenblick, in dem er die Bedeutung ihrer Worte zu begreifen schien, ließ allen Glanz aus seinem Blick verschwinden und machte einer Enttäuschung Platz, die so grenzenlos war, dass Catrin am liebsten aufgeheult hätte.

Wortlos schaltete Wolf in den ersten Gang und fädelte sich wieder in den Verkehr ein. „Nun, jetzt hast du wenigstens etwas, was du deinen Fans erzählen kannst."

„Was soll ich denen denn erzählen? Dass ich mit *Rock Wood* Sex hatte? O Gott, das ist mir so ... entsetzlich peinlich!"

Wolf zuckte mit keiner Wimper, während er sich eisern auf den Verkehr konzentrierte und immer mehr Gas gab. Vielleicht hatte er mit allem gerechnet, nicht aber mit dieser Antwort.

Er atmete schließlich tief ein, dann sprach er beherrscht und ruhig, aber es schien ihn große Anstrengung zu kosten, nicht zu brüllen, „Du hattest Sex mit Wolf Ränger, *Rock* ist nur eine Kunstfigur. Ich sage ja auch nicht, dass ich mit *Candrine Cook* im Bett war. Und wieso ist das peinlich? Verstehe ich nicht."

Sie zögerte, wollte ihm eine Hand auf den Arm legen, brachte es aber nicht über sich, ihn zu berühren. „Wolf! Warum hast du mir das nicht eher gesagt? Ich meine ... warum musste ich es so herausfinden?"

„Wann hätte ich es dir denn sagen sollen?", fragte er nur leise. „In Hamburg in der Lounge? *Guten Tag, rauchen Sie? Ach übrigens, mich halten im Internet alle für ein Arschloch!* So etwa?"

Sie hatten inzwischen die Klinik erreicht und Wolf parkte den Wagen mit quietschenden Bremsen neben dem von Ben. Von

Felix war noch nichts zu sehen.

Eine Frau, die Catrin nicht kannte, kam strahlend auf sie zu.

Wolf kurbelte die Scheibe herunter und rief: „River, gib uns noch ein paar Minuten, wir kommen gleich rein."

„Ist gut!", rief sie und ging zurück ins Haus.

Schweigend saßen sie und Wolf nebeneinander.

Catrin hätte heulen können vor Verzweiflung. Was war nur in sie gefahren, dass sie so reagiert hatte? Neben ihr saß ein wunderbarer Mann aus Fleisch und Blut, er hatte sie so zärtlich geliebt, dass ihr Körper immer noch von seinen Liebkosungen glühte. Und dann reichte ein Name, ein elendes Pseudonym, und sie verlor völlig die Fassung?

„Es tut mir so leid", flüsterte sie schuldbewusst und streckte die Hand nach ihm aus, aber er wich zurück.

„Es gibt mehr Menschen, die mich nicht verstehen, als solche, die mich verstehen. Ich hatte so gehofft, du wärst anders."

Ohne sie anzusehen, öffnete er die Tür und stieg aus. Dann ging er auf die Klinik zu und warf nicht einen Blick zurück.

Kapitel 51

„Das ist sie also, die berühmte Catrin, nach der Rock die ganze Nacht gesucht hat! Schön, dass es dir gut geht!" Moritz ging auf sie zu und hielt ihr die Hand hin.

Sie ergriff sie zaghaft und erwiderte seinen festen Händedruck. „Wolf hat mir erzählt, wie sehr du dich für Diva eingesetzt hast. Ich weiß gar nicht, wie ich dir danken soll!"

Moritz sah zu Rock, aber der wandte den Blick ab und ging in die Küche, wo River gerade mit Ben, Laura und Julia saß und Kaffee trank.

Seine Mitarbeiter waren weg. Die Stimmung in der Klinik ähnelte nun der in einem Wildwest Sheriffbüro, wo sich die letzten Heldenhaften versammelten, weil jeden Moment Banditen in die verbarrikadierte Stadt einreiten konnten.

Moritz starrte Rock hinterher. Irgendwie hatte er erwartet, sein Freund würde in der Nähe von Catrin bleiben, aber es schien fast so, als hätten sich die beiden draußen im Auto gestritten. Passte. Wenn es um Frauen und Gefühle ging, wurde Rock immer ein wenig ... sperrig.

„Kommen Sie, gehen wir zu Diva und ihren Welpen", wandte sich Moritz seufzend an Catrin, aber die war bereits dem kaum zu überhörenden Winseln gefolgt, das in dem Moment einsetzte, als sie die ersten Worte gesprochen hatte.

Als Catrin die Tür zum Aufwachraum aufstieß, heulte Diva auf. Mit einer langen Leine hatte River sie an die Heizung gekettet. Die Welpen lagen schlafend in einer mit Tüchern ausgeschlagenen Kiste.

Catrin sank neben ihrer Hündin auf die Knie.

„Mein Gott, Diva!", wisperte sie, dann löste sie die Leine und zog das aufgewühlte Tier vorsichtig an sich.

„Wieso trägt sie keinen Trichter?", fragte sie.

„Anweisung von Rock", sagte Moritz. „Sie hat ihm versprochen, sich nicht zu lecken, und soweit wir das beurteilen können, hat sie das auch nicht getan."

Catrin wurde bleich, wenn das überhaupt möglich war. „Mein Gott, ich dachte, Diva könnte sich nur mit mir verständigen."

„Tja", sagte Moritz. „Rock ist immer für eine Überraschung gut."

Catrin stand auf und befestigte die Leine wieder an Divas Halsband. „Darf sie die paar Schritte nach draußen laufen?"

„Sie darf laufen, aber nur langsam", sagte Moritz. „River hat es mehrmals versucht, aber mit ihr wollte Diva nicht gehen."

Catrin nahm die Leine und nickte. „Verstehe." Sie wandte sich an ihre Hündin. „Komm, wir gehen raus."

Langsam, etwas wackelig und sehr vorsichtig folgte ihr die Hündin.

„Du musst mir sagen, wo ich sie nicht berühren darf, Moritz."

„Überall dort, wo du einen Verband siehst, wurde genäht. Die übrigen Wunden erkennst du so. Und wo sie Prellungen hat? Tja, so ziemlich überall." Moritz folgte Catrin, die mit kleinen Schritten vor ihrer Hündin herging. Er überholte sie und hielt die Türen auf.

Kaum war Diva an der frischen Luft, zog sie zum Rasen.

Es war nicht zu übersehen, dass sie Schmerzen hatte, als sie sich hockte und sich endlich erleichterte. Wie erwartet, hatte sie eine Menge Urin loszuwerden.

Aus dem Augenwinkel nahm Moritz wahr, wie sich die Gardine des Küchenfensters bewegte, und er war ziemlich sicher, dass er Rocks Kopf dahinter erkannte. Als er noch einmal hinschaute, hatte River die Gardine schlichtweg abgehangen, damit sie alle besser sehen konnten. Rock jedoch war verschwunden.

Im Gegensatz zum klimatisierten Innenraum der Klinik war es hier draußen heiß, aber nicht mehr so schwül wie gestern. Das Unwetter hatte wirklich für Abkühlung gesorgt.

„Wasser?", fragte Catrin leise und Moritz nickte.

Nach ein paar Augenblicken war er wieder da und stellte einen gefüllten Napf aufs Gras. Diva torkelte noch ein wenig, aber sie wollte sich entfernen, um ein ruhiges Örtchen zu suchen.

Catrin ging mit ihr und zog sich im Gehen das T-Shirt über den Kopf. Darunter trug sie ein hauteng anliegendes schwarzes Top mit dünnen Trägern, die die ihres schwarzen BHs nicht verdeckten. Ihre Haut war an den Armen dunkel, überhaupt war sie wohl der Typ für eine tolle Bräune.

Als sich Diva am anderen Ende des Rasens mühsam noch einmal hockte und einen Buckel machte, atmete er auf. Es würde ihr viel leichter fallen, sich zu entspannen, nun, da der Verdauungsdruck gewichen war. Sie war nicht der erste Patient, der alles einhielt, bis sein Besitzer sich der Sache annahm.

Wie selbstverständlich griff Catrin in ihre Hosentasche und hielt mit einem Mal etwas in der Hand, was ihre Hündin dankbar und mit überraschendem Appetit annahm. Ein gutes Zeichen. Vielleicht würde es Catrin gelingen, sie gleich ein wenig zu füttern. Und sie musste auch trinken. Dringend.

Kaum hatte er den Gedanken zu Ende gedacht, führte Catrin Diva zum Napf und sagte ruhig: „Wasser." Sofort begann die Hündin zu saufen.

„Wunderbar", murmelte Moritz. Nach dem, was er gerade gesehen hatte, fiel ihm kein Grund ein, warum Catrin das Tier später nicht mitnehmen sollte.

„Komm jetzt lieber wieder rein", sagte er. „Wenn dein Mann auftaucht und euch hier so sieht, dann wird es mir schwerfallen, ihm weiszumachen, sie sei nicht transportfähig."

„Verstehe."

„Außerdem sollte sie sich jetzt wieder hinlegen und sich um ihre Babys kümmern."

„Mein Gott, die Welpen!" Catrin wirkte erschrocken. In der Wiedersehensfreude hatte sie an die beiden Neugeborenen scheinbar überhaupt nicht gedacht.

„Jan und River werden gleich alles ein wenig so arrangieren, dass dein Mann glaubt, Diva läge im Sterben", versuchte Moritz, sie auf das vorzubereiten, was die anderen sich ausgedacht hatten. „Dir mag das albern vorkommen, aber glaube mir, dann geht die Begegnung sicher am ruhigsten vonstatten. Es wäre gut, wenn er dich gar nicht erst sieht. Oder wie schätzt du das ein?"

„Mir ist alles egal, Hauptsache er kriegt den Hund nicht."

Eigenartig, wieso klang Catrin plötzlich so desinteressiert an allem außer Diva? So, als würde sie sich am liebsten sofort ins Auto setzen und einfach abhauen? Hatte er Laura denn wirklich so falsch verstanden? Hatte sie nicht eben in der Küche, ehe Rock und Catrin eintrafen, etwas von der schönsten Liebesgeschichte aller Zeiten erzählt?

Langsam führte Catrin ihre Hündin ins Haus.

Moritz sah auf die Uhr. Gleich halb eins. Lange konnte es nicht mehr dauern, bis Felix Stechler hier auftauchte. Vorher musste er eine Gelegenheit finden, mit Catrin zu sprechen und herauszufinden, was auf der Fahrt hierher vorgefallen war. Das war er seinem Freund Rock einfach schuldig.

* * *

Diva ließ sich erstaunlich widerstandslos auf die Trage heben und legte sich sogar bereitwillig hin, solange nur der Kontakt zu Catrin nicht abriss und sie ihre Welpen bei sich hatte.

„Ich simuliere jetzt, dass wir sie an den Tropf gelegt haben", sagte Jan und befestigte eine nadellose Kanüle mit etwas Klebeband an der Rute der Hündin.

„Wirklich? Am Schwanz?", fragte River, die an der Tür stand, um zuzusehen.

„Wo denn sonst? Alles andere tut ihr weh. Glaubst du, es fällt ihm auf, Catrin?"

„Meinem Mann?" Sie lachte böse. „Der hat so eine Angst vor Nadeln, er wird nicht mal richtig hinsehen."

„Haben wir noch ein paar blutige Tücher?", fragte Jan.

„Jetzt macht aber mal einen Punkt!" Moritz zog eine Augenbraue hoch. Man konnte es auch übertreiben.

„Wann kommt Rock zurück?", fragte Jan.

„Wie, zurück?", fragte Moritz. „Wann ist er denn weg?"

„Na, gerade!" Jan wirkte verunsichert. „Ich musste diesen Typ anrufen und nach seiner Adresse fragen, dann hat er sich deine Maschine und den Helm geschnappt und weg war er."

„Welchen Typ?" Moritz verstand nicht, was Jan ihm sagen wollte.

„Na, der, der gestern mit euch im Wald war. Jürgen irgendwas."

Moritz nickte. Dann wandte er sich an River. „Du machst hier mit Catrin weiter, ich muss mal eben mit Jan unter vier Augen sprechen." Er nickte in Richtung Empfang und Jan folgte ihm wortlos.

„Gib mir die Adresse", sagte Moritz.

„Hier!" Jan schob ihm einen Zettel herüber.

„Danke! Jetzt schick mir Catrin bitte mal eben raus."

Es dauerte einen Moment, da stand sie vor ihm, sichtlich ungehalten, dass sie ihre Hündin alleinlassen musste, die zu winseln begonnen hatte, in dem Moment, als Catrin den OP verließ. Er musste es kurz machen, ehe sich Diva zu sehr aufregte.

„Du hast also Rocks Auto geklaut, habe ich gehört?", fragte er.

„Nein", sagte sie bissig. „Ich habe mir den Wagen von Wolf geliehen."

Aha, daher wehte der Wind.

„Wer ist denn gefahren? Du oder Candrine?"

„Was soll das? Ich natürlich."

„Soso."

Er sah, wie es in ihrem Gesicht arbeitete.

„Bei mir ist das etwas anderes", sagte sie schließlich. „Ich versteck mich nicht hinter meinem Pseudonym."

„Und wie viele deiner Fans nennen dich Catrin?", fragte Moritz.

„Keine. Immerhin kennt man mich als Autorin nur unter meinem Künstlernamen."

„Soso. Aber du lässt die Fans doch an deinem Leben teilhaben, oder nicht?"

„Nicht wirklich, da bin ich schon sehr vorsichtig."

„Verstehe. Eins noch, dann lass ich dich in Ruhe." Er lächelte sie an, aber sie erwiderte sein Lächeln nicht. „Wie man auf deiner Autorenseite lesen kann, warst du auf einer Tagung, als dein Mann Diva wegbrachte?"

„Ja, an der Nordsee", bestätigte sie vorsichtig.

„Was ist das für ein Verein?"

„Ein Autorenverband."

„Und du hast einen Vortrag gehalten?"

„Richtig."

Moritz nickte. „Ich hab mich informiert, wie du siehst. Und da bin ich auch über das Thema deines Vortrages gestolpert. Wie hieß der gleich?"

„*Nackenbeißer – Romantik zum Anbeißen*", sagte Catrin und warf ihm einen fragenden Blick zu.

„*Catrin Stechler – Nackenbeißer – Romantik zum Anbeißen*. Klingt gut."

„Candrine Cook hat den Vortrag gehalten", sagte Catrin und schien langsam zu merken, worauf er hinauswollte.

„Warum sie und nicht du?"

Sie zögerte. Dann sagte sie leise: „Weil Candrine die Spezialistin ist. Catrin ist ... ein Niemand in der Autorenwelt."

„Aha", sagte Moritz und nickte wieder. „Aber hier, für deinen

Hund, und für einige von uns, ist Catrin wichtiger als Candrine. Seltsam, oder? Was machen wir denn da?"

„Hast du eine Ahnung, was dieser *Rock Wood* für einen beschissenen Ruf hat?" Plötzlich schien Catrin richtiggehend verzweifelt. „Und wie viele Frauen hinter ihm herrennen? Bist du denn nicht bei Facebook?"

„Natürlich bin ich bei Facebook", sagte Moritz ruhig. „Und natürlich weiß ich, wie viele Frauen Rock anschmachten." Er sah sie ernst an. „Wollen wir mal schauen, wie viele Männer es unter deinen Fans gibt?" Er warf ihr einen fragenden Blick zu. „Ist sicher besser, dass wir uns vorbereiten, oder? Sie könnten doch alle plötzlich hier auftauchen, weil sie so scharf auf dich sind, nicht wahr? Warte, ich rufe mal eben Facebook auf." Er ging auf den Rechner zu.

„Ist schon gut, Moritz", sagte Catrin leise und ließ den Kopf auf die Brust sinken. „Ich habs kapiert."

Sie sah ihn an und ihr Blick fuhr ihm unter die Haut.

„Sag ihm, dass ich ein Idiot bin. Bitte ihn, zurückzukommen, kannst du das für mich tun?"

„Niemand kann jetzt noch etwas für ihn tun, Catrin", sagte Moritz ernst und er wusste, dass sie seine sehr reelle Sorge um seinen besten Freund spürte.

„Ich habe ihn so verletzt!" Sie schlug sich die Hand vor den Mund und wandte sich ab.

Moritz griff schweigend in seinen Kittel und holte sein Handy hervor. „Catrin?"

Sie drehte sich zu ihm um, Tränen liefen ihr übers Gesicht.

Moritz drückte auf den Auslöser seiner Kamera. „Danke!", sagte er, dann drehte er sich um und eilte aus der Praxis.

Wenn er Rock einholte, dann würde der nicht mit ihm sprechen, wie auch. Aber vielleicht bot sich eine Gelegenheit, dass er einen Blick auf das Foto warf, welches er gerade von Catrin geschossen hatte. Blind war Rock ja schließlich nicht.

* * *

Von den zwei Maschinen in der Garage der Klinik war nur noch eine da. Er sah auf die Adresse in seiner Hand. Die Strecke dorthin hatte genug Kurven für Rocks Wut.

Nun, wenn Catrins Mann in der Zwischenzeit auftauchte, ehe er und Rock zurück waren, dann würden sich Jan und River um ihn kümmern müssen.

Erst hatte er geglaubt, das Problem läge darin, dass Catrin keine Ahnung hatte, wer Rock sei, aber inzwischen wusste er es besser. Sie wusste wahrscheinlich zu viel über ihn und war wie so viele andere durch den Gerüchtecocktail vergiftet worden, der in gewissen Kreisen mit dem Namen seines besten Freundes serviert wurde.

Moritz fand, Catrin passte besser zu Rock als irgendeine Frau, der er bisher begegnet war. Wenn sie bei ihm bleiben sollte, und er fand, das wäre für beide sicher das Beste, dann musste sie aber erst begreifen, wer er wirklich war.

Blöd nur, dass Rock das gerade selbst nicht so genau zu wissen schien.

Kapitel 52

„Wo fahren denn plötzlich alle hin?", fragte Ben, als Moritz sich auf ein schweres Motorrad schwang, den Helm aufsetzte, die Maschine anwarf und davonbrauste. Skeptisch betrachtete er seine Hände, die in OP-Handschuhen steckten, ebenso wie die Hände seiner Frau

„Ich nehme an, Moritz sucht Rock", sagte Julia achselzuckend, als sei dies das Selbstverständlichste der Welt. Sie wühlte dabei ungerührt einige der blutigen Tücher aus dem Klinikmüll, die in der vergangenen Nacht bei der Behandlung von Diva angefallen waren. Ungeniert drückte sie Laura und ihm einige davon in die Hände. „Schaut mal, hier sind Klarsichtbeutel. Stopft die mal da rein, das sieht dramatischer aus."

Laura schüttelte angewidert den Kopf. „Das ist ja ekelhaft!"

„Schockmethode", sagte Julia gelassen.

„Was heißt das, *er ist Rock suchen*? Wo ist mein Bruder denn hin?", fragte Ben.

„Ach, Rock ist dein Bruder? Cool! Du bist sicher mächtig stolz auf ihn, oder?" Julia lächelte.

„Stolz? Naja." Ben war irritiert. Irgendwie schienen alle hier seinen kleinen Bruder ganz anders zu kennen als er. *Rock* war für sie nicht nur ein Name, dieser Name war ein Programm, er stand für ... ja, wofür eigentlich? Wenn seine Freunde ihn aussprachen, dann so, als würden sie in Großbuchstaben denken. *ROCK*. Für ihn und Laura hatte das immer nur nach Ärger geklungen.

Wolf war seit dem Studium und erst recht, seit er Karolin geheiratet hatte, nie oft zu Hause gewesen. Er kam zu den Familienfeiern, jedenfalls solange ihre Eltern noch lebten. Als sie kurz hintereinander starben, wurden seine Besuche selten. Sehr selten. Wenn er kam, dann verzog sich Wolf sofort in seine Hütte. Sah man mal davon ab, dass Laura ihn durchfütterte, wenn er da war, und seine Wäsche wusch, und dass er, Ben, ihn als Anwalt ins Dorf zurückholen wollte, war Wolf eben das, was sein Name zu suggerieren schien: ein einsamer Einzelgänger. Wie paradox, wo doch gerade Wölfe so fürsorgliche Rudeltiere waren.

Für das, was er in seiner Freizeit tat, schien Wolf sich hinter etwas verstecken zu müssen, was ihn schützte. Hinter Härte. Hinter einem Panzer. Oder einem Stein. Einem Stein aus Holz. *Rock Wood*. Was für eine absurde Namenswahl für jemanden, der so verletzlich war, fand Ben.

Mit Catrin und Wolf stimmte etwas nicht, seit die beiden hier angekommen waren, aber Ben wusste nicht, was los war.

„Weißt du, warum Wolf – äh, ich meine Rock, abgehauen ist?", fragte er Julia.

„Ach, die alte Wut, schätze ich", sagte sie völlig entspannt. „Das macht er immer so, wenn er etwas verarbeiten will, oder sich auf eine Auseinandersetzung vorbereitet. Dann schwingt er sich aufs Motorrad und rast los. Ich wundere mich eigentlich, dass er hier so gesittet mit dem Auto rumfährt. So kennt man ihn gar nicht."

„Wer ist *man*?", fragte Laura und verzog den Mund, als sie auf die drei prall mit blutigen Lappen gefüllten Beutel sah, die sie bereits gestopft hatte.

„Na, die halbe Tierschutzwelt. Wisst ihr wirklich nicht, was Rock macht, wenn er sich nicht hierher zurückzieht, um sich zu erholen?"

„Er ist Anwalt."

„Oh ja, und sicher einer der Besten", sagte Julia im Brustton der Überzeugung. „Wenn er sich bei euch niederlassen würde, als Anwalt für Tierrechte, dann würde das Dorf, in dem ihr wohnt, auf der Landkarte sichtbar werden, das könnt ihr mir glauben."

Ben horchte auf. Was für eine geniale Idee! Wieso war er nicht längst schon selbst darauf gekommen? Oder Wolf?

„Und warum macht er das nicht?", fragte Laura, die auch hellhörig geworden zu sein schien.

„Mensch! Gebt ihm doch mal ein bisschen Zeit, Leute! Der ist doch erst seit ein paar Tagen frei. Ich bin sicher, dass er sich sowas in der Art gerade überlegt. Hoffe ich zumindest", fügte Julia nachdenklich hinzu.

„Wie meinst du das?" Ben nahm ihr die nächsten Tücher ab, Laura hielt einen neuen Beutel auf.

„River meint, dein Bruder überlegt, *Rock* zu killen. Auszusteigen. Aufzuhören. Das wäre eine Katastrophe für uns alle." Sie schüttelte den Kopf, als würde sie alleine der Gedanke daran entsetzen.

„Und woher weiß sie das?"

Julia sah erst Laura und dann ihn erstaunt an. „Sie ist doch seine rechte Hand. Und Moritz die linke. Oder umgekehrt. Jedenfalls haben die beiden mit ihm mehr Einsätze durchgezogen als irgendjemand anderer. Sie kennen ihn besser als er sich selbst. Oder als ihr ihn kennt."

Sie nahm ihnen lächelnd die Beutel ab und ging damit zurück in die Klinik.

Kapitel 53

„Hallo? Ist hier niemand? Hallo?!" Die Stimme klang aggressiv und auf eine unangenehme Art näselnd, viel zu sehr von sich überzeugt, fand Ben. Das konnte nur Felix sein.

Julia stand auf, lächelte in die kleine Küchenrunde, griff nach einem weißen Kittel, der an einem Haken hing, und sagte: „Machen wir mal die Praxis auf, nicht wahr?" Dann straffte sie die zierlichen Schultern und ging hinaus.

„Und was machen wir?" Laura sah Ben und River irritiert an.

„Na, was wohl? Ebenfalls Kittel anziehen und wichtig rumlaufen. Nur nicht in den OP, wo Diva liegt, da lassen wir ihn erst mal nicht rein."

„Wo bleiben eigentlich Nils und Alex?", fragte Ben seine Frau leise, als auch River die Küche verlassen hatte. „Wollten die nicht kommen? Hatte Wolf nicht so etwas erwähnt?"

„Da fragst du mich? Ich weiß gar nichts mehr." Laura wirkte verloren. „Sag mal, üben die so ein Theater eigentlich, wie wir das jetzt Felix vorspielen? Das läuft ja alles wie abgesprochen. Ich komme mir total überflüssig vor."

Ben stand auf und griff nach zwei Kitteln. Er half Laura in einen davon. „Ach, Frau Kollegin", sagte er und hängte ihr ein Stethoskop um den Hals. „In der Not frisst der Teufel Fliegen, woll?" Mit einem Augenzwinkern forderte er sie auf, sich so wie er sauerländischer zu geben, als sie eigentlich waren. „Spielen wir einfach mit, bis Moritz wieder da ist."

Laura nickte. „Na gut. Vertreten wir unseren Kollegen, solange er verhindert ist, woll?"

Kapitel 54

„Mein Name ist Stechler, Felix Stechler. Meine ... ähm, meine Frau und ich sind hier, um unseren Hund abzuholen."

Julia wollte gerade zu einer Begrüßung ansetzen, da mischte sich Laura ein. „Herr Stechler? Frau Stechler? Schön, dass Sie da sind. Darf ich Sie noch für einen Moment ins Wartezimmer bitten? Wir sind gerade ein wenig beschäftigt. Hundepest, Sie verstehen?"

„Hundepest?" Die falsche Frau Stechler schlug eine Hand vor den Mund.

„Ich hoffe doch sehr, dass das nicht auf Menschen überspringt", sagte Felix.

„Keine Sorge", meinte Laura freundlich und reichte ihm ein Papiertaschentuch. „Für Ihre Stirn. Die tropft."

„Heute kam eine Meldung rein, dass in München jemand mit den Symptomen eingeliefert wurde, aber das ist ja weit weg, woll?" Julia strahlte Felix an.

„Lass uns gehen, sofort!", wisperte seine Begleiterin.

„Gehen?" Ben beschloss spontan, seiner Frau und Julia zu Hilfe zu kommen. Was die konnten, das konnte er schon lange. Vor allem in diesem Kittel! „Sie bestanden doch darauf, Ihren Hund mitzunehmen, da können Sie jetzt nicht einfach gehen. Nein, nein, das kommt gar nicht infrage. Im Gegenteil. Ehe Sie überhaupt daran denken, *irgendwohin* zu gehen, sollten Sie die Rechnung schon mal begleichen, woll?"

„Welche Rechnung?", fragte Felix entsetzt.

Ben riss einen Zettel von Julias leerem Block und murmelte etwas vor sich hin, dann sah er Stechler an und strahlte. „Eine Schnapszahl! Na, Sie haben aber ein Glück! Sie sollten heute noch Lotto spielen. 2.222 Euro! Wirklich, das ist witzig, woll?"

„Ticken Sie noch ganz richtig? Dafür kriege ich einen nagelneuen Jagdhund, beste Rasse." Felix wischte sich mit dem Tuch wieder über die Stirn, dann stutzte er. „Sie wollen mich verarschen, stimmts?" Er sah sie alle der Reihe nach an. „Ich will meinen Hund sehen, sofort!" Dann hielt er seine rechte Hand hoch und stierte Ben an. „Sehen Sie das hier? Das ist ein Handy. Und ich habe die Polizei auf Kurzwahl. In diesem Augenblick trennt Sie und Ihre Klinik nur ein Freizeichen von einer Anzeige wegen Diebstahl."

„Ach was?", sagte Ben und hielt seine rechte Faust hoch. „Sehen Sie das hier? Noch trennt Sie und Ihr neues künstliches

Gebiss nur der Arm meiner Assistentin, die mich Gott sei Dank zurückhält!"

Er warf Julia einen auffordernden Blick zu, sofort schnellte ihre Hand vorwärts und verkrallte sich in seinem Kittel. „Bitte nicht, Herr Doktor! Nicht schon wieder!", rief sie.

Laura ergriff das Wort. „Also gut, Herr Stechler, auf Ihre Verantwortung. Ich habe Sie gewarnt. Moment, ich will das schriftlich." Sie murmelte vor sich hin, während sie mit gut lesbarer Handschrift auf einen Praxisbogen schrieb: „Ich, Felix Stechler, und meine Frau, Catrin Stechler, versichern hiermit an Eides statt, dass wir auf eigenen Wunsch den OP betreten möchten, in dem unsere Hündin Diva liegt. Wir versichern, dass sie unser Eigentum ist." Sie sah auf. Dann zog sie zwei Linien und schrieb darunter „Felix Stechler" und „Catrin Stechler".

Sie sah Felix an. „Unterschreiben Sie und nehmen Sie Ihren Hund mit."

Felix und seine Begleiterin starrten auf das Blatt, dann nahm Felix den Stift, den Julia ihm reichte, und unterschrieb.

„Mach schon!", fauchte er die Frau an seiner Seite an. „Ich will hier raus."

„Bist du sicher?", fragte sie zaghaft.

„Nun mach schon!"

Zögerlich, als schriebe sie den Namen zum ersten Mal, unterzeichnete Felix' Geliebte mit Catrins Namen.

„Danke", sagte Julia und trug den Beweis für die Unterschriftsfälschung nach hinten in die Küche. Selbst wenn Felix hier gleich randalierte, er würde den Zettel nicht zurückbekommen.

Ben wusste zwar nicht, ob das, was sie hier gerade abzogen, irgendeinen Sinn machte, oder völlig nutzlos und ohne rechtliche Konsequenzen war, aber es machte Spaß.

„Jetzt will ich meinen Hund sehen. Sofort."

In dem Moment öffnete sich die Tür zum OP und River kam heraus. Ihr Kittel war mit frischem Blut besudelt.

„Wir brauchen hier Hilfe. Sofort! Divas Wunde ist aufgegangen. Sie verblutet uns gerade unter den Händen." Sie sah mit weit aufgerissenen Augen in die Runde und Ben wusste sofort, dass sie nicht scherzte. Als ihr Blick an Felix und Sabrina hängenblieb, sagte sie bissig: „Sie wollten doch Ihren Hund? Dann kommen Sie mit, wir brauchen jede Hand!"

„O Gott, wo bleiben denn nur Rock und Moritz, verdammt noch mal?", fauchte die sonst so friedliche Julia, dann eilte sie in den OP.

Kapitel 55

Weg, nur weg!

Raus aus der Klinik, fort von Catrin, deren Reaktion sein Denken lähmte.

Was auch immer sie in ihm sah, es war nicht das, was er war. Wie hatte er auch nur für einen Moment glauben können, sie wäre anders als die anderen?

Als er sich den Helm aufsetzte, spürte Wolf, wie sich ein bitterer Geschmack in seinem Mund ausbreitete. Der Helm sollte ihn schützen, aber er wollte nicht geschützt werden. Wer Schutz benötigte, war schwach, und er wollte dieses Gefühl von Schwäche nicht. Es ließ ihn zögern, ließ ihn nachdenken, viel zu viel nachdenken. Genau das war es aber, was *Rocks* Stärke ausmachte, dass er eben nicht zögerte, sondern Entscheidungen traf, und zwar in genau dem Moment, in dem sie getroffen werden mussten. Aus dem Stegreif. Spontan, authentisch, kompromisslos. Selten falsch.

Er ließ den Motor an und gab Gas.

Weg! Unbedingt weg von hier! Fort von der Frau, die ihm vor einer Stunde noch so unter die Haut gefahren war, dass er sein Leben für sie aufgegeben hätte. Und dann schreckte sie plötzlich vor ihm zurück. Es war ihr *peinlich*, wem sie sich mit ihrer Leidenschaft und ihrer Hingabe geöffnet hatte. *Peinlich*!

Er nahm die erste Ampel bei Dunkelgelb und beschleunigte. Das Vibrieren des starken Motors unter ihm ließ seine Zellen schwingen, brachte sie in Gleichklang mit der Kraft der Maschine, die er nun an ihre Grenzen peitschte.

Nur wenige Minuten später bog er auf die schier endlos wirkende, schnurgerade Landstraße ein, an deren Ende ihn die Kurven erwarteten. Der winzigste Fehler würde dort über Leben und Tod entscheiden. Das Tal, auf das er nun zuraste, machte es dem Schicksal eines Fahrers leicht, sich zu erfüllen.

Er beschleunigte.

Warum konnte Catrin ihn nicht einfach nehmen, wie er war? Wieso ließ ausgerechnet sie, die selbst ein Doppelleben führte, sich so irritieren? Mehr, als er sich ihr geöffnet hatte, ging nicht. Wie konnte sie sich nur von einem Namen so abschrecken lassen, dass sie es bereute, sich ihm hingegeben zu haben? Was musste er denn noch tun, um als derjenige geliebt zu werden, der er war? Karolin hatte *Rock* verabschiedet, seine Familie fürchtete ihn und Rocks Anhänger würden *Wolf* keinen Meter weit folgen.

Das musste ein Ende haben! Er war es leid, sich dauernd verstellen zu müssen. Einer von beiden musste gehen.

Voller Zorn beugte er sich vor und gab so viel Gas, bis er zu fliegen glaubte. Diese Fahrt würde nur einer von ihnen beiden überleben. Wolf oder Rock. Er würde nicht eher umkehren, bis er wusste, wer.

Kapitel 56

Moritz wusste genau, welche Abkürzung er nehmen musste, um Rock abzufangen. Er würde zu ihm stoßen, ehe es talwärts ging in die Schlucht. Dann würde er hinter ihm bleiben und beten, dass Rock nicht die Nerven verlor.

Wie oft waren sie schon miteinander gefahren? Er wusste es nicht mehr, über die Jahre verschwamm die Erinnerung. Dass Rock einer Herausforderung davonfuhr, war allerdings neu. Und beängstigend.

Wenn er sich nicht verrechnet hatte, musste Rock jeden Augenblick hier vorbeikommen. Und richtig, da war er!

Er ließ ihn vorbeischießen, dann nahm er die Verfolgung auf.

Ob sein Freund erkannte, wer nun hinter ihm war?

Als sie an dem Streifenwagen vorbeischossen, meinte Moritz, Nils erkannt zu haben, er konnte sich allerdings täuschen. Unwahrscheinlich, aber möglich. Wenn er Nils erkannt hatte, dann hatte Rock es aber auch.

Vielleicht war das ihre Chance. Vielleicht brachte das seinen Freund wieder zur Besinnung.

Da! Rock bog gerade rechts ab ins Hönnetal. Er würde am Ende der Strecke abbremsen und seine Wut drosseln müssen. Es sei denn, er hatte etwas ganz anderes vor, nämlich seiner Zerrissenheit ein Ende zu setzen. Dann konnte ihm niemand mehr helfen. Aber dann war sowieso alles egal.

Nein! So ein Unsinn! Der Rock, den er kannte und für den er durch die Hölle gehen würde, der fuhr sich nicht zu Tode! Das war einfach nicht sein Stil!

Moritz holte auf und klebte inzwischen fast an Rocks Hinterreifen. Er konnte nicht anders, er musste lächeln. Die Art, wie sich sein zorniger Freund nur wenige Meter vor ihm in die Kurven legte, hatte etwas Poetisches. Als würden die Gesetze der Schwerkraft für ihn nicht gelten, ließ er seine Maschine mit geradezu blinder Sicherheit mal zur einen, dann wieder zur anderen Seite sinken, legte sich mit ihr in die Kurven, bis Funken stoben, und zog sie mit sicherer Hand wieder hoch.

Rock schnitt die Kurven, wo er nur konnte, und ignorierte das empörte Hupen des Gegenverkehrs. Vor ihnen tauchte eine Gruppe von Bikern auf, die geradezu gemütlich dahintuckerten, verglichen mit der Geschwindigkeit, die Rock vorantrieb. Ohne auch nur einen Augenblick zu zögern, nutzte Rock eine gerade Teilstrecke, um an ihnen vorbeizuschießen.

„Verdammt!", fluchte Moritz, als er versuchte, Rock nicht aus den Augen zu verlieren. Keine Zeit für Handzeichen, er musste dranbleiben.

Wie ein zündender Funke fuhr Rocks Raserei in die Gruppe, die sie überholten, und riss sie mit. Ein Blick in den Seitenspiegel bestätigte Moritz, dass die fremden Biker aufdrehten und ihnen nun folgten. Wäre die Situation nicht so ernst gewesen, er hätte eine Gänsehaut bekommen, so geil sah es aus, wie sie nun zu neunt – oder waren es zehn? –, hinter Rock herschossen. Filmreif. Fehlte nur noch die Musik.

Moritz drosselte seine Maschine, gleich musste Rock vom Gas, endgültig, ob er wollte oder nicht. Wenn er ohne zu bremsen über die Kreuzung am Ende der Kurvenstrecke flog, dann war er wirklich lebensmüde.

Hatte er sich jedoch wieder einigermaßen im Griff, dann würde Rock anhalten und Luft holen. So machten sie es immer, wenn sie diese Strecke nutzten, um sich abzureagieren. Und wenn sich Rock entschied, umzukehren, dann hatte er auch eine Entscheidung getroffen.

Der Blick aus Rocks Augen, als Moritz neben ihm zum Stehen kam, war unergründlich, und trieb ihm einen Schauer über den Rücken.

Ja, sein Freund hatte sich entschieden. Er hatte eine Antwort gefunden auf die Fragen, die ihn quälten.

Nur welche?

Kapitel 57

„Wir müssen zur Klinik, los, komm schon! Vielleicht ist dieser Stechler schon da." Alex wischte sich mit einer Serviette die Reste von Mayo von der Lippe. Bei Ella gab es immer noch die besten Pommes, das wusste nicht nur er, das wussten auch die LKW-Fahrer, die auf dem Randstreifen parkten, soweit das Auge reichte.

„Ich komm ja schon!" Nils wollte gerade einsteigen, da wirbelte er herum und starrte dem Motorrad nach, das an ihm vorbeigerast war.

„Hast du den gesehen?!", schrie er Alex an.

Kaum hatte er ausgesprochen, da rauschte es ein zweites Mal und der nächste Irre flog an ihnen vorbei.

„Los!", schrie Nils und sie sprangen ins Auto.

Alex trat aufs Gas und schaltete das Martinshorn ein. „Fast wie in Hollywood!", rief er begeistert.

Die Strecke, die sich vor ihnen ins Tal schlängelte, war von dort, wo sie sich befanden, gut einzusehen.

„Da sind sie!" Nils zeigte nach vorne. Egal, wie schnell sie fuhren, sie würden die beiden Kamikazefahrer nie einholen. „Fahr rechts ran", sagte er und Alex, der das Gleiche zu denken schien, zog den Wagen sofort an den Straßenrand.

Fassungslos stiegen sie aus.

„Meine Fresse!", fluchte Alex. „Ich dachte, es gibt in der Gegend nur einen, der so fahren kann."

Nils nickte. „Wolf", sagten sie wie aus einem Mund.

„Aber ist der nicht in der Klinik? Was ist denn da bloß passiert?", fragte Alex irritiert.

Als sein Handy klingelte, nahm Nils das Gespräch an, ohne den Blick von der Straße zu nehmen. „Ja, Ben, was gibts?"

Er hörte schweigend zu, dann sagte er: „Ich glaube, ich weiß, wo die beiden sind." Er legte auf. „Wolf und Moritz müssen zur Klinik, so schnell wie möglich", erklärte er Alex.

„Dann fahren sie nur leider in die falsche Richtung."

Nils war ratlos.

„Die kommen gleich denselben Weg zurück", sagte Alex. „Zweimal die Strecke, dann gehts einem besser. Ich weiß, wovon ich spreche." Er stieg bereits wieder ein. „Komm, bringen wir uns in Position. Wir machen ihm den Weg frei."

Kapitel 58

„Mit dem Quad einkaufen? Bist du völlig übergeschnappt?" Gaby tippte sich mit dem Zeigefinger an die Stirn.

„Ich habe aber Lust, zu fahren", beharrte Jürgen. „Und Norbert auch, oder?"

Norbert sah erschrocken von seiner Zeitung auf. „Was?"

„Hört mal, Jungs", schlug Claudia plötzlich vor. „Gaby,

Ulrike und ich gehen alleine einkaufen, ohne euch, was haltet ihr davon? Wir zockeln gemütlich mit dem Wagen nach Balve rein, gehen einen Kaffee trinken und ihr beide dreht eine Runde mit dem Quad. Tobt euch mal so richtig aus. Lasst euch Zeit."

Ulrike kicherte und Gaby warf Claudia einen fassungslosen Blick zu.

Norbert bekam genau mit, wie Claudia den Kopf schüttelte und ihre Freundin damit bat, einfach mitzumachen. Himmel! Was hatten die Frauen denn jetzt schon wieder ausgeheckt?

„Abgemacht!" Jürgen klatschte sich begeistert auf die Schenkel und erhob sich schneller, als man es sonst von ihm gewohnt war. „Los, Alter, komm mit!"

„Wohin denn?", fragte Norbert irritiert, als er Jürgen bereits folgte. Er wurde das Gefühl nicht los, dass er etwas Entscheidendes verpasst hatte. Erst recht, als sein Freund die Garage öffnete, das Quad herausschob und ihm einen Helm in die Hand drückte.

Oh nein! Nein, nein, nein! Darauf war er schon mal reingefallen! Er würde jetzt nicht mit Jürgen vierzig Meter bis zur Kneipe von Birgit fahren.

„Nun komm schon, wir machen eine Tour! Das Wetter ist spitze, die Sonne lacht, los, Norbert!"

„Hast du Fieber oder so was?", fragte Norbert, als Jürgen plötzlich mitten in der Bewegung innehielt und sich umsah.

Eine Motorradgang schien sich in die kleine Seitenstraße verirrt zu haben, an der Jürgens und sein Haus lagen. Ganz sicher zehn Maschinen. Oder zwölf?

Einer der Biker fuhr geradewegs die steile Einfahrt hinunter und hielt direkt vor Jürgen. Der Fahrer klappte das Visier hoch.

„Rock?!"

Bebte Jürgens Stimme vor Begeisterung, als er Rock erkannte?

Norbert blickte irritiert zwischen seinem Freund und dem

Hünen auf der Moto Guzzi hin und her.

„Jürgen, Norbert!" Rock nickte. „Ich könnte eure Hilfe gebrauchen. Jetzt sofort, an der Klinik. Catrins Mann will Diva holen."

Ohne auch nur eine Sekunde zu zögern, setzte Jürgen seinen Helm auf. „Los, Norbert, hau rein!", befahl er und Norbert gehorchte wie ferngesteuert. Als Jürgens Quad röhrend ins Leben sprang, stieg er umständlich hinter ihm auf und krallte sich an seinem Freund fest.

Rock fuhr einen Bogen und brauste bereits wieder die Einfahrt hinauf.

Norbert warf einen Blick zu seinem Haus hinüber, wo die Frauen wie erstarrt standen und zu ihnen hinübersahen. Er hätte so gerne noch ein letztes Mal die Hand gehoben und Claudia ein Lebwohl zugewunken, aber er hatte einfach zu viel Angst, vom Quad zu fallen. Was in Gottes Namen tat er hier bloß?

Das Einzige, was ihn in diesem Moment beruhigte, war das fix und fertig ausformulierte und notariell beglaubigte Testament zu Claudias Gunsten, das er sicher in seinem Safe wusste.

Und dass niemand sehen konnte, wie hinter seinem Visier der Angstschweiß in Bächen über sein Gesicht lief.

* * *

Als die beiden Motorradfahrer wieder auftauchten, waren sie nicht mehr allein. Ihnen hatten sich weitere Biker angeschlossen. Und ein Quad, das aber ziemlich Mühe zu haben schien, hinterherzukommen.

„Ach du Scheiße", sagte Alex. In dem Moment, als die Motorräder auf der graden Steigung auftauchten, zog er raus und beschleunigte.

Er hatte die Scheibe heruntergekurbelt. Wolf würde, wenn er nur den Hauch eines Augenblicks hinsah, ihr Kennzeichen erkennen und den hochgehaltenen Daumen richtig deuten.

Nils schaltete das *Bitte folgen!*-Signal ein, kurbelte seine Scheibe herunter und hielt ebenfalls lachend den Daumen in den Wind.

Das hier konnte sie Kopf und Kragen kosten, aber vielleicht hatten sie Glück und es gab gleich eine Schlägerei in der Praxis, bei der sie helfend eingreifen mussten. Dann waren sie aus dem Schneider.

Ein Blick in den Seitenspiegel zeigte ihnen, dass sie richtig gelegen hatten. Es war tatsächlich Wolf, der an der Spitze fuhr, und er drosselte seine Geschwindigkeit und blieb hinter ihnen.

Der zweite Motorradfahrer schloss auf und fuhr nun Seite an Seite mit Wolf. Die fremden Biker reihten sich hinter ihnen ein.

In dem Augenblick, als sie das Ortseingangsschild passierten, schaltete Alex Blaulicht und Martinshorn ein, dann gab er Gas.

Kapitel 59

Catrin hatte die Nase voll. Was sollte der ganze Unfug eigentlich? Diva zitterte vor Nervosität, sie hatte draußen Felix' Stimme gehört und versuchte verzweifelt, sich vom Tisch zu winden.

Sah denn niemand, wie absurd das alles war? Dies war ihr Hund und da konnte Felix da draußen so viel Wind machen, wie er wollte, er hatte doch sowieso keine Möglichkeit, sie für sich zu beanspruchen!

„Schluss jetzt!", machte Catrin ihrem Ärger schließlich Luft, als River plötzlich mit ihrem blutverschmierten Kittel aus dem Raum stürmte.

Wütend entfernte Catrin die Kanülenattrappe vom Schwanz ihrer Hündin, dann hob sie Diva gegen den geflüsterten Protest von Jan vorsichtig vom Tisch und führte sie in eine Ecke des Raumes.

Catrin hörte River vor der Tür mit gespieltem Entsetzen um Hilfe rufen.

War die Frau verrückt geworden?

Ehe sie sich versah, drängten Julia und Ben Felix und Sabrina in den Raum, aber soweit kam es noch, dass das Theater jetzt hier weiterging. Diva war sowieso schon nervös genug.

„River, zieh dir den verdammten Kittel aus und kümmere dich um Diva!", fauchte sie. „Und du, Jan, lenkst sie mit ihren Welpen ab." Dann ging sie mit gesenktem Kopf auf ihren Mann zu und versetzte ihm, ehe er überhaupt begriff, was los war, eine schallende Ohrfeige.

Sabrina schrie auf, aber Catrin brachte sie mit einem zornigen Blick zum Schweigen.

„Raus hier, sofort!", zischte sie und begann, die beiden energisch durch die Tür zurückzudrängen in den Empfangsbereich. Dort stand Laura in ihrem Arztkittel noch ratlos mitten im Raum und sah genauso bescheuert aus wie alle anderen.

„Los! Weitergehen!", zischte Catrin und trieb den fluchenden aber sichtlich schockierten Felix wie einen Gefangenen vor sich her.

„Wo kommst du denn plötzlich her?", schrie er sie an, als er ihre Hand, mit der sie ihm immer wieder in den Rücken stieß, wegzuschlagen versuchte.

In dem Moment, als er durch die Tür ins Freie stolperte, blieb er wie angewurzelt stehen und starrte auf den Streifenwagen und die Motorradfahrer, die gerade auf den Parkplatz der Klinik fuhren.

Catrin warf nur einen kurzen Blick auf die Gruppe, die interessierte sie jetzt nicht.

Hinter ihr stolperte Sabrina ins Freie, unfreundlich vorangetrieben von Ben. Ihnen folgten Laura, Julia und Jan wie neugierige Gaffer, aber auch das war ihr im Moment egal. Hauptsache River blieb bei Diva und den Jungen.

„Wie kannst du es wagen, hier aufzutauchen und so einen Affenzirkus zu veranstalten?", fauchte sie Felix an, der sich ihr wieder zuwandte. Auf seiner linken Wange glühten noch die Abdrücke ihrer Finger. „Und wie kannst du dich erdreisten, diese Schlampe als deine Frau auszugeben?"

Sie holte aus und versetzte ihm mit aller Macht einen Faustschlag in die Magengrube, aber da hatte sie die Rechnung ohne den Jähzorn ihres Mannes gemacht.

Ehe sie sich ducken konnte, holte er aus und schlug zurück. Seine Faust traf sie klatschend an der Schläfe und am Auge. Sie fühlte deutlich, wie etwas aufplatzte und wie warmes Blut zu fließen begann.

Die Wucht seines Schlages ließ sie taumeln und sie merkte, wie sie stürzte. In dem Moment, als sie den Boden berührte, wusste sie, dass sie die Besinnung verlieren würde. Das Letzte, was sie sah, war Felix' Fuß, der auf ihr Gesicht zuschoss.

Kapitel 60

„Verdammt!"

Norbert hörte Jürgen gerade noch knurren, da würgte dieser bereits das Quad ab, weil er einfach absprang und sich ins Getümmel stürzte.

Norbert benötigte einen Moment, um zu begreifen, was los

war. Er war noch nie Zeuge einer Massenschlägerei gewesen, aber wenn er sich nicht gewaltig irrte, war dies eine. Nur: Wer kämpfte hier gegen wen? Die Polizisten gegen die Rocker, hinter denen er und Jürgen die ganze Zeit hergefahren waren? Aber wieso? Und wo war Jürgen?

Ihn in der Menge zu finden, war gar nicht so schwer, wie er zuerst geglaubt hatte, denn Jürgen war einer der wenigen, der weder Lederjacke noch Polizeiuniform noch Arztkittel trug, sondern nur das Hemd, mit dem er losgefahren war. Jürgen und er waren absolut under-dressed für diese Schlägerei, wie Norbert entsetzt feststellte. Und sie hatte so gar nichts gemein mit der Choreographie von Prügelszenen, wie er sie aus dem Fernsehen kannte. Hier floss richtiges Blut.

Jürgen hatte sich, ohne nach links und rechts zu sehen, schnurstracks auf Rock gestürzt, das war das Nächste, was Norbert erkannte. Und dieser war gerade dabei, Felix Stechler zu verprügeln, der sich am Boden vor dessen Schlägen zu schützen versuchte. Norbert hatte Catrins Mann nur einmal getroffen – ein unsympathischer Bursche, wie er fand. Aber ihn nun dort liegen zu sehen, verzweifelt bemüht, sich vor Rocks Schlägen zu schützen, das war doch etwas heftig. Er sah sich hektisch weiter um. Dort! Direkt daneben! Catrin! Jemand hatte sich schützend über sie geworfen.

Norbert drängte sich durch die tobenden Rocker und fiel neben ihr auf die Knie, im selben Augenblick, als Moritz sie erreichte. Konzentriert begann dieser damit, sich um Catrin zu kümmern, aber dann schien er sich an seine Manieren zu erinnern. Er sah auf und stellt sie einander vor: „Ben – Norbert. Norbert – Ben."

Er und Ben nickten einander zu. „Bist du Rocks Bruder?", fragte Norbert, dem sofort die Ähnlichkeit aufgefallen war.

„Ja", erwiderte Ben, dann standen sie auf und trugen Catrin gemeinsam vorsichtig fort von dem Getümmel, legten sie sanft auf dem weichen Rasen ab.

Norbert fragte er entsetzt: „Mein Gott, was ist denn hier bloß passiert?"

„Keine Ahnung", sagte Moritz ratlos, „Catrin hat ihrem Mann erst eine gescheuert, dann schlug sie ihm in den Magen und dieser Felix hat sie einfach umgehauen. Er wollte ihr gerade den Schädel zertreten, da war Rock schon über ihm. Und Ben hat sich auf Catrin geworfen. Gut gemacht, alter Freund!", sagte er und klopfte Ben auf den Rücken.

Die Sirenen mehrerer Krankenwagen schrillten über den Lärm hinweg und schon rannten Sanitäter auf den winkenden Moritz zu. „Hierher!", rief er.

„Jürgen?!" Norbert sah sich hektisch um, aber da, wo sein Freund sich auf Rock gestürzt hatte, lag jetzt nur noch der übel zugerichtete Felix, der sich zusammengekrümmt hatte und sich jammernd die Hände vors Gesicht hielt. Jürgen dagegen stand wie ein Fels in der Brandung ein paar Schritte weiter und hielt Rock von hinten umklammert, als wollte er ihn zerquetschen.

„Es ist vorbei, Rock!", hörte er Jürgen rufen. „Das Schwein ist es nicht wert!" Als Rock endlich seine Gegenwehr aufgab, lockerte Jürgen seinen Griff sofort.

Rock fuhr herum und seine Faust schoss vor, aber Jürgen, dem Norbert so schnelle Reflexe und so viel Kraft überhaupt nicht zugetraut hätte, fing sie in der Luft mit beiden Händen ab und schrie Rock an: „Ich bins, Jürgen!"

Als würde er nur langsam wieder zur Besinnung kommen, sah Rock suchend hin und her und schrie: „Catrin!"

„Im Krankenwagen!", rief Jürgen und zerrte Rock einfach mit, schubste ihn förmlich dem Sanitäter in die Arme.

Der versuchte allerdings erschrocken zu verhindern, dass Rock in den Wagen stürmte, aber auch dieses Mal war Jürgen schneller. „Der gehört zu der Frau", sagte er nur und hielt den Rettungssanitäter zurück. „Lass ihn bloß zu ihr, sonst zerlegt er dich auch noch!"

Erst als er sah, dass Rock sich über die bewusstlose Catrin beugte, drehte Jürgen sich endlich um.

„Ah, Norbert! Auch schon da?", fragte er gut gelaunt und ließ seine Fingergelenke knacken.

Norbert war fassungslos. „Seit wann bist du eigentlich so flink?", fragte er überrascht. „Wenn man dich sonst so beobachtet, sollte man meinen, so was wie das hier würde dir einen Herzinfarkt bescheren."

„Im Gegenteil", grinste Jürgen zufrieden und sah sich um, als ob er überlegen würde, in welche der kleinen Rangeleien, die noch hier und dort stattfanden, er sich wohl als Nächstes stürzen sollte. „Ich fühle mich fit wie ein Zwanzigjähriger. Ich könnte Bäume ausreißen!"

„Wow! Das wird Gaby aber freuen", sagte Norbert, ehrlich beeindruckt von der Schlagkraft seines sonst so ruhigen Freundes.

Ehe er wusste, wie ihm geschah, hatte er Jürgens Hand an der Kehle. „Ein Wort davon zu Gaby und...", zischte Jürgen, aber die Panik in seinen Augen war unübersehbar.

„Hooo, mal ganz locker bleiben, mein Freund!", würgte Norbert hervor und schälte Jürgens Finger von seinem Hals. Er konnte sich dabei ein Grinsen kaum noch verkneifen. „Du kommst zu Hause kaum aus dem Fernsehsessel und gibst hier den Rambo?" Er musste lachen. „Und du willst, dass ich die Klappe halte? Kannst du haben, mein Freund, aber das kostet!"

„Ich schwöre, wenn du auch nur ein Wort..."

„Hm", sinnierte Norbert mit gespieltem Ernst, „lass mich mal nachrechnen. Wie viele Kisten Bier ist es wohl wert, dass ich Gaby in dem Glauben lasse, du könntest kaum eine Flasche Sprudel von links nach rechts tragen, ohne zusammenzubrechen? Was meinst du?" Norbert tat so, als würde er ernsthaft rechnen.

„Arschloch!"

„Nee, mein Lieber", feixte Norbert vergnügt. „Nicht *Arschloch*. *Bester Kumpel* nennt man so was." Er schlug Jürgen anerkennend auf den Rücken. „Du Killer, du!" Dann legte er ihm einen Arm über die Schulter und drückte ihn kurz. „Ich bin schwer beeindruckt, obwohl ich natürlich für den Weltfrieden bin und jede Form von Gewalt politisch korrekt ablehne, das versteht sich."

Jürgen grinste und zeigte auf den Parkplatz. „Komm, du politisch korrektes Weichei", sagte er, „lass uns Alex und Nils helfen, die Rocker wegzuräumen, ja?"

Ehe Norbert ihn zurückhalten konnte, ging Jürgen bereits los und Norbert hätte einen Eid drauf schwören können, dass sein Freund vor Glück summte.

Kapitel 61

Noch bevor sie die Augen aufschlug, wusste sie, dass sie in einem Rettungswagen lag. Das Geheul der Sirene war nicht zu überhören, das Ruckeln des Fahrzeuges ließ sie würgen.

„Liegenbleiben!", sagte eine fremde Stimme und presste sie zurück.

Sie wandte den Kopf, als sie spürte, dass sie sich übergeben würde, und jemand hielt ihr eine Brechschale vor den Mund.

Vorsichtig versuchte sie, die Augen zu öffnen, aber ihre linke Gesichtshälfte schmerzte so sehr, dass sie den Versuch sofort wieder aufgab. Wimmernd ließ sie sich zurücksinken, dann erinnerte sie sich, was geschehen war, sah Felix' Fuß auf ihren Kopf zurasen. Stöhnend krümmte sie sich zusammen.

„Psst!", flüsterte eine Stimme, die sie kannte. „Er hat dich nicht mehr erwischt. Es tut mir so leid, ich hätte nie wegfahren dürfen!"

Zu viel Schmerz in seiner Stimme, dachte sie und wandte den Kopf.

„Wolf?"

Sie spürte seine Hand an ihrem Gesicht. „Ich bin hier", wisperte er an ihren Lippen und küsste sie zart, während seine Finger ihre unverletzte Gesichtshälfte streichelten.

„Ja", flüsterte sie und berührte zärtlich sein Gesicht, „du bist da. Bitte, bitte geh nicht wieder weg!" Panik durchflutete sie bei dem Gedanken, dass er sie verlassen könnte, und ihre Finger krallten sich in seine Haare.

Sanft löste er mit einer Hand ihren Griff und küsste ihre Fingerspitzen, führte sie an seine Wange, liebkoste jeden Zentimeter ihrer Hand.

Wieso war sein Gesicht so feucht? Weinte er etwa?

„Oh nein, Wolf, bitte weine nicht", schluchzte sie auf und ließ den eigenen Tränen freien Lauf, als er seinen Kopf auf ihre Brust sinken ließ und sie unter ihren Händen spürte, wie sein Körper bebte.

Ohne zu sprechen, streichelte sie seinen Kopf und seinen Hals, ließ ihre Hände über seine zuckenden Schultern gleiten und wusste plötzlich, dass alles gut werden würde. Solange er bei ihr blieb.

Kapitel 62

„Genau, so ist es gut, geh langsam weiter, lass sie spüren, dass sie dir vertrauen kann." River lächelte, als Laura vorsichtig mit der wackeligen Diva die Hecke entlanglief. Die Hündin würde gleich die Stelle erkennen, an der sie sich vor ein paar Stunden erst erleichtert hatte, und pinkeln. Sie musste sich einfach an Laura gewöhnen, solange Catrin im Krankenhaus war.

„Oh, River, schau mal!" Laura sah überrascht zu ihr herüber und dann wieder auf die pinkelnde Hündin.

„Gut gemacht, Laura! Glückwunsch!"

„Man hat mir wirklich schon zu vielen Dingen gratuliert", sagte Laura und verzog den Mund. „Nur ganz sicher nicht dazu, dass ich einen Hund zum Strullern überredet habe."

„Es gibt für alles ein erstes Mal, Liebling!" Ben stand mit verschränkten Armen im Schatten und wirkte belustigt. „Wenn wir sie gleich mitnehmen, dann ist es gut, wenn einer von uns beiden weiß, wie sie funktioniert."

„Und warum muss ich das sein?", fragte Laura und warf ihm einen empörten Blick zu.

„Lass das nicht Candrine hören!", feixte er.

„Nenn sie gefälligst Catrin", fuhr ihm seine Frau über den Mund. „Ich hab die Facksen dicke mit diesen ganzen Pseudonymen. Ich habe heute mehr von *Rock* gesehen, als ich je sehen wollte."

„Kann ich verstehen", sagte River. Dann sah sie Ben an. „Kannst du dich eigentlich auch wie dein kleiner Bruder von jetzt auf gleich in einen Superhelden verwandeln?", fragte sie spöttisch. „Das liegt doch sicher in euren Genen, oder?"

„Wehe!", rief Laura, die sich von Diva immer weiter über den weitläufigen Rasen ziehen ließ.

„Keine Ahnung", sagte Ben leise. Vermutlich wollte er nicht, dass seine Frau zu viel davon mitbekam, was er vom Auftritt seines Bruders hielt.

River konnte Ben gut verstehen. Sie kannte das Ganze schon, es war nicht das erste Mal, dass sie mitbekam, wie Rock ausrastete. Das war nichts, was man so schnell vergaß.

Eine Massenschlägerei vor der Klinik, tja, Sachen gabs! Dieser Jürgen hatte sich Gott sei Dank auf Rock gestürzt, nachdem dieser Catrins Mann an den Boden getackert hatte, etwas brutaler, als vielleicht nötig gewesen wäre. Alex und Nils versuchten, die aufgebrachten Biker unter Kontrolle zu halten, die Rock zu Hilfe eilen wollten. Jan hatte sich auch eingemischt, allerdings hatte er das Pech, sich eine einzufangen, als einer der Motorradfahrer meinte, er wolle die kreischende Sabrina verprügeln. Dabei hatte der arme Kerl nur versucht, sie zu beruhigen.

Nun waren alle weg.

Felix war verhaftet worden, Sabrina hatten sie gleich mit in den Streifenwagen gesetzt. Moritz erstattete noch an Ort und Stelle Anzeige wegen Hausfriedensbruchs und Betruges, weitere Anzeigen würden sicher folgen, vor allem eine wegen Körperverletzung. Je nachdem, ob Catrin bereit war, sie zu erstatten oder nicht.

Mein Gott, die arme Frau! Und der arme Rock! Den Ausdruck in seinen Augen, als er seinen Helm vom Kopf riss und fortschleuderte, als er blitzschnell herüberhechtete und Felix zu Boden warf, ehe dieser den Tritt in Catrins Gesicht ausführen konnte – diesen Ausdruck würde sie so schnell nicht vergessen.

Moritz war drinnen und verarztete die Platzwunde an Jans Lippe. Jans Brille war zu Bruch gegangen, aber er selbst hatte die erste Prügelei seines Lebens – wenn man sie so nennen wollte –, relativ unbeschadet überstanden und würde seine dicke Lippe sicher eine Weile mit Stolz tragen.

Wo Julia nur blieb? Sie hatte sich bereiterklärt, etwas Anständiges zu essen zu besorgen. Auf dem Weg zum Landrover, mit dem sie unbedingt mal fahren wollte, hatte sie die Mülltüten mit den blutigen Lappen entsorgt. „Schade, dass wir die nicht richtig einsetzen konnten. Die Hundepest war so gut angelaufen."

River musste lachen. Ihre Freundin war schon klasse. Wenn sie heute Abend zu Hause waren, dann würden sie eine Flasche Sekt köpfen.

Möglicherweise wäre das Ganze hier völlig gewaltfrei ausgegangen, wenn Catrin sich nicht eingemischt hätte, aber dann wiederum säße Rock jetzt nicht in diesem Krankenwagen, wo er hoffentlich alles mit ihr wieder in Ordnung bringen konnte.

„Super, Laura!", rief River, als sie sah, dass Diva sich ins Gebüsch verkroch. „Gut gemacht!"

„Das hört sich beinahe so an, als würde ich gerade selbst einen Haufen zwischen die Blumen setzen und nicht der Hund", maulte Laura angewidert.

„Wie oft muss Diva eigentlich nachts raus?" Ben beugte sich zu River und klang verschwörerisch. Er sprach so leise, dass Laura ihn sicher nicht verstehen konnte.

„Ihr müsst mal schauen. So oft sie will, eigentlich. Vielleicht schläft sie aber auch durch."

„Es kann aber auch nicht schaden, wenn sie öfter rausgeht, oder? Besser zu oft als zu selten, hab ich recht?" Der Schalk blitzte in seinen Augen.

River nickte. „Theoretisch ja. Aber zwing sie bitte zu nichts."

„Wen?"

„Den Hund, natürlich."

„Ach so, nein, keine Sorge, natürlich nicht", grinste er, dann ging er Laura entgegen.

Kapitel 63

„Wir haben dir hier unten bei uns ein Zimmer fertiggemacht, dann musst du mit Diva keine Treppen steigen."

Catrin blickte irritiert zu Wolf auf. Sie wollte unter keinen Umständen hier unten bei seinem Bruder und dessen Frau schlafen, nein, absolut nicht! Aber vielleicht kam der Vorschlag ja gar nicht von Laura und Ben, sondern von Wolf?

„Catrin schläft oben", sagte er. „Tut mir leid, Laura, aber ich werde Diva rauf- und runtertragen, solange es nötig ist."

„Jedes Mal?" Laura klang enttäuscht. „Es könnte sein, dass sie in der Nacht bis zu zehn Mal raus muss, richtig Ben?"

Ben musste sich abwenden, weil er ein Grinsen kaum unterdrücken konnte.

„Was ist?" Plötzlich schien Laura zu begreifen. Sie holte aus und gab ihrem Mann eine Kopfnuss. „Du hast mich reingelegt! Weißt du, wie wenig ich letzte Nacht geschlafen habe?"

„Genauso wenig wie der arme Hund wohl auch!" Wolf warf seinem lachenden Bruder einen Blick zu, der längst nicht so belustigt ausfiel, wie Ben es sich vielleicht gewünscht hätte.

„Danke, Laura", sagte Catrin und stand auf. „Aber ich bleibe bei Wolf."

„Das klingt nach Einzugs-Bier." Ben schlug seinem Bruder gut gelaunt auf den Rücken.

Nun musste Wolf doch lächeln. „Absolut", sagte er. Dann bückte er sich und hob Diva, die sich völlig ruhig verhielt, vorsichtig hoch.

Catrin, die die kleine Kiste mit den fiependen Welpen trug, nickte Laura und Ben zu. „Wenn mir Wolf mal auf die Nerven geht, dann weiß ich ja jetzt, wo ich unterkommen kann."

„Was soll das denn heißen?", fragte Wolf empört.

„Nun", sagte Ben gedehnt, „solange wir unser altes Gästezimmer noch nicht als Kinderzimmer nutzen, bist du hier jederzeit herzlich willkommen." Er errötete ein wenig und Catrin musste lachen, als sie Wolfs entgeistertes Gesicht sah.

„Mach keinen Scheiß!", entfuhr es ihm, während er seinen Bruder anstarrte. „Ehrlich? Hat sie dich endlich soweit?"

„Mach, dass du raufkommst, du gewalttätiger Schläger", schimpfte Laura und schob Wolf energisch Richtung Treppe. Dabei strahlte sie jedoch über beide Ohren und Catrin konnte nicht anders, als sich mit ihr zu freuen. Offensichtlich hatten die beiden ein heißes Eisen endlich aus der Glut gezogen.

Wolf stieg bereits mit Diva die Treppe hinauf und Catrin folgte ihm.

Ben rief: „Wenn du gleich wieder die Hände frei hast, dann sorg dafür, dass das Bier kalt ist. Stell es in das große weiße Ding neben dem Herd. Das ist der Kühlschrank."

„Hahaha", knurrte Wolf.

Catrin überholte ihn und öffnete die Tür, die seine Wohnung vom Rest des Hauses abgrenzte. Sie hielt einen Moment inne. Der nächste Schritt würde der sein, mit dem sie endgültig in ihr neues Leben trat.

„Geh mal eben zur Seite und warte!", sagte Wolf und trug Diva hinein. Er legte sie im Flur auf einem flauschigen großen Kissen ab, dann nahm er Catrin die Welpen ab.

„Rühr dich nicht von der Stelle!", sagte er. Vorsichtig holte er Divas Babys heraus und legte sie an ihre Zitzen. Sofort beruhigte sich die Hündin und begann, ihre Jungen kräftig abzulecken.

Dann kam Wolf zu ihr zurück.

„Nun du", sagte er, hob sie hoch und trug sie lachend über die Schwelle.

Epilog

„Und das nennst du Baby-Bier?" Alex sah Ben an, dann kratzte er sich am Kopf und starrte irritiert auf die Kladden, die ihr Gastgeber ihnen gerade in die Hand gedrückt hatte. „Sollen wir das jetzt lesen?"

„Nicht wirklich, oder?", fragte Nils entsetzt.

„Was meckert ihr denn so rum?", fragte Ben verlegen. „Eure Frauen haben wenigstens nur ein paar Seiten geschafft. Aber meine musste sich in den letzten Wochen vor der Geburt ausruhen, sagte ihre Ärztin. Fast zwei Monate! Ihr glaubt gar nicht, wie lang die werden können." Er schüttelte ratlos den Kopf. „Guckt euch mal an, was Laura daraus gemacht hat! Das sind mindestens ...", er blätterte bis ans Ende seiner Kladde und sah fassungslos hoch, „... hundert Seiten! Andere stricken Babysachen und meine?" Entrüstet stand er auf und lehnte sich über das Geländer des Balkons.

„Laura!", brüllte er.

„Ja, Ben?"

„Das war eine Scheißidee! Das sagen die anderen auch!"

Die Frauen, die unten auf Bens Terrasse saßen, lachten gut gelaunt.

„Schwangere sind nicht ganz dicht", knurrte Alex. „Sei froh, dass es vorbei ist!" Er ließ seine Kladde neben sich auf den Boden fallen. „Gib mal ein Bier, ich steh unter Schock."

Wolf reichte ihm eine kalte Flasche und Alex stieß mit Ben an. „Auf Lotta und Moritz, die schönsten Zwillinge der Welt!", sagte er. „Und auf den stolzen Papa!"

Alex leerte die Flasche mit geschlossenen Augen beinahe in einem Zug. „Ihr seid übrigens die miesesten Spielverderberinnen, die die Welt je gesehen hat!", brüllte er nach unten und erntete nur wieder schallendes Gelächter.

„Das ist es also, was die machen, wenn sie sich treffen?" Nils schien nicht fassen zu können, dass seine Jo meinte, sie wäre jetzt unter die Schriftstellerinnen gegangen, nur weil sie plötzlich mit einer bekannten Autorin befreundet waren.

„Catrin und Laura haben damit angefangen", murmelte Ben, der sich wieder setzte. „Als Laura nicht mehr aufstehen durfte. Und dann haben Vanessa und Jo Blut geleckt."

Wolf musste sich ein Lachen verkneifen. Er wurde das Gefühl nicht los, als hätte sein Bruder Angst zuzugeben, dass er eigentlich unglaublich glücklich war. Jetzt, wo die Zwillinge und Laura alles so gut überstanden hatten und nun auch endlich zu Hause waren.

„Meinetwegen sollen sie doch schreiben, in jeder freien Minute, wenns sein muss", meckerte Nils und nahm sich ein frisches Bier, „aber wieso müssen wir das lesen? Es gibt doch Profis, die dafür bezahlt werden, oder?"

Er versuchte erneut, sich in seinen Text zu vertiefen.

„Mir wird gleich schlecht", stöhnte er nach wenigen Augenblicken und las laut vor: „*Seine Augen krochen langsam die Wand entlang, an die der Mörder seine blutige Botschaft geschrieben hatte.* Das ist doch ekelhaft!" Empört rief er: „Jo? Seit wann können Augen an Wänden entlangkriechen? Ehrlich!"

„Komm, wir tauschen", murmelte Alex, der schweigend in den Ergüssen von Vanessa weitergelesen hatte. „Lieber blutige Wände und rumkrabbelnde Augen als diesen Quatsch hier. Auf einer Seite fünfzehn Mal *heiße Küsse*. Spinnt die?"

„Tauschen? Nein danke!" Nils klammerte sich an seine Kladde. „Kommt nicht infrage. Das lies mal schön selbst."

„In Lauras Geschichte hier hat einer, glaube ich, vier Hände."

Ben sah verwirrt auf. „Mit einer hält er ein Bier, mit der anderen eine Wurst und dann sind da noch zwei, mit denen er seine Frau streichelt, während er ihr ins Ohr flüstert …" Ben las leise weiter, dann errötete er. Wütend pfefferte er die Mappe in die Ecke.

„Catrin?", rief er empört.

„Ja?"

„Du musst dir wirklich ein bisschen mehr Mühe geben mit deinem Unterricht, ehrlich!"

„Jetzt hört auf zu meckern und lest einfach. Meine Güte, das kann doch nicht so schwer sein!", rief Vanessa von unten.

„Hast du eine Ahnung", murmelte Alex leise.

„Wir hören euch hier übrigens ganz gut, vergesst das nicht!", rief Jo hinauf. „Und gleich beim Grillen testen wir euch!" Sie war auf den Rasen getreten und hatte die Hände in die Hüften gestemmt. Diva und Nobbi tobten über den Rasen, Space und Luke, ihre Welpen, fegten ausgelassen um die Beine ihrer Eltern und bellten.

„Frauen merken übrigens in der Regel genau, ob ihre Männer fuschen oder nicht", rief Ulrike hinauf, nachdem sie neben Jo in die bereits erstaunlich warme Märzsonne getreten war.

„Halt dich bloß da raus, *Fraue*!", rief Herbert. Er, Norbert und Jürgen hatten es sich mit den anderen Männern auf Wolfs Balkon gemütlich gemacht.

„Na!", schimpfte Gaby entrüstet.

„Das gilt auch für dich!", rief Jürgen. „Sonst hab ich dich das letzte Mal mitgenommen!"

Nils klappte seine Kladde zu und ging ans Geländer. „Ich finde das übrigens unfair, dass die eine Hälfte von Bens Gästen arbeiten muss und die andere Hälfte einfach nur hier rumsitzen und unser Bier wegtrinken darf!", meckerte er.

„Memme!", rief Jo, während sie wieder zu den anderen Frauen zurückging.

„Wieso ist Moritz eigentlich nicht hier?", fragte Alex und sah auf.

„Einsatz", sagte Wolf. „Sie haben heute auf der Autobahn wieder einen Transporter mit halbtoten Welpen angehalten."

„Oha!" Norbert schürzte die Lippen und schüttelte den Kopf. „Drecksschweine!" Dann sah er Wolf an. „Komisch, dass du so ruhig hier sitzen kannst."

„Moritz hat mich angerufen, ich war dabei", sagte Wolf und spürte, dass er sich beherrschen musste. Alleine der Gedanke daran, wie viele Welpentransporte Tag für Tag nicht auffielen, machte es ihm vor Wut fast unmöglich, ruhig zu bleiben. „Dass ich jetzt hier sitze, ist richtig. Wie es in mir aussieht, will keiner von euch wissen."

„Ich kanns mir aber denken", murmelte Ben, ohne aufzusehen.

Alex und Nils taten so, als hörten sie gar nicht hin, und dafür war Wolf ihnen dankbar. Sie hatten heute keinen Dienst gehabt, waren nicht dabei gewesen. Aber sie konnten sich vielleicht vorstellen, wie es an dem Transporter zugegangen war. Vielleicht auch nicht.

Jürgen warf ihm einen raschen Blick zu und Wolf schüttelte unauffällig den Kopf. Er wollte das Thema hier jetzt nicht vertiefen. Dies war Bens Abend. Baby-Bier. Familie. Er hatte für einen Tag genug Elend gesehen und würde morgen noch mehr sehen. Und übermorgen. Und am Tag danach. Daran hatte Wolf nicht den geringsten Zweifel. Und Catrin auch nicht, das wusste er.

Während die anderen weiter miteinander flachsten und so taten, als wären sie nicht heimlich stolz auf die Schreibwut ihrer Frauen, schloss Wolf kurz die Augen. Immer wieder überrollte ihn eine Welle des Glücks, völlig überraschend, nie vorherzusehen und kaum auszuhalten. Unten bei den anderen Frauen saß die Frau, der er sein Herz geschenkt hatte. Die Frau, die es in ihren Händen hielt wie eine unschätzbare Kostbarkeit. Wenn er nur einen Wunsch frei hätte, dann wäre der, bis ans Ende seiner Tage mit ihr zusammenleben zu dürfen. In guten wie in schlechten Zeiten, bis dass der Tod sie schied.

Als er seine Augen wieder öffnete und hochsah, begegnete er Jürgens nachdenklichem Blick. Ehe ihm peinlich werden konnte, dass sein neuer Kumpel ihn beobachtet hatte, hob Jürgen wortlos seine Flasche Bier, nickte ihm zu und nahm einen tiefen Schluck.

Wolf nickte zurück und sah, dass Norbert ihn und Jürgen wohlwollend und zufrieden beobachtete.

Die Herren Schulte, dachte Wolf und grinste. Wer hätte gedacht, dass er hier in der Provinz auf zwei Typen wie diese treffen würde? Auf den Agenten der Frau, die er liebte, und auf einen sympathischen Jäger?

Naja, das mit dem Jagen war ein Thema, das er und Jürgen geflissentlich vermieden. Irgendwie wollte Wolf Jürgen einfach nicht verlieren. Und scheinbar beruhte dieses Gefühl auf Gegenseitigkeit. In den letzten neun Monaten hatten sie zahllose Abende in Wolfs Hütte verbracht. Eigenartig, wie redselig Wolf in Jürgens Nähe wurde. Wie leicht es ihm fiel, dem alten Balver von *Rock Woods* Leben zu berichten.

„Du machst das richtig", hatte Jürgen gesagt, als sie letzte Woche zur Hütte gefahren waren, um nach Frostschäden zu schauen.

„Findest du?", fragte Wolf und starrte nachdenklich in die frühe Dämmerung hinaus.

„Finde ich", bekräftigte Jürgen. „Und wenn ich dir bei einem Einsatz mal helfen kann, dann lass es mich wissen."

„Du kämst mit?"

„Worauf du dich verlassen kannst", sagte Jürgen.

Wolf zog die Tür zur Hütte hinter sich zu. Jürgen war alt genug, um sein Vater zu sein, ein komisches Gefühl. Er war es nicht gewohnt, Unterstützung aus dieser Generation zu bekommen. Dafür war *Rock Wood* den meisten einfach zu kompromisslos.

Tja, und so hatte er Jürgen auch als Einzigen heute mitgenommen, als sie den Welpentransport stoppten.

„Kein Wort zu Gaby, darauf muss ich mich verlassen können", sagte Jürgen nur kurz, als er auf dem Rastplatz von seinem Quad stieg.

Wolf spürte, wie sich nun ein Lächeln über seine Züge schlich. Es interessierte ihn brennend, wie Jürgen seiner Frau die aufgeplatzten Knöchel der rechten Hand erklärt hatte. Irgendwo da draußen gab es ein Kinn, das sich erfolglos Jürgens Faust in den Weg gestellt hatte.

Norbert, der ihn offenbar die ganze Zeit beobachtete, stand auf und grinste. Er schlug Jürgen auf die Schulter. „Komm mit, wir gehen runter. Ich hab Hunger. Die Jungs müssen noch ihre Hausaufgaben machen, aber wir beide ..."

„Hast du eigentlich gar nichts zu lesen bekommen, Wolf?", fragte Ben plötzlich und sah Wolf herausfordernd an. „Wo ist überhaupt deine Kladde?"

Wolf schmunzelte und griff nach einem dünnen Umschlag. „Doch, ich hab auch was, aber da ist nur eine Seite drin, die verwahre ich noch ein wenig."

„Nur eine Seite? Hast du ein Glück", seufzte Ben.

„Wie geht Catrins Scheidung eigentlich voran?", fragte Norbert, während er sich an die Brüstung lehnte und den Hunden zusah, die unten noch immer herumtobten.

„Grandios", sagte Wolf und lächelte. „Karolin zelebriert ein Schlachtfest an Felix." Er holte tief Luft. Was er nun sagen würde, durfte eigentlich niemanden mehr überraschen. Außer ihn selbst vielleicht. Er atmete tief durch. Schon wieder dieses Glücksgefühl! Womit hatte er das nur verdient?

„Sobald die Scheidung durch ist, heiraten Catrin und ich", sagte er schließlich leise, aber nicht leise genug, denn die Frauen unten kreischten auf und die Männer um ihn herum johlten.

„Antrags-Bier!", rief Jürgen begeistert.

„Worauf du dich verlassen kannst!", rief Catrin von unten herauf und Wolf spürte, wie ihre gut gelaunte Stimme durch seinen Körper fuhr und ihm einen Schauer bescherte. Wie wunderbar hatte sie sich hier eingelebt, es war für ihn manchmal einfach nicht zu fassen. Als hätte sie schon immer hierher gehört. An seine Seite.

Sie stießen darauf an, dann stellte Ben seine Flasche ab und sagte: „So, Bruderherz, jetzt öffne deinen verdammten Umschlag und lies vor."

Wolf griff nach dem großen braunen Kuvert und zog vorsichtig ein einsames Blatt Papier hervor. Es standen nur drei Worte darauf.

Er räusperte sich, dann las er vor: „Sie schreibt: *Ich liebe dich*."

„Aha", sagte Alex. „Ich habs mir doch gedacht! Die Frauen quatschen nur, wenn sie sich treffen, und hören Catrin überhaupt nicht zu!" Laut sagte er: „Ihr habt hoffentlich alle mitbekommen, wie das geht?! Kein Wort zu viel. Alles schön kurz und knackig, direkt auf den Punkt gebracht!"

Nils trat neben ihn und beugte sich soweit über die Brüstung, dass er die Frauen sehen konnte. „Alex hat recht. Und hier sind noch ein paar kurze knackige Worte für euch: Werft den verdammten Grill an, wir kommen jetzt runter!"

Danke

Ich möchte mich bei meinen Probeleserinnen – allen voran Andrea Kattenstedt, Martina Geck und Imke Züllich – bedanken, die dieses Buch in ganz unterschiedlichen Stadien seiner Entstehung kennenlernten. Ich habe Eure Vorschläge aufgegriffen, Ihr werdet die Geschichte nicht wiedererkennen! Das gilt erst recht für Kathrin Lange, die das Manuskript aus ganz anderen Gründen in die Finger bekam. Sie hat mir mit ihrem Zuspruch mehr geholfen, als ihr gewusst sein dürfte.

Seit 2011, als „Nenn mich Norbert" erschien – der sich inzwischen mehr als 5.000 mal verkaufte –, werde ich gefragt, wann der zweite Teil kommt. Meine Antwort ist immer dieselbe: „Norbert" wurde nicht auf Fortsetzungen angelegt. Aber das heißt ja nicht, dass sich die Figuren in Luft aufgelöst haben. Im Gegenteil. Der ehemalige Großstädter Norbert Schulte, sein bärbeißiger Freund und Nachbar Jürgen Schulte sowie Norberts Hund Nobbi leben weiter in den „Norbert-Romanen", ebenso wie Claudia, Gaby, Ulrike und Herbert. Sie alle kreisen um Rock Wood – alias Wolf Ränger – und seine Freunde und hier möchte ich meinen nächsten Dank loswerden.

Natürlich sind alle Personen und Handlungen des Romans frei erfunden – Ähnlichkeiten wären reiner Zufall. Aber ich lebe als Autorin nicht in einem gesellschaftlichen Vakuum und meine Erfahrungen mit Tierschutz und den sozialen Netzwerken haben ihre Spuren hinterlassen. Große Bewunderung für den Einsatz engagierter Tierschützer mischt sich mit der Abscheu vor der Hemmungslosigkeit, mit der im Internet unter dem zweifelhaften Schutz der Anonymität oft miteinander umgegangen wird. Dass sich manche Tierschützer davon nicht beirren lassen und trotzdem alles geben, berührt mich sehr. Ich kenne Euch alle nicht persönlich, wir sind uns nie im *Real Life* begegnet, aber Ihr dürft Euch gerne in den Figuren von Rock Wood, Moritz, Jan und River wiedererkennen. Danke und weiter so!

Danken möchte ich auch Sylvia Mönnig als meiner Verlegerin. Dass sie an „Norbert" und mich – und nun auch an Rock Wood – glaubt, berührt mich tief. Verlegerischer Mut ist weiß Gott nicht mehr selbstverständlich und heute mehr denn je etwas wirklich Besonderes.

Zu guter Letzt danke ich natürlich meinem Mann, der sich seit Jahren anhören muss, wie ich mit dem schwierigen Thema *Tierschutz* ringe. Niemand wird mir je ausreden, dass mit Optimismus Berge zu versetzen sind, und dass ich hartnäckig an die Kraft der Liebe glaube, ist sein Verdienst. Rock Wood hat übrigens mehr von ihm, als je jemand ahnen wird.

Diese Bücher möchten wir Ihnen empfehlen...

Alle Bücher erhalten Sie im Buchhandel und über www.moennig-verlag.de

Andrea Reichart

Nenn mich Norbert

ist der I. Band aus der Norbert-Roman-Reihe und erzählt die spannende Geschichte von Norbert, dem Mischlingshund, seinem Leben und von seiner Familie.

12,2 x 17 cm, 256 Seiten
ISBN 978-3-933519-51-1   12,80 €

Andrea Reichart (Hrsg.)

Sprung

Anthologie im Rahmen des Kurzgeschichten-Wettbewerbs des Literaturhotels Franzosenhohl in Iserlohn.
30 Autorinnen und Autoren sind mit ihren Kurzgeschichten zum Thema ‚Sprung' in diesem Buch vertreten.

12,2 x 17 cm, 256 Seiten
ISBN 978-3-933519-48-1   5,00 €

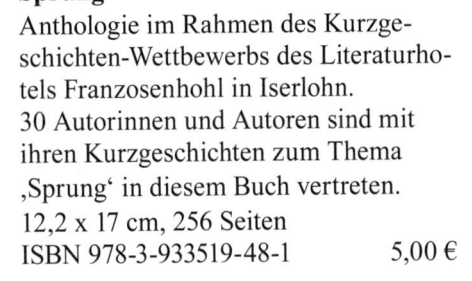

Maria Dhonau

Mein Leben fürs Caravaning

50 Jahre immer in Bewegung

Für Menschen, große und kleine, die ihre Ferien und die Freizeit lieben und den Urlaub gerne im eigenen „kleinen Hotel" im Caravan erleben möchten.

12,2 x 17 cm, 256 Seiten, 115 Abb.
ISBN 978-3-933519-50-4   12,80 €

Diese Bücher möchten wir Ihnen empfehlen...

Anja Grevener
Die Wölfin von Arnsberg
Living-History Roman
Dieser Roman erzählt dem Leser locker, flüssig und spannend vom Leben der Ritter, Grafen und Kirchenfürsten in Westfalen zum Ende des 13. Jhdts. Liebe, Intrigen und Mord gab es damals schon.
12,2 x 17 cm, 344 Seiten, Abbildungen
ISBN 978-3-933519-47-4   9,80 €

Ernst Dossmann
50 Jahre fest im Sattel
Aus dem Leben des Grafen Engelbert III.
Dieser spannende historische Roman verschafft Einblicke in die spätmittelalterliche Zeit. Der bekannteste der Grafen von der Mark ist Engelbert III.

16,5 x 23,5 cm, 464 Seiten, viele Abb.
ISBN 978-3-933519-44-3   19,80 €

Die Westfälische Küche
Omi Hildes alte Koch- und Backrezepte
16 x 23,8 cm, 72 Seiten, viele Abb.
Omi Hilde I
ISBN 978-3-933519-36-8   12,80 €
Omi Hilde II
ISBN 978-3-933519-39-9   12,80 €
Omi Hilde III
ISBN 978-3-933519-42-9   12,80 €